古典詩歌研究彙刊

第二一輯

龔鵬程 主編

第 20 冊

清代「宋詩選本」之陸游選詩研究

蔡心瑀 著

國家圖書館出版品預行編目資料

清代「宋詩選本」之陸游選詩研究／蔡心瑀 著 — 初版 — 新北市：花木蘭文化出版社，2017〔民 106〕

目 2+178 面；17×24 公分

（古典詩歌研究彙刊 第二一輯；第 20 冊）

ISBN 978-986-404-882-3（精裝）

1.（宋）陸游 2. 宋詩 3. 詩評

820.91　　106000595

古典詩歌研究彙刊

第二一輯　第二十冊　　ISBN：978-986-404-882-3

清代「宋詩選本」之陸游選詩研究

作　　者　蔡心瑀
主　　編　龔鵬程
總 編 輯　杜潔祥
副總編輯　楊嘉樂
編　　輯　許郁翎、王筑　美術編輯　陳逸婷
出　　版　花木蘭文化出版社
社　　長　高小娟
聯絡地址　235 新北市中和區中安街七二號十三樓
電話：02-2923-1455 ／傳眞：02-2923-1452
網　　址　http://www.huamulan.tw 信箱 hml 810518@gmail.com
印　　刷　普羅文化出版廣告事業
初　　版　2017 年 3 月
全書字數　130067 字
定　　價　第二一輯共 22 冊（精裝）新台幣 33,000 元
版權所有・請勿翻印

清代「宋詩選本」之陸游選詩研究

蔡心瑀 著

作者簡介

蔡心瑀，1990 年生，臺中人，自幼喜好閱讀，對文學尤爲熱愛。國立成功大學中國文學系碩士，研究方向以中國詩學爲主。目前從事教職。

提　　要

本論文係通過清代不同時期、不同風格的宋詩選本，以了解清人對於南宋陸游（1125 ～ 1210）詩作的接受情形。陸游爲南宋四大家之一，過去研究陸游的學者，多聚焦在陸游生平及其詩歌作品本身，較少從讀者接受的立場來立論，也因爲如此研究範圍多集中在宋代詩學的發展，較少從後世的角度來觀察陸游詩歌的流傳，故本論文選擇從選本的鑒賞與批評方式，重新檢視陸游詩歌在清人中的評價。

本論文共有七章，第一章緒論，說明本論文的研究動機、研究現狀、研究範圍與研究方法，並簡述論文的章節架構。第二章至第六章，分別從不同性質的清代宋詩選本來進行探討，每章先概介選本的內容體例與編選特色，接著，進一步分析選本選評陸游詩作的情形，並依選本的性質延伸討論清人品論陸游詩作的特色、體裁、風格與地位。簡要而言，於吳之振、呂留良、吳爾堯合選的《宋詩鈔》，筆者討論的是清初詩人對於陸游詩作的態度，於王士禛《古詩選》，探討的是清人對於陸游七言古詩的接受，於乾隆《御選唐宋詩醇》，討論的是官方選本對於陸游詩作的主張，於姚鼐《五七言今體詩鈔》，探討的是清人對於陸游七言律詩的評價，於陳衍《宋詩精華錄》，研究的是晚清詩壇對於陸游詩作的看法。第七章結論，歸納清代宋詩選本對陸游詩歌的選錄情況，以理解清人對於陸游詩歌的詮釋與接受。

選本是文學作品的傳播載體，也是文學批評的特殊方式，在清代宗宋詩學的發展過程中，宋詩選本扮演了相當重要的角色，通過清代宋詩選本對於陸游詩作的選取，可以發現有些選本重視陸游的道德氣節，有些選本著重陸游的創作技巧，而最重要的是，確立了陸游南宋之首的詩歌地位，經由選家多面向的選取，豐富了清人對於陸游詩歌的接受。

目次

表目次

第一章　緒　論

第一節　研究動機

詩歌發展到清代，詩家流派迭出，詩學主張多樣，呈現出多采多姿的面貌，清代詩人多汲取前代的詩歌技巧而加以拓展，而此時期最受矚目的是清人對於宋代詩歌的學習。清人多肯定宋代詩歌生新求變、重視才學的特點而與以借鑒，《四庫全書總目提要》便曾論述明末清初的詩風嬗變：「當我朝開國之初，人皆厭明代王、李之膚廓，鍾、譚之纖仄，於是談詩者競尚宋元。」〔註 1〕指出清初詩人對明代詩歌所造成的流弊進行深刻反省，於是力破藩籬，一反當時排斥宋代詩歌的現象，轉向研究宋代詩歌，以豐富自己的創作，遂開起有清一代學習宋代詩歌的風氣。

在清代宗宋詩學的發展過程中，宋詩選本扮演了相當重要的角色。所謂選本，據王運熙的定義，即是「選錄作品的集子」，其認爲時人多將「選本」與「總集」的概念混淆，而於〈總集與選本〉一文中有所分辨：

> 總集與選本二者，是既有區別又有交叉的兩個名詞。中國

〔註 1〕（清）永瑢等：《欽定四庫全書總目》（臺北：臺北商務印書館，1983 年），卷 173，頁 585。

> 古代文集一般分爲總集、別集兩大類，總集是包含多人（至少不只一人）的集子，別集則是一個人的。選本（即選集）是選錄作品的集子，總集中既有全集（如《全唐詩》），也有選本（如《唐詩三百首》）。別集也是如此，如《劍南詩稿》是陸游詩歌的全集，而《劍南詩鈔》則是其選本。〔註2〕

選本、總集兩者的概念雖然有所重疊，但細究之下仍有所差異的，王運熙指出總集是相對於別集而言，而選本則是相對於全集而言，故總集與別集中既有全集也有選本。因此，宋詩選本即是選錄宋代詩歌的集子，而本論文所採用的宋詩選本均是「總集中的選本」，原因在若要突顯陸游的詩學價値，勢必要將陸游放在共時性與歷時性的情況下探討，透過與同時代的詩人，以及前後時代的詩人相互比較，才能更深刻地了解清代文人對於陸游詩歌的評價。

劉運好在其著作《文學鑒賞與批評論》中，指出中國文學的鑒賞和批評有：逆志法、虛靜法、六觀法、辨味法、妙悟法、熟參法、品第法、選本法、評點法、索引本事法等十種基本模式，〔註3〕選本法便是其中一種。選家透過「選」詩的行爲，汰除冗繁、擇取精華，並展現自己的詩學主張和審美取向，以達到編選目的。除了選詩之外，有時選本還同時包含品論、圈點、摘詩、詩話等多種形式，呈現出綜合的批評方式。

孫琴安於《唐詩選本六百種提要》一書中，指出唐詩選本的發展在歷史上有四次高潮：第一次是在南宋時期，第二次是在明代嘉靖、萬曆年間，第三次是在康熙年間，第四次是在乾隆年間，〔註4〕僅清代便有兩次高峰，足見清代唐詩選本編選之盛。而關於宋詩選本的編

〔註2〕王運熙：〈總集與選本〉，《古典文學知識》，2004年第5期，頁75。

〔註3〕劉運好：《文學鑒賞與批評論》（合肥：安徽大學出版，2002年），頁206～213。

〔註4〕孫琴安：《唐詩選本六百種提要・自序》（西安：陝西人民教育出版社，1987年），頁13～15。

選情況，自宋代有宋詩選本以來，元、明二代雖然也有宋詩選本，但整體的發展並不理想，詩壇仍多以唐詩為主，直到清代宋詩選本的發展才漸趨興盛，不管是在質與量上，都遠遠超過元、明二代。而清代本身宋詩選本的發展情況，試觀謝海林所整理的「清代宋詩選本各期數量分布表」如下〔註5〕：

【表一】謝海林：清代宋詩選本各期數量分布表

朝代／詩選	順治	康熙	雍正	乾隆	嘉慶	道光	咸豐	同治	光緒	年代不詳	總數
斷代詩選	2	23	4	9	7	4	3	8	2	28	90
通代詩選	0	20	3	17	5	2	0	3	5	25	80

表格中的「斷代詩選」指的是僅選宋代的詩歌選本，而「通代詩選」則是包含多個朝代的詩歌選本，將表格中「斷代詩選」與「通代詩選」的數字相加總，可以發現清代宋詩選本的編選高峰仍落在康熙、乾隆二朝，這種情形與孫琴安所歸納的第三、四次唐詩選本發展高潮同步。

比起元、明二代，清代的宋詩選本在編選形式上更加拓展，更為豐富。高磊在其論文《清代宋詩選本研究》中，整理清代宋詩選本的編選特色：從時間上說，有通選兩宋的，也有專選北宋或南宋的。從體裁上看，有專選近體詩的，有專選古體詩的，也有古、近體詩兼選的。從編選規模看，有大型選本，也有小型選本。從選取對象看，有名家選本，亦有中、小詩人選集。從編選意圖看，有專為初學者編選的，有鼓吹風雅以振興詩教的，有分門別類編排，能綱舉目張的，另外從唐宋詩之爭的關係來看，有宣揚宋詩、尊唐貶宋、還有唐宋兼採

〔註5〕謝海林：《清代宋詩選本研究》（上海：上海古籍出版社，2011年），頁34。

的，〔註6〕相當多元。

謝海林認爲清代宋詩選本對中國詩學史至少具有：保存大量的宋詩文獻、彰顯詩學思潮的離合消長、反映清代宋詩體系的建構過程等三種意義，〔註7〕因此從清人對於宋詩選本的編纂和批評，可以了解宋代詩歌在清代的接受歷程。綜上所述，清代宋詩選本不僅數量豐富，且編選形式多元，確實可以從中挖掘清代詩家對於宋代詩歌的態度，而這也是本論文選擇清代宋詩選本作爲觀察的理由。

在宋代眾多詩家中，本論文選擇陸游（1125～1210）作爲探討對象。陸游，字務觀，號放翁，越州山陰（今浙江省紹興市）人，其詩與尤袤（1127～1194）、楊萬里（1127～1206）、范成大（1126～1293）並稱，爲南宋四大家之一。吳彩娥曾於《清代宋詩學研究》一文中指出：「宋代的梅堯臣（包括蘇舜欽、歐陽修）、王安石、蘇軾、黃庭堅、陳與義、陸游、范成大、楊萬里即是清人最重視，討論最多的幾位。」〔註8〕由於陸游詩作數量眾多，〔註9〕風格多變，且能學習前人之長而後有所變革，自成一家，遂成爲清代詩人關注的師法對象。

清人對於陸游詩歌的重視，可以從清代宋詩選本對其詩歌的入選數量來觀察，陸游詩歌在南宋中多爲第一名，在兩宋詩家則常與蘇軾（1037～1101）分列第一、二名，如王士禛《古詩選》、張景星《宋詩別裁集》，以選詩數量而言，蘇軾均爲第一，陸游爲第二，

〔註6〕高磊：《清代宋詩選本研究》（江蘇：蘇州大學博士論文，2010年），頁34～35。

〔註7〕謝海林：《清代宋詩選本研究》，頁3。

〔註8〕吳彩娥：《清代宋詩學研究》（臺北：國立政治大學中國文學研究所博士論文，1993年），頁2。

〔註9〕關於陸游的存詩數量，清人趙翼據《劍南詩稿》統計爲9220首（《甌北詩話》）；歐小牧據《劍南詩稿》統計爲9138首（《陸游年譜》）；而嚴修於《劍南詩稿》收詩6633題，9144首，《放翁逸稿》收詩23題，43首，《逸稿續添》收詩17題，20首，《逸稿補遺》收詩14題，32首，統計爲6687題，9239首（《陸游詩集導讀》）。

而乾隆《御選唐宋詩醇》、姚鼐《五七言今體詩鈔》則是陸游位居第一，蘇軾第二。在清人爲宋代詩家的排行中，蘇軾拔得頭籌是無庸置疑的，但對於陸游的詩歌定位則有所異議，而這也是本論文所關注的地方，且檢索目前國內博碩士論文的研究現況，以蘇軾爲研究對象的論文有 133 條，遠高於陸游的 28 條，因此選擇陸游作爲探討對象，也是基於研究者較少，相對的，研究議題的擴展空間也較多。

就現有研究成果來看，學界目前對於陸游詩歌的研究，多從作者生平或作品本身加以討論，較少從讀者接受的角度進行探討，故本論文擬以清代宋詩選本選陸游詩歌爲中心，透過吳之振《宋詩鈔》、王士禛《古詩選》、乾隆《御選唐宋詩醇》、姚鼐《五七言今體詩鈔》、陳衍《宋詩精華錄》等清代不同時期的宋詩選本對於陸游詩歌的選取，期望能夠了解清代文人在選本中側重陸游詩歌的何種面向，背後的詩學意涵爲何，盼能藉由清代宋詩選本，理解清人對陸游詩歌的詮釋與接受，從而呈現陸游詩歌在清代詩學中的定位。

第二節　文獻回顧與探討

歷來學界對於陸游的研究，多以詩、詞、古文爲主，並以詩爲大宗，其研究內容或透過陸游詩歌來理解陸游的生平思想、家庭生活與交遊狀態，如：莫礪鋒〈陸游詩中的生命意識〉〔註 10〕、何映涵〈陸游晚年人生志趣新探〉〔註 11〕、宋邦珍《陸游詩歌研究》〔註 12〕、歐小牧《陸游年譜》〔註 13〕等等，或藉由陸游詩歌中的某一意象、主

〔註 10〕莫礪鋒：〈陸游詩中的生命意識〉，《江海學刊》，2003 年第 5 期，頁 172～177。

〔註 11〕何映涵：〈陸游晚年人生志趣新探〉，《中國文學研究》，第 36 期（2013 年 7 月），頁 75～115。

〔註 12〕宋邦珍：《陸游詩歌研究》，國立高雄師範大學國文學研究所博士論文，2000 年。

〔註 13〕歐小牧：《陸游年譜》（臺北：木鐸出版社，1982 年）。

題，探討詩歌的創作方法、美學觀點，如：楊靜芬〈許愁亦當有許酒——論陸游蜀中飲酒詩中的「悲」與「美」〉〔註 14〕、吳月嫦《陸游詩歌「花」意象研究》〔註 15〕、郭眉吟《陸游詠物詩研究——以蜀中之作爲範圍》〔註 16〕、卓旻賢《陸游題畫詩研究》〔註 17〕等等。考察上述諸作，多直接就陸游及其詩歌作品進行討論，較少從讀者接受的立場來探討他人對於陸游詩歌的評價，也因爲如此，研究範圍多集中在宋代的詩歌發展，較少從後世來檢視陸游詩歌在其他朝代的流傳情形，且搜尋目前以陸游爲研究對象的學位論文，尚未有全以選本爲主題的研究內容，故筆者認爲選擇有清一代作爲探討背景，並以宋詩選本探究陸游詩歌在清代的接受情形，應有再發揮之空間。

而對於清代宋詩選本的研究，早期多處在蒐羅與拓展的階段，如：申屠青松《清初宋詩選本研究》〔註 18〕、謝海林〈論清代宋詩選本的發展歷程及其特徵〉〔註 19〕、《清代宋詩選本研究》〔註 20〕等，內容多集中在清代宋詩選本的發展歷程、形式特徵上，並概介清代宋詩選本的研究價值，以期望來日能有更多學者參與研究。後期則於前人的基礎上，轉向探討單本清代宋詩選本的內容，如：申屠青松〈《宋詩百一鈔》的詩學思想和批評策略〉〔註 21〕、王苗苗《《唐宋詩

〔註 14〕楊靜芬：〈許愁亦當有許酒——論陸游蜀中飲酒詩中的「悲」與「美」〉，《人文社會科學學刊》(2009 年 12 月)，頁 71～85。

〔註 15〕吳月嫦：《陸游詩歌「花」意象研究》，國立臺灣師範大學國文學研究所碩士論文，2014 年。

〔註 16〕郭眉吟：《陸游詠物詩研究——以蜀中之作爲範圍》，淡江大學中國文學研究所碩士論文，2013 年。

〔註 17〕卓旻賢：《陸游題畫詩研究》，國立東華大學中國語文學研究所碩士論文，2013 年。

〔註 18〕申屠青松：《清初宋詩選本研究》，南京大學中國古代文學博士論文，2008 年。

〔註 19〕謝海林：〈論清代宋詩選本的發展歷程及其特徵〉，《南京師範大學文學院學報》，2011 年第 3 期，頁 94～98。

〔註 20〕謝海林：《清代宋詩選本研究》(上海：上海古籍出版社，2011 年)。

〔註 21〕申屠青松：〈《宋詩百一鈔》的詩學思想和批評策略〉，《南華農業大學學報》(社會科學版)，2010 年第 1 期，頁 99～104。

醇》詩學思想研究》〔註 22〕、李圍圍《姚鼐《五七言今體詩鈔》研究》〔註 23〕等等，就選本版本、選家生平、詩學主張、詩人選錄情形進行較深入地探討。但檢視上述諸作，多圍繞在清代宋詩選本的成書狀態、時代背景等方面論述，較少針對選本中的某一詩派、某一詩家進行較深刻地考察。且這些論文多以中國爲主，臺灣學界在這方面的研究十分不足，搜尋國內現有的碩博士論文中，以清代宋詩選本爲研究主題的，除了吳彩娥的《清代宋詩學研究》〔註 24〕外，更是絕無僅有，因此本論文的研究，希望能有拋磚引玉之效，引發學界對於宋詩選本研究議題的關注。

目前研究內容涵蓋「清代宋詩選本」與「陸游」二者的單篇論文與學位論文，共有三篇，依年代完成的先後分別是：

一、吳彩娥：《清代宋詩學研究》

此篇論文是考究清代詩壇爲何從明代的宗唐風氣轉向兼重宋詩，並掀起學習宋詩的盛潮。其內容首先探討清代宋詩學形成的背景與發展情形，並依序分析清人如何品論宋詩、宋詩人，以及對宋詩的編選，以此呈現清人的宋詩觀點。其中論文的第四章〈清代宋詩學的內容分析（二）：分論宋詩人〉，分別探討了宋代十位詩人，而陸游是其中一位。吳彩娥認爲清人對於陸游的批評，主要展現在：南宋詩人之冠地位的確立；愛國詩人形象的鑄定；創作主題、體裁、技巧、風格的充分開發；詩歌的編選評註等四個面向。吳彩娥對陸游詩歌的考察於本論文有極大的啓發，然而其研究主旨並非全然探討清人對陸游詩歌的接受情形，故內容僅爲第四章的一小節，篇幅較短，尚有再拓

〔註 22〕王苗苗：《《唐宋詩醇》詩學思想研究》，湖南師範大學文藝學碩士論文，2012 年。

〔註 23〕李圍圍：《姚鼐《五七言今體詩鈔》研究》，南京師範大學中國古代文學碩士論文，2011 年。

〔註 24〕吳彩娥：《清代宋詩學研究》，國立政治大學中國文學研究所博士論文，1992 年。

展的空間。

二、張毅：《陸游詩傳播、閱讀專題研究》〔註 25〕

此篇論文探討宋代至民國以來對於陸游詩歌的接受情形，共分爲上、下編，上編研究宋代至清代各選本對於陸游詩歌的選錄與讀者的閱讀趣味，下編研究民國的報刊文章、文學史、詩話對於陸游詩歌的評價，期望藉由梳理陸游詩歌八百年來的傳播、閱讀歷史，以了解陸游詩歌的接受過程。張毅將陸游詩歌的編選分爲四個時期，在宋末元初是發端期，元初到明末是停滯期，明末到清乾隆十五年是繁榮期，乾隆十五年到清末是流變期，並認爲明清工藝美術和清代楹聯的流行，在某些程度上影響了讀者對於陸游詩歌的欣賞。由於張毅論文探討的範圍較廣，因此關於清代詩學的論述便受到壓縮，且其對選本的考究數量較大，故對於各選本的編選特色、選家觀點以及當時的詩學思潮等分析便不那麼細緻。

三、謝海林：〈師法蘇、黃、陸——從清人所編宋詩選本看清代宋詩學之推宗〉〔註 26〕

此篇論文是透過清代宋詩選本觀察清人如何標舉蘇軾、黃庭堅與陸游三人，並考究清人對於三者詩作的接受情形。謝海林認爲清人對於蘇軾、黃庭堅、陸游三人詩作的推崇，是從淵源正變、才力學識、思想性情等面向說明，而又各有側重，與清代主情、重眞、尙變、崇學的詩學思潮緊密相關，以陸游詩歌而言，清人的接受主要在其律體，以及描寫鄉村生活、自然風光的詩作。此篇論文雖然透過比較，呈現出清人對於三人詩歌的側重差異，但由於內容僅有六頁，且又考

〔註 25〕張毅：《陸游詩傳播、閱讀專題研究》，復旦大學中國古代文學博士論文，2008 年。

〔註 26〕謝海林：〈師法蘇、黃、陸——從清人所編宋詩選本看清代宋詩學之推宗〉，《甘肅聯合大學學報》（社會科學版），2010 年第 6 期，頁 1～6。

察了三人的接受過程，因此在論述上有不夠周延的地方，可以此爲基礎再深入挖掘。

綜上所論，過去對於陸游詩歌的研究，學者多以陸游詩歌中某一主題、意象爲中心進行論述，或者鎖定陸游某時期之詩作進行探討，二者的方法均對陸游詩歌本身之內涵表現、藝術手法、風格類型有較深刻地掌握，然而這樣卻較難看出讀者對於陸游詩歌的評價與接受，有鑑於此，筆者選擇從清代來探討陸游的詩歌，並採取選本批評的方式，通過清代不同時期、不同性質的宋詩選本，觀察清人對於陸游詩歌的選錄過程，以了解清人對於陸游詩歌的接受情形。

第三節　研究方法與範圍

學界研究以往多以作者生平與作品內容爲主，近年來受到西方理論「接受美學」（Receptional Aesthetic）的影響，認爲文本內容必須經由讀者的詮釋才具有意義，因此以讀者爲中心的研究漸受關注。然而，對於中國文學批評史而言，讀者接受的概念雖然未能像西方一樣形成一套獨立的文學理論，但早已存在於中國文學作品中，鄧新華於《中國古代接受詩學》一書指出：

> 中國古代雖然沒有「接受美學」這個概念，也沒有「接受美學」這個獨立的理論學派，但在中國古代汗牛充棟的詩詞書畫理論注疏和小說戲曲序跋評點中，卻保留著極爲豐富的「讀者反應材料」，蘊含有極有價值的文學接受思想，並由此構築起我們自己的接受詩學體系。〔註27〕

鄧新華認爲中國傳統詩論中雖然沒有完整獨立的「接受美學」理論，但有許多的「讀者反應材料」值得研究。

而在中國傳統的文學鑒賞和批評中，「選本法」可視爲以讀者接受爲中心的批評方式，選家經由其閱讀理解與編選意圖，從作者的文

〔註27〕鄧新華：《中國古代接受史》（武漢：武漢出版社，2000年），頁4。

學作品中選出部分篇章重新編輯成書，其中不僅呈現選家的詩學主張，也反映出當時的文學風氣。通過清代不同性質的宋詩選本對於陸游詩作的選取，其入選詩作數量的多寡，入選最頻繁的詩作，以及詩序、凡例中所強調的選詩重點，可以探究陸游在清代的影響力與影響面向，而不同時期的清代宋詩選本，也可考察詩學思潮的變遷。因此，「選本法」是本論文主要採用的研究方法。

除了「選本法」，本論文也採用、「統計法」、「歸納法」與「歷史文獻分析法」等。根據大陸學者申屠青松、高磊與謝海林所整理的〈清代宋詩選本敘錄〉，蒐羅臺灣可見的清代宋詩選本，並從中選出欲研究的選本。接著整理選本中對於陸游的詩選情形，統計各選本中陸游詩作的入選數量、詩題，並就所整理出來的內容，分析、歸納各選本所側重的主題。此外，亦考察選家的生平與所處的時代，並結合清詩話、詩作、序跋等，進一步探討選家與當時詩壇對於陸游詩歌的理解。

本論文以清代宋詩選本爲考察重點，探討其對陸游詩歌的選錄情形，故針對論文的研究範圍有以下幾點說明：

一、以時代而言，本論文所關注的選本編選時間是自清順治元年（1644）至民國二十六年（1937）。將時間下限延後至民國二十六年的原因，在於晚清有許多提倡宋詩（如同光體）的詩人，其生命歷程橫跨清末民初，故以陳衍、鄭孝胥等最初提倡者之生命卒年作爲時代的結束。他們在清亡後多以遺老自居，並致力於古典詩歌的研究，因此其選本內容多沿襲以往所學，反映傳統的詩學思想，故雖然在民國時出版，仍以清代選本視之。

二、以形式而言，本論文所討論的「宋詩選本」界定較爲寬泛，只要是內容有選錄宋代詩歌作品的選本都納入討論範圍，故包含斷代（如吳之振《宋詩鈔》、康熙《御選宋詩》、陳衍《宋詩精華錄》）與通代（如王士禛《古詩選》、乾隆《御選唐宋詩醇》、姚鼐《五七言今體詩鈔》）兩種。此外，本論文所選均爲總集類的選本，意即所討論的宋詩選本並非專選陸游一人的選本，而是選錄二人以上的選本，用意在於期望透過與同時代的詩人，或前後時代的詩人之作品相互比較，以彰顯陸游的詩學價值。

三、以內容而言，本論文所採用的宋詩選本內容多元。爲了從不同面向觀照清代宋詩選本對於陸游詩歌的選錄情形，故所採用的宋詩選本在編選意圖、選錄風格、體裁上盡量不重複，其中有屬於輯存型者（如吳之振《宋詩鈔》），有屬於御選型者（如康熙《御選宋詩》、乾隆《御選唐宋詩醇》），有探討詩之體裁者（如王士禛《古詩選》、姚鼐《五七言今體詩鈔》），有偏重詩之風格者（如陳衍《宋詩精華錄》）等，各有其不同的側重面向。

採用《宋詩鈔》、《古詩選》、《御選唐宋詩醇》、《五七言今體詩鈔》、《宋詩精華錄》這五本選本的原因，是因爲這些選家在當時都頗負盛名，因此其所編纂的詩歌選本對於當時及後世具有深遠的影響力。有些選家交遊廣闊，如吳之振入京時期與文人贈書唱和，形成清初研討宋詩的風氣，王士禛亦時常與文人往來酬唱，成爲康熙時期之詩壇領袖，有些選家身爲詩派之中堅人物，如姚鼐爲桐城派之承繼者，並執教四十餘年，影響許多學子，而陳衍爲同光體之提倡者與發展者，其編纂的詩話、詩鈔、評述等，都引發晚清詩人的關注，更遑論乾隆身爲皇帝，推動許多文治，其詩學觀也影響科舉的考試標準。選擇這五本作爲探討陸游詩作的文本，並依時代先後分章論述，除了能了解各選本對當時詩學思潮的影響，也能從一個史的角度來理解不同時期的宋詩選本對於陸游詩作的態度。

以下，簡要陳述本論文之章節架構。

第一章　緒論

本章主要說明研究動機，交代爲何從清代宋詩選本來考察陸游詩歌的理由。接著回顧前人對「清代宋詩選本」及「陸游」相關的研究成果，並說明此論文的研究意義，進一步界說研究範圍，並簡述論文的章節安排。

第二章　吳之振《宋詩鈔》選陸游詩

本章首先概述吳之振《宋詩鈔》的編選意圖、內容架構、詩選特色等，了解選家的宋詩觀對於清初詩壇的影響。接著，進一步探討《宋詩鈔》對陸游詩歌的選錄情形，分別從選詩原則與選詩內容二方面進行論述，以明白選家對於陸游詩歌的態度。最後，分析《宋詩鈔》選陸游詩的淵源，並從後代選本、詩話、文章中探討選家品論陸游詩作的觀點對於清代文人的影響。

第三章　王士禛《古詩選》選陸游詩

本章首先概述王士禛編選《古詩選》選錄標準、內容體例、編選特色等，以知曉王士禛編選《古詩選》的詩學意圖。接著，深入探討《古詩選》對陸游詩作的選錄實況，呈現其選詩內容、選詩時期與審美取向。由於《古詩選》僅於收錄陸游的七言古詩，故最後依選家對陸游七言古詩的評論脈絡，探討「蘇黃」與「蘇陸」詩家並稱的詩學意義，以了解陸游七言古詩的詩學傳承與詩學定位。

第四章　乾隆《御選唐宋詩醇》選陸游詩

本章首先概介《御選唐宋詩醇》的版本問題、內容架構與編選特色，以了解選家所主張的詩學觀點。接著，進一步探討《御選唐宋詩醇》對陸游詩作的選評情形，分別從詩學地位、詩選內容、詩法特色及選評意義進行論述。由於《御選唐宋詩醇》屬於御選型的詩歌選本，有別於一般民間選本，故最後以同爲官方性質的康熙《御選宋詩》與其相較，觀察二者在選錄陸游詩作上的差異。

第五章　姚鼐《五七言今體詩鈔》選陸游詩

本章首先概述《五七言今體詩鈔》的內容架構、編選特色，從而了解選家對於五、七言律詩的看法。接著，深入探討《五七言今體詩鈔》選陸游詩的情形，並分析選家所側重的陸游詩作內容，以及選家的審美趣尚。由於《五七言今體詩鈔》僅選錄陸游的七言律詩，故最後依選家對陸游七言律詩的選錄，以了解清代詩人對於陸游七言律詩的接受。

第六章　陳衍《宋詩精華錄》選陸游詩

本章首先概介《宋詩精華錄》的內容架構、編選特色，說明選家對於《宋詩精華錄》的編選意圖，以及其對宋詩的理解。接著探討《宋詩精華錄》對陸游詩歌的實際選取情形，考察選家選取陸游何種詩歌題材與風格。由於選家編選《宋詩精華錄》有其時代意義，故最後以此爲基礎，延伸討論晚清其他宋詩選本對於陸游詩歌的接受，以了解晚清詩壇對陸游詩歌的態度。

第七章　結論

本章總結第二章至第六章各清代宋詩選本對於陸游詩的選錄實況，並提出此研究未來可能的延伸性。

第二章　《宋詩鈔》選陸游詩

吳之振（1640～1717）、呂留良（1629～1683）、吳爾堯（1634～1677）等合編的《宋詩鈔》〔註1〕，成書於清康熙十年（1671），為一部大型宋詩總集。吳之振，字孟舉，號橙齋，別號黃葉村農、竹洲居士，浙江石門人，工詩書，著有《黃葉村莊詩集》，另有清人詩選《八家詩鈔》。呂留良，字莊生，初名光輪，字用晦，號晚村，浙江崇德人，明亡後削髮為僧，更名耐可，習程朱之學，卒後受曾靜案牽連，為清廷剖棺戮屍，著有《呂晚村先生文集》、《東莊吟稿》。吳爾堯，字自牧，浙江石門人，為吳之振侄，工詩擅畫。

選家認為以往的宋詩選本，多採依附唐詩的選取方式，導致宋詩的特色無法如實體現，為使當時貶黜宋詩的文人明白宋詩之眞面目，故而廣泛搜羅宋代詩集出版。《宋詩鈔》集中所錄的兩宋詩人，目錄綜列百家，實刻八十四家，囿於環境條件，收錄的詩人雖然不夠完備，但當時重要名家大抵已納入其中。《宋詩鈔》的刊行傳播極具歷史意

〔註1〕本論文採用《宋詩鈔》之版本為（清）吳之振等編：《宋詩鈔》，《景印文淵閣四庫全書》（臺北：臺灣商務印書館，1983年），第一四六一冊。《宋詩鈔》原不分卷，後館臣分為106卷，為方便檢索故採之。然而文淵閣本並未附總序、凡例與目錄，故此部分另採用（清）吳之振等編：《宋詩鈔初集》，《宋代傳記資料叢刊》（北京：北京圖書館出版社，2006年），第三十三冊至第四十冊。

義，張仲謀認爲此「不僅標誌著清初宋詩派的形成，而且對康熙前期詩壇祧唐宗宋的風會丕變，產生了關鍵性的推動作用」。〔註 2〕

目前以《宋詩鈔》爲對象的研究甚夥，有：王輝斌〈《宋詩鈔》的詩選學特徵〉，從詩選角度審視，認爲《宋詩鈔》表現出尊宗宋詩、各家俱存、其文加詳等三大特徵。〔註 3〕吳戩〈試論《宋詩鈔》的編選宗旨與詩學祈向〉，指出《宋詩鈔》秉持以宋選宋的詩學理念，追求表達性情、博采兼收的面貌，並因選家學術立場使選本帶有理學的色彩。〔註 4〕申屠青松：〈《宋詩鈔》與清代詩學〉，從文獻傳播與詩學思想兩個角度，分析《宋詩鈔》對清代詩學的影響。〔註 5〕高磊《清代宋詩選本研究》中的選本個案分析，探討吳之振與呂留良的詩學觀及《宋詩鈔》的成書歷程，並詳加考證《宋詩鈔》的不同版本。〔註 6〕王英志《清代唐宋詩之爭流變史》，從唐宋詩之爭的角度，析論《宋詩鈔》對清初宗宋詩派的影響。〔註 7〕各學者從不同面向切入，彰顯《宋詩鈔》之重要，但較少聚焦於集中的詩家做深入的探討。

因此，本章以《宋詩鈔》選評陸游爲中心，第一節先概述《宋詩鈔》之內容架構、收錄標準與選詩特色，了解選本的宋詩觀對清初詩學走向的影響。第二節就《宋詩鈔》選錄陸游詩作的情形，深入探討選本對陸游的看法，並分析選家選錄詩作的背後意涵。由於《宋詩鈔》在清代是文人理解宋詩的核心文獻，許多文人以此爲本，在論及陸游

〔註 2〕張仲謀：《清代文化與浙派詩》（北京：東方出版發行，1997 年），頁 29。

〔註 3〕王輝斌：〈《宋詩鈔》的詩選學特徵〉，《華夏文化論壇》（2010 年 9 月），頁 54～61。

〔註 4〕吳戩：〈試論《宋詩鈔》的編選宗旨與詩學祈向〉，《中國韻文學刊》，第 25 卷第 1 期（2011 年 1 月），頁 14～21。

〔註 5〕申屠青松：〈《宋詩鈔》與清代詩學〉，《暨南學報》，第 32 卷第 5 期（2010 年 9 月），頁 82～86。

〔註 6〕高磊：《清代宋詩選本研究》（江蘇：蘇州大學博士論文，2010 年 5 月）。

〔註 7〕王英志：《清代唐宋詩之爭流變史》（北京：人民文學出版社，2012 年）。

的部份援引《宋詩鈔》的觀點進行批評與討論，故第三節將探討《宋詩鈔》選陸游詩作的淵源與影響。

第一節 《宋詩鈔》與清初詩學

吳之振、呂留良與吳爾堯三者合編的《宋詩鈔》，其集成可謂應時而生，在歷經明末尊唐黜宋的詩學思潮之後，《宋詩鈔》的編錄不僅對宋代詩集進行整理，保存了豐富的文獻材料，且吳之振、呂留良等選家對宋代詩歌體派流變的認識，以及對宋代詩人作品的獨到見解，使得《宋詩鈔》成爲「清初宋詩風興起的重要媒介」，〔註8〕影響了當時的詩學風潮。本節先論述《宋詩鈔》的內容架構，經由選家的編選情形、收錄狀態，展現選本的論詩傾向，再透過選家對宋詩的理解與態度，了解選本對清代詩學的影響。

一、《宋詩鈔》之概介

清人宋犖（1634～1714）曾言：「明自嘉、隆以後，稱詩家皆諱言宋，至舉以相訾謷，故宋人詩集庋閣不行。近二十年來，乃專尚宋詩，至余友吳孟舉《宋詩鈔》出，幾於家有其書矣。」〔註9〕此言首先說明了明末清初詩壇對宋代詩歌的態度，在明末宗唐的風氣下，世人鮮少談論宋代詩家及其作品，直到吳之振等編纂的《宋詩鈔》問世後，才打破宋代詩集被束之高閣的局面，由「幾於家有其書」一語，可看出《宋詩鈔》在清初的流行之廣。

《宋詩鈔》的編選始於康熙二年（1663），據〈凡例〉所敘述的成書過程，其集成乃出於眾人之手：

> 癸卯之夏，余叔侄與晚村讀書水生草堂，此選刻之始也。時甬東高旦中過晚村，姚江黃太沖亦因旦中來會，聯床分

〔註 8〕王英志：《清代唐宋詩之爭流變史》，頁 80。

〔註 9〕（清）宋犖：《漫堂說詩》，丁保福：《清詩話》（臺北：木鐸出版社，1988 年），頁 416。

槧，搜討勘訂，諸公之功居多焉。〔註10〕

引文中的叔侄指的是吳之振與吳爾堯，加上呂留良，三者是《宋詩鈔》的主要編選者。當時，高斗魁（1623～1671）與黃宗羲（1610～1695）也時常相聚於呂家水生草堂詩文唱和，參與選本部份搜討勘訂的工作。然而康熙五年（1666）呂留良離開科場後，轉意於程朱理學，無暇兼顧《宋詩鈔》之編選，後又與黃宗羲因購書而發生嫌隙，〔註11〕隔年黃宗羲返回越中講學，不再參與編選工作，而高斗魁於康熙九年（1670）去世後，僅由吳之振與吳爾堯兩人繼續補綴《宋詩鈔》。

《宋詩鈔》原名《宋詩鈔初集》，此書之所以取名爲「初集」，是希望日後能夠繼續增補羅列，於他日再出續集之意，但《宋詩鈔》續集始終未能成書，據李宣龔（1876～1953）記載，主因是由於選家中的呂留良因受到曾靜案的牽連，捲入文字獄使然。〔註12〕然而曾靜案發生時，呂留良已卒後四十餘年，文字獄可能影響《宋詩鈔》續集的刊刻傳播，卻無法影響之前的資料蒐集。事實上，吳之振在《宋詩鈔初集》問世後，已開始著手續集的編選，其子吳寶芝（？～？）曾言：「至《宋詩鈔二集》，家大人手定者已有五十餘種，正在付梓，緣部帙尚少，搜羅未廣，故未能成書。」〔註13〕據吳寶芝所言，清初宋代詩集之尋覓不易，應是《宋詩鈔》續集未能如期成書的主要

〔註10〕（清）吳之振等編：《宋詩鈔初集·凡例》，頁19～20。

〔註11〕清人全祖望在〈小山堂藏書記〉及〈小山堂祁氏遺書記〉二文中，提出造成呂留良與黃宗義交惡的原因，在於雙方爭購山陰祁氏澹生堂藏書一事。見（清）全祖望：《鮚埼亭集外編》，收於《清代詩文集彙編》，第三〇三冊，卷17，頁189～190、193～194。

〔註12〕李宣龔於〈宋詩鈔校補〉一文中言：「《宋詩鈔》目錄綜列百家，未刻者十六家。蓋吳氏此書標題「初集」，方謀續集，適有呂氏文字之獄，嗣響闃然。」認爲《宋詩鈔》續集未能順利刊刻是受到呂留良文字獄的影響，見《宋詩鈔初集》，頁21。

〔註13〕（清）吳寶芝：〈重刻律髓記言八則〉，收於（元）方回選評，李慶甲校點：《瀛奎律髓彙評》（上海：上海古籍出版發行，2005年），頁1818。

原因。

《宋詩鈔》目錄雖綜列百家，實際上僅刻印八十四家，即缺了劉弇、鄧肅、黃軒、魏了翁、方逢辰、宋伯仁、馮時行、岳珂、嚴羽、裘萬頃、謝枋得、呂定、鄭思肖、王柏、葛長庚、朱淑眞等十六家。〔註 14〕《宋詩鈔》之選錄詩作標準，可從〈凡例〉窺得端倪：「是刻皆以成集者入鈔，其不及五首以下，無可附麗者，或雖有集而所選不滿五首者，皆以未成集例。」〔註 15〕依〈凡例〉所言，凡無詩集的宋代詩人，其作品一律無法收入《宋詩鈔》當中，又或者雖有詩集，但所選不滿五首者，也以未成集論斷，不能收入其中。王輝斌認爲《宋詩鈔》這一選詩準則，呈現出「既重宋詩百家之量，又重百家詩集之質」〔註 16〕之質量兼具的特質。

《宋詩鈔》僅選錄各詩家的詩歌作品，並無附加圈點及評語，對此〈凡例〉有其解釋：

> 詩文選錄，古人間有品題而無批點，宋以來方有之，亦自存其說，非爲一代定論也。若一加批點，則一人之嗜憎，未免有所偏著，而古人之全體失矣。是選於一代之中，各家俱收，一家之中，各法具在。不著圈點，不下批評，使學者讀之而自得其性之所近，則眞詩出矣。〔註 17〕

編選者指出此舉是爲避免選家對詩人詩作的主觀意見影響了讀者的想法，所以在詩作選錄上，依「一代之中，各家俱收，一家之中，各法具在」的標準，將各派詩人，各類作品，通通收錄選本中，使讀者自品詩作之味，選家認爲唯有這樣的作法才能更完滿的呈現宋代詩歌的全貌。

雖然在詩作中未有圈點與品評之詞，但據館臣在《四庫全書提要》所云：「每集之首，繫以小傳，略如元好問《中州集》例而品評

〔註 14〕（清）吳之振等編：《宋詩鈔・提要》，頁 1～2。
〔註 15〕（清）吳之振等編：《宋詩鈔初集・凡例》，頁 17。
〔註 16〕王輝斌：〈《宋詩鈔》的詩選學特徵〉，頁 57。
〔註 17〕（清）吳之振等編：《宋詩鈔初集・凡例》，頁 18。

考證，其文加詳。」〔註 18〕提到《宋詩鈔》仿金人元好問（1190～1257）《中州集》每人各爲小傳，詳具始末的方式，爲詩人撰寫小傳附於各家卷首，幫助讀者認識詩人作品。兩者雖同爲詩人小傳，但又有所差異，元好問《中州集》多記述詩人之生平事蹟、趣聞軼事，而《宋詩鈔》則多側重詩人之詩學源流、創作內容與詩歌特色。比對《呂晚村先生續集》之〈宋詩鈔列傳〉，可知《宋詩鈔》的詩人小傳多數係由呂留良所撰寫，〔註 19〕由此可知詩人小傳的內容不僅反映出呂留良個人的詩學觀點，也代表《宋詩鈔》的詩學態度，具有豐富的詩學價值。

《宋詩鈔》雖然包含廣大，但受到時代風氣與選家個人因素的影響，在論詩上仍有所偏向，大抵體現在「推尊杜甫」與「崇尚理學」上。以推尊杜甫而言，王禹偁（954～1001，字元之）因首倡學習杜甫，〔註 20〕選本將其列爲宋詩之首：

> 是時西崑之體方盛，元之獨開有宋風氣，於是歐陽文忠得以承流接響，文忠之詩，雄深過於元之，然元之固其濫觴矣。穆修、尹洙爲古文於人所不爲之時，元之則爲杜詩於人所不爲之時者也。〔註 21〕

選本將王禹偁視爲改革西崑詩風，開啓有宋風氣的先驅，並將王禹偁及其後的宋詩納入杜詩的傳統中，這點可從其他詩人小傳中體會，如其稱王安石「其精嚴深刻，皆步驟老杜所得」，〔註 22〕稱蘇試「子瞻

〔註 18〕（清）吳之振等編：《宋詩鈔・提要》，頁 1。

〔註 19〕《宋詩鈔》實收 84 家詩人及其詩作，除孔文仲之小傳附在孔武仲小傳中，其餘 83 家詩人小傳，有 82 家出自呂留良之手，僅文天祥之小傳未收入〈宋詩鈔列傳〉中。參看（清）呂留良：《呂晚村先生續集》，收於《清代詩文集彙編》（上海：上海古籍出版社，2010 年），第一三三冊，頁 453～478。

〔註 20〕在王禹偁之前的詩人，如元稹，重在杜甫集大成的特點，至王禹偁始則重視杜甫推陳出新的變革，詳見錢鍾書《宋詩選註》（北京：人民出版社，1993 年），頁 5。

〔註 21〕（清）吳之振等編：《宋詩鈔・小畜集》，卷 1，頁 3。

〔註 22〕（清）吳之振等編：《宋詩鈔・臨川集》，卷 18，頁 353。

詩氣象洪闊，鋪敘宛轉，子美之後一人而已」，〔註 23〕稱黃公度「詩效杜甫古律格，句法逼真」，〔註 24〕稱陳傅良「其詩格亦蒼勁，得少陵一體云」，〔註 25〕稱周必大「詩格淡雅，由白傅而溯源浣花者也」〔註 26〕等，均將其詩學體派、師法對象，上溯至杜甫。

以崇尚理學而言，從目錄觀之，選錄了許多與理學相關的詩人，如石介、徐積、李覯、王炎、張九成、劉子翬、范浚、朱熹、陳傅良、葉適、林光朝、劉鑰、文天祥等。在具體評論中，則多表彰詩人之道德修養，如評文天祥「志益憤而氣益壯，詩不琢而日工，此風雅正教也」，〔註 27〕或稱揚理學對詩作的影響，如評林光朝「艾翁不但道學倡莆，詩亦莆之祖，用字命意無及者，後村雖工，其深厚未至也」，〔註 28〕評劉子翬「五言幽淡卓鍊，及陶、謝之勝，而無康樂繁縟細澀之態，則以其用經學不同，所得之理異也」〔註 29〕等，由於選家中呂留良與黃宗羲有理學背景，〔註 30〕故其品論無不帶有理學色彩。

二、《宋詩鈔》之宋詩觀對清初詩學的影響

清初詩壇宋詩風氣的興起，一方面是對明代中晚期以來宗唐詩

〔註 23〕（清）吳之振等編：《宋詩鈔・東坡集》，卷 20，頁 394。
〔註 24〕（清）吳之振等編：《宋詩鈔・知稼翁集》，卷 88，頁 638。
〔註 25〕（清）吳之振等編：《宋詩鈔・止齋集》，卷 70，頁 345。
〔註 26〕（清）吳之振等編：《宋詩鈔・省齋集》，卷 58，頁 98。
〔註 27〕（清）吳之振等編：《宋詩鈔・文山集》，卷 101，頁 830。
〔註 28〕（清）吳之振等編：《宋詩鈔・艾軒集》，第 82，頁 566。
〔註 29〕（清）吳之振等編：《宋詩鈔・屏山集》，卷 53，頁 27。
〔註 30〕黃宗羲是理學的代表人物，提出關於「氣」、「理」、「心」的思想論述，對理學的影響深遠，由於討論者甚眾，此處不再詳加增引。而呂留良習程朱理學有所成，其子呂葆中稱其「發明洛閩之學，編輯朱子書以嘉惠學者」。又陳鼎在也稱其「發明閩洛之旨」、「講程朱學有所得」。前者詳見（清）呂葆中：〈行略〉，收於《呂晚村先生文集》，頁 302。後者見（清）陳鼎：《留溪外傳》，收錄於《四庫全書存目叢書》（臺南：莊園文化出版社，1997 年），第一二二冊，頁 22。

風的反省，另一方面則是宋詩本身以學問爲詩的特點和清初經世風氣相合，在這唐宋風氣轉變的過程中，《宋詩鈔》因此應時而生。館臣在《四庫全書提要》中，對《宋詩鈔》做了以下之說明：「蓋明季詩派，最爲蕪雜，其初厭太倉、歷下之剽襲，一變而趨清新，其繼又厭公安、竟陵之纖佻，一變而趨眞樸，故國初諸家，頗以出入宋詩，矯鉤棘塗飾之弊。之振是選，即成於是時。……使學者得見兩宋詩人之崖略，不可謂之無功。」〔註31〕可見選家欲以宋詩樹立新的詩學風氣之意圖。

關於《宋詩鈔》的宋詩觀點，可從吳之振所撰的〈宋詩鈔序〉中了解：

> 黜宋詩者曰腐，此未見宋詩也。宋人之詩，變化於唐而出其所自得，皮毛落盡，精神獨存。不知者或以爲腐，後人無識，倦於講求，喜其說之省事而地位高也，則群奉腐之一字，以廢全宋之詩，故今之黜宋者，皆未見宋詩者也。雖見之而不能辨其原流，則見與不見等。此病不在黜宋，而在尊唐，蓋所尊者嘉、隆後之所謂唐，而非唐宋人之唐也。〔註32〕

在序中吳之振重申了宋詩的價值，批評當時擯除宋詩者，因爲無識且倦於講求，而群起跟風認爲宋詩迂腐，是沒有見到宋詩之全貌。吳之振從宋詩實乃「變化於唐而出其所自得」的角度，逐步將宋詩從「腐」的印象脫離出來，意味著宋詩實有突破窠臼，自出新意的一面，並非僅沿襲唐詩舊路，並認爲時人所推崇的唐詩已非初始唐詩的樣貌。此序文可以看出，吳之振的用意是欲扭轉宋詩長期以來遭受打壓的局面，因此他在不菲薄唐詩的前提下，爲宋詩爭取合理的詩學地位，肯定宋詩之價值。

《宋詩鈔》的選家重新審視之前的宋詩選本，而有所批評：「萬歷間，李蓘選宋詩，取其遠離於宋而近附乎唐者，曹學佺亦云：『選

〔註31〕（清）吳之振等編：《宋詩鈔・提要》，頁1。
〔註32〕（清）吳之振等編：《宋詩鈔初集・序》，頁3～4。

始萊公，以其近唐調也。以此義選宋詩，其所謂唐終不可近也，而宋人之詩則已亡矣。』」〔註 33〕選家認為《宋詩鈔》之前的宋詩選本，多是在宗唐的風氣下，用「以唐存宋」的方式進行選取，這樣的選法，不僅無法了解唐詩之妙，也無法看清楚宋詩之面目，所以《宋詩鈔》所選：「是盡宋人之長，使各極其致，故門戶甚博，不以一說蔽古人，非尊宋於唐也，欲天下黜宋者，得見宋之為宋如此，其為腐與不腐未知何如？」〔註 34〕採取「以宋存宋」的方式，而開展宋詩之面貌。

《宋詩鈔》從「變」的角度，來看唐、宋詩之間的關係，影響了選本的取選，因此凡例所謂「一代之中，各家俱收，一家之中，各法具存」，〔註 35〕也是延續選家對宋詩的態度而來，既然是從「變化於唐」的觀點來看待宋詩，便牽涉到宋代詩人在創作詩歌時，如何學習唐人詩歌技巧的問題，如選本評陳師道「其詩深得老杜之法，今之詩人不能當也，任淵謂讀後山詩似參曹洞禪，不犯正位，切忌死語，非冥搜旁引，莫窺其用意深處，因為作註，蓋法嚴而力勁，學贍而用變」，〔註 36〕評黃庭堅「出而會萃百家句律之長，究極歷代體製之變，自成一家，雖隻字半句不輕出」，〔註 37〕又評謝翱「古詩頡頏昌谷，近體則卓鍊沈著，非長吉所及也」〔註 38〕等，多聚焦在詩「法」上，由此可知《宋詩鈔》選入的詩作多是詩人創作技巧的展現。

康熙十年（1671），吳之振攜《宋詩鈔》入京，贈書多位詩友，在京城停留期間與文人往來唱和，研討宋詩。高磊考察吳之振在京城期間往來唱和者與其離京時的賦詩贈行者近五十家，名單基本涵蓋

〔註 33〕（清）吳之振等編：《宋詩鈔初集・序》，頁 10～11。
〔註 34〕（清）吳之振等編：《宋詩鈔初集・凡例》，頁 11～12。
〔註 35〕（清）吳之振等編：《宋詩鈔初集・凡例》，頁 18。
〔註 36〕（清）吳之振等編：《宋詩鈔・後山集》，卷 25，頁 518～519。
〔註 37〕（清）吳之振等編：《宋詩鈔・山谷集》，卷 28，頁 566。
〔註 38〕（清）吳之振等編：《宋詩鈔・晞髮集》，卷 99，頁 804。

當時京城詩壇翹楚。〔註 39〕趙娜也稱「《宋詩鈔》的編選、刊刻及流傳是清初具有歷史意義的重要事件。《宋詩鈔》被廣泛贈送京師著名詩人，爲宋詩風由京師向全國的傳播打下基礎。」〔註 40〕《宋詩鈔》在當時的宗唐風氣下，一躍成爲清初文人理解宋詩、接受宋詩的主要媒介。

清代宋詩選本大量興起，根據申屠青松的研究，《宋詩鈔》在清代文獻中具有核心地位：

> 以《宋詩鈔》爲中心，清代宋詩選本大體可以分爲三類：一類是與《宋詩鈔》毫無文獻繼承關係或關係甚微的選本，這一類數量不多，主要是朝廷主持編選的選本。……第二類是爲續補《宋詩鈔》而作的選本，……這種在文獻上極具補充性質的總集序列，事實上也是對《宋詩鈔》中心地位的一種承認。第三類是與《宋詩鈔》存在文獻繼承關係的選本，這佔了清代宋詩選本的大部分。〔註 41〕

申屠青松以《宋詩鈔》爲中心，將清代的宋詩選本大致分爲三類，除了第一類與《宋詩鈔》關係較疏遠外，後兩類都與《宋詩鈔》存在著添補與承繼的關係，由此可知，多數的清代宋詩選本實圍繞著《宋詩鈔》而作。另外，值得注意的是，申屠青松認爲與《宋詩鈔》關係疏遠者，主要是朝廷所主持的宋詩選本，言外之意代表《宋詩鈔》的選取，反映出不同於朝廷的聲音，且深遠地影響著清代民間的宋詩選本。

吳之振曾在〈宋詩鈔序〉中言：「自嘉、隆以還，言詩家尊唐而黜宋，宋人集覆瓿糊壁，棄之若不克盡，故今日蒐購最難得。」

〔註 39〕高磊據《黃葉村莊詩集》卷首的贈行詩及京師唱和詩推測，吳之振贈書者約近五十家，當時吳之振離京時爲其賦詩贈行者有周弘等二十八人，在京期間往來唱和者有程可則等十六人，見《清代宋詩選本研究》，頁 112。

〔註 40〕趙娜：〈《宋詩鈔》與清初宋詩風的興起〉，《內蒙古大學學報》，第 41 卷第 3 期（2009 年 5 月），頁 3。

〔註 41〕申屠青松：〈《宋詩鈔》與清代詩學〉，頁 82。

〔註 42〕在清初宋詩文獻匱乏的情況之下，《宋詩鈔》以宋詩變化於唐的角度，論述宋詩從杜分支的體派流變，以及對某些詩人的獨到見解等，均有突破時代框架的一面，《宋詩鈔》不僅反映了時代的詩學痕跡，且在其中扮演了重要的角色，推動清代宋詩學風的進展。

第二節　《宋詩鈔》選陸游詩實況

《宋詩鈔》共選陸游詩作 847 首，僅次於楊萬里 1465 首，位居第二。選家不希望因爲自己主觀好惡的批評，影響了讀者對於宋詩的接受，《宋詩鈔》是一部僅收錄詩作，而沒有評語的選本，但這並不表示選家在選本中未呈現自己的詩學主張。事實上，選家的詩學觀點不時在序文與詩人小傳裡呈現，尤其是詩人小傳中對詩人的詩派流變、詩作特色等評論，不時有獨到的見解。以下將從《宋詩鈔》陸游集中的生平小傳、選錄陸游詩作的方式、內容，探討選家選錄陸游詩歌的情況。

一、選詩原則

《宋詩鈔》爲了使讀者更加了解宋詩之眞實面目，遂採取「一代之中，各家俱收，一家之中，各法具存」的原則，將各派詩人，各類作品，均收入選本當中，王輝斌認爲《宋詩鈔》此種方式「體現的正是一種『求全』的詩選學準則」。〔註 43〕以陸游爲例，具體反映在選詩上有三點，其一是《宋詩鈔》集中選錄的陸游詩作各體兼備，無論是古體詩，抑或是近體詩，都將之收錄於選本中。其二是關於組詩，多採取全收的方式收入選本中，以陸游〈三峽歌〉九首爲例，〔註 44〕

〔註 42〕（清）吳之振等編：《宋詩鈔初集・序》，頁 3。

〔註 43〕王輝斌：〈《宋詩鈔》的詩選學特徵〉，頁 57。

〔註 44〕陸游〈三峽歌〉九首，分別爲（僅舉首句）：神女廟前秋月明、不怕灘如竹節稠、十二巫山見九峰、錦繡樓前看賣花、險詐沾沾不媿天、蠻江水碧瘴花紅、亂插山花簀子紅、萬州溪西花柳多、我遊南賓春暮時，《宋詩鈔》，卷 66，頁 276。

清代其他選本如：康熙《御選宋詩》選錄六首（神女廟前秋月明、不怕灘如竹節稠、十二巫山見九峰、蠻江水碧瘴花紅、亂插山花簣子紅、我遊南賓春暮時），〔註45〕乾隆《御選唐宋詩醇》選錄二首（十二巫山見九峰、我遊南賓春暮時），〔註46〕張景星《宋詩別裁集》亦選錄二首（十二巫山見九峰、我遊南賓春暮時），〔註47〕上述選本多選擇〈三峽歌〉其中幾首作爲代表，而《宋詩鈔》則將九首全部選入，這樣的選法確實較能如實且完整地呈現詩家的創作結構和情感歷程。其他諸如〈初夏閒居〉八首、〈農家〉六首等，《宋詩鈔》也是以全收的方式將之收入選本中。

其三是有關陸游的詩歌創作取徑之法，亦在選本中展現。首先，選家在選本中收錄陸游自述其學詩的方法，如〈示子遹〉一詩：

> 我初學詩日，但欲工藻繪。中年始少悟，漸若窺宏大。怪奇亦間出，如石漱湍瀨。數仞李杜牆，常恨欠領會。元白纔倚門，溫李眞自鄶。正令筆扛鼎，亦未造三昧。詩爲六藝一，豈用資狡獪。汝果欲學詩，工夫在詩外。〔註48〕

陸游早年詩從曾幾（1084～1166）、私淑呂本中（1084～1145），二者均屬於江西詩派，故陸游早期受其影響詩風較爲華麗，中年以後有所體悟，詩境漸變宏大，並轉向其他詩家汲取創作養分，最後認爲要做好詩不能僅從書上習得，應從生活中去探索。其他關於陸游學詩經驗的詩作，又如〈贈應秀才〉一詩，〔註49〕其中「我得茶山一轉語，文章切忌參死句」二句，將當年詩從曾幾所學到的作詩之法贈與應秀才，期望能對他的創作有所幫助。

〔註45〕（清）康熙：《御選宋金元明四朝詩》，《景印文淵閣四庫全書》（臺北：臺灣商務印書館，1983年），第一四三七冊，卷7，頁138。

〔註46〕（清）乾隆：《御選唐宋詩醇》，《景印文淵閣四庫全書》（臺北：臺灣商務印書館，1983年），第一四四八冊，卷46，頁907。

〔註47〕（清）張景星等：《宋詩別裁集》（上海：上海古籍出版社，1992年），卷8，頁214。

〔註48〕（清）吳之振等編：《宋詩鈔》，卷69，頁341。

〔註49〕（清）吳之振等編：《宋詩鈔》，卷66，頁278。

其次，是收錄陸游具體的詩歌創作，如〈寄酬曾學士學宛陵先生體比得書云所寓廣陵僧舍有陸子泉每對之輒奉懷〉一詩，〔註 50〕學習北宋詩人梅堯臣（1002～1060）之詩體。詩中敘述讀信一事，從收信、拆封、讀信，到品論信之內容、字跡、讀後感想等每個步驟，一一道來，表現了對生活瑣事的精細刻畫，此特點與梅堯臣注重寫實、觀察細微、提倡平淡的筆調十分接近。又有〈小舟過吉澤效王右丞〉一詩，〔註 51〕效法唐代王維自然脫俗的詩作風格，陸游曾言：「余年十七八時，讀摩詰詩最熟。」〔註 52〕代表其創作曾受到王維詩作的影響。

無論是陸游自述其創作歷程，傳授幼子一生的作詩心得，抑或是分享其創作經驗予以晚輩，對於選家將此類說明作詩經驗的詩作收入選本中，王輝斌在其文〈《宋詩鈔》的詩選學特徵〉中論及此特徵，言：

> 《宋詩鈔》之於宋代詩人的選錄，除了注重於「一代之中，各家俱存」外，還曾在「一家之中，各法俱在」上下功夫，即其所選編之詩，大多著眼於其「法」的有無爲其入鈔之標準。以這種指導思想所編選的《宋詩鈔》，對於那些擬以宋詩爲詩法對象的詩人來說，無疑是能很好地起到引導性與指導性之作用。〔註 53〕

王輝斌認爲《宋詩鈔》在「一家之中，各法俱在」的原則上下功夫，特別著重於對宋代詩人詩學方法的選取，由於陸游有陸游的作詩方法，蘇軾、黃庭堅、楊萬里等各詩家都有其作詩方法，故讀者便能透過此選本了解宋代詩家對前人的學習過程、學習成效，並依其想學習的方向努力。

〔註 50〕（清）吳之振等編：《宋詩鈔》，卷 64，頁 230。

〔註 51〕（清）吳之振等編：《宋詩鈔》，卷 66，頁 285。

〔註 52〕（宋）陸游：〈跋王右丞集〉，《渭南文集》，《文淵閣四庫全書》，第一一六三冊，卷 29，頁 532。

〔註 53〕王輝斌：〈《宋詩鈔》的詩選學特徵〉，頁 59。

而關於《宋詩鈔》此種以「求全」的方式，選錄陸游的詩歌作品，其優點在於能較全面地呈現陸游詩歌作品的內容與特色，但這樣的選取方式，不免也呈現出駁雜的特性，清人汪景龍（？～？）在〈宋詩略序〉中提到：

> 石門吳孟舉之《宋詩鈔》、嘉善曹六圃之《宋詩存》大有功於宋人之集，而未經抉擇。……余故與姚子和伯取宋人全集，暨諸家選本，採其佳什，而俚俗淺率者俱汰焉。〔註54〕

汪景龍對於《宋詩鈔》的內容，提出「未經抉擇」的看法，可以呼應到前面所提及的「求全」、「通收」的選詩方式，此可謂一體兩面之形容。因此，汪景龍雖然肯定吳之振、曹庭棟在搜羅、整理宋人詩集上的貢獻，但也認爲有必要再對宋詩進行刪選，以補此種選詩方式之不足。

二、選詩內容

（一）愛君憂國

《宋詩鈔》在陸游的詩人小傳中，對其生平背景、仕宦經歷，以及詩學特色，有一簡要說明：

> 劉後村謂近歲詩人，雜博者堆隊仗，空疎者窘材料，出奇者費搜索，縛律者少變化，惟放翁記問足以貫通力量，足以驅使才思，足以發越氣魄，足以陵暴，南渡而下，故當爲一大宗。吾謂豈惟南渡，雖全宋不多得也。宋詩大半從少陵分支，故山谷云：「天下幾人學杜甫，誰得其皮與其骨？」若放翁者不寧皮骨，蓋得其心矣，所謂愛君憂國之誠見乎辭者，每飯不忘，故其詩浩瀚崒嵂，自有神合。嗚呼！此其所以爲大宗也與？〔註55〕

選家先援引劉克莊對陸游的評價，繼而提出自己的看法，指出陸游不

〔註54〕（清）汪景龍：〈宋詩略序〉，轉引自高磊〈經眼清代宋詩選本序跋綜錄〉，《清代宋詩選本研究》，頁260。

〔註55〕（清）吳之振等編：《宋詩鈔·劍南詩鈔》，卷64，頁229。

僅是南渡後之大家，於全宋之中也極爲難得，接著剖析陸游所以成爲大家的原因，溯源其詩學創作，乃繼承杜甫一脈而來，由於陸游字詞間充滿著愛君憂國之誠、每飯不忘之恩，惓惓孤忠之意與杜甫無二，使陸游成爲杜甫愛國精神的眞正繼承者。

由詩人小傳的品論來看，選家所欲突顯的是陸游有關忠君愛國、不忘恢復之詩作，如〈聞武均州報已復西京〉一詩：

> 白髮將軍亦壯哉，西京昨夜捷書來。胡兒敢作千年計，天意寧知一日回。列聖仁恩深雨露，中興赦令疾風雷。懸知寒食朝陵使，驛路梨花處處開。〔註 56〕

此詩作於紹興三十一年（1161），當時金人完顏亮（1122～1161）大軍南下，南宋率兵極力抵抗，一度收復西京洛陽，消息傳回臨安後，陸游極爲興奮，因而創作此詩。詩中充滿了對收復失地的欣喜，羅惇曧（1872～1924）曾評此詩爲「神似少陵〈聞官軍收河南河北〉之作」，〔註 57〕認爲二詩在聽聞喜訊的心情上，有異曲同工之妙。

其他諸如〈龍眠畫馬〉，〔註 58〕由畫馬圖聯想到國家年年買良馬一事，再從良馬聯想到發動襲擊的敵軍，詩中流露出對敵軍的憤慨；〈關山月〉，〔註 59〕以邊戍士兵之口吻痛斥南宋對金人的屈服，議和後十五年，逐漸消磨掉士兵的青春與爭戰的心情，反映了人民渴望統一的愛國情懷；又〈示兒〉（死去元知萬事空），〔註 60〕詩中抒發有生之年未見統一的感嘆，因而將期望寄託兒孫，表現了對勝利堅定的信念與愛國的情操等，均是屬於此類的作品。

然而，有些同屬愛君憂國的詩作，《宋詩鈔》卻不收錄，如〈感憤〉（今皇神武是周宣）一詩，〔註 61〕此詩內容旨在諷刺南宋朝廷對

〔註 56〕（清）吳之振等編：《宋詩鈔》，卷 64，頁 231。
〔註 57〕（清）陳衍：《石遺室詩話》，卷 27，頁 371。
〔註 58〕（清）吳之振等編：《宋詩鈔》，卷 64，頁 241。
〔註 59〕（清）吳之振等編：《宋詩鈔》，卷 64，頁 244。
〔註 60〕（清）吳之振等編：《宋詩鈔》，卷 69，頁 344。
〔註 61〕（宋）陸游：〈感憤〉，收於錢仲聯：《劍南詩稿校注》，第三冊，卷 16，頁 1238。

金人的屈服，乾隆《御選唐宋詩醇》評此詩「大聲疾呼，氣浮紙上，《諸將》五首之嫡嗣也」，〔註 62〕認為此詩與杜甫《諸將》五首內容相似，皆表現了對朝臣誤國的不滿；又如〈金錯刀行〉，〔註 63〕內容藉由賦詠金錯刀以表示其報國之志；〈觀大散關圖有感〉，〔註 64〕由觀看大散關地圖，想像收復長安，修建京都的情景，表現了詩人對建功立業的渴望；又〈長歌行〉（人生不作安期生），〔註 65〕清人方東樹（1772～1851）評此詩為陸游「壓卷」之作，〔註 66〕內容表達了對馬上殺敵、收復失地的憧憬，除了書寫生平抱負，也點出理想無法實現的悲哀，然以上詩作《宋詩鈔》均未收錄。欲理解其固中緣由，就必須回到《宋詩鈔》對宋詩的選取標準。

《宋詩鈔》因選家個人的理學背景，對詩人的評價多以「力度」和「氣格」的角度著眼，〔註 67〕如在集中評張詠「詩雄健古淡有氣骨」，〔註 68〕評梅堯臣「氣完力餘，益老以勁」，〔註 69〕評歐陽修「其詩如昌黎，以氣格為主」，〔註 70〕評蘇軾「氣象洪闊，鋪敘宛轉」，〔註 71〕評李覯「詩雄勁有氣燄」，〔註 72〕等，將雄健洪闊視為宋詩之主體風格。因此，《宋詩鈔》對陸游詩作風格的評論，亦延續選家的理解而給出「浩瀚崒嵂」的評語，意指陸游詩作風格如海之廣闊，山

〔註 62〕（清）乾隆：《御選唐宋詩醇》，卷 45，頁 889。

〔註 63〕（宋）陸游：〈金錯刀行〉，收於錢仲聯：《劍南詩稿校注》，第一冊，卷 4，頁 361。

〔註 64〕（宋）陸游：〈觀大散關圖有感〉，收於錢仲聯：《劍南詩稿校注》，第一冊，卷 4，頁 357。

〔註 65〕（宋）陸游：〈長歌行〉，收於錢仲聯：《劍南詩稿校注》，第一冊，卷 5，頁 467。

〔註 66〕（清）方東樹：《昭昧詹言》（臺北：漢京文化事業有限公司，1985 年），卷 12，頁 332。

〔註 67〕申屠青松：〈《宋詩鈔》與清代詩學〉，頁 57。

〔註 68〕（清）吳之振等編：《宋詩鈔・乖崖集》，卷 6，頁 103。

〔註 69〕（清）吳之振等編：《宋詩鈔・宛陵集》，卷 8，頁 122。

〔註 70〕（清）吳之振等編：《宋詩鈔・文忠集》，卷 11，頁 190～191。

〔註 71〕（清）吳之振等編：《宋詩鈔・東坡集》，卷 20，頁 394。

〔註 72〕（清）吳之振等編：《宋詩鈔・盱江集》，卷 44，頁 862。

之高峻。但是，選家以其特有的學術角度來審視陸游，或是宋詩，僅能呈現詩家的片斷面貌，故翁方綱就曾批評《宋詩鈔》在選詩標準上的偏失：

> 吳鈔云：「元佑文人之盛，大都材致橫闊，而氣魄剛直，故能振靡復古。」其論固是。然宋之元佑諸賢，正如唐之開元、天寶諸賢，自有精腴，非徒雄闊也。……吳鈔大意，總取浩浩落落之氣，不踐唐跡，與宋人大局未嘗不合，而其細密精深處，則正未之別擇。〔註73〕

翁方綱認爲《宋詩鈔》集中所選入的詩作風格，總取「浩浩落落之氣」，是有意與唐詩吟詠性情，妙在虛處之境象有所分別，但卻忽略了宋詩「細密精深處」。翁方綱此類的評語散落在《石洲詩話》各處，如「吳選似專於硬直一路，而不知宋人之精腴，固亦不可執一而論也」，〔註74〕「《宋詩鈔》則惟取其倉直之氣」，〔註75〕「《宋詩鈔》之選，意在別裁眾說，獨存眞際，而實有過於偏枯處，轉失古人之眞」〔註76〕等，不論是「硬直」、「倉直」或是「偏枯」，都可看出翁方綱認爲《宋詩鈔》以「平直」作爲選錄標準，並未體會到宋詩「自有精腴，非徒雄闊」的特點。

由於《宋詩鈔》於詩作後並未附評語，因此較難追索選家實際選詩時的安排，以翁方綱之批評，再回頭檢視《宋詩鈔》對於陸游愛君憂國詩作的選取，可發現選家似乎對於陸游愛國詩中神似李白、岑參一路，富含浪漫幻想之詩，如前面論及的〈金錯刀行〉、〈長歌行〉等詩作，多所不錄，若依翁方綱所言《宋詩鈔》「總取浩浩落落之氣，不踐唐跡」，是有意區別唐、宋詩的角度來看，大抵可以解釋《宋詩鈔》爲何不選錄這些詩作的原因，而也因爲選家捨去陸游偏向唐詩興妙的一面，故亦符合翁方綱認爲所選之詩呈現「偏枯」的情形。

〔註73〕（清）翁方綱：《石洲詩話》，卷3，頁1421。
〔註74〕（清）翁方綱：《石洲詩話》，卷3，頁1402～1403。
〔註75〕（清）翁方綱：《石洲詩話》，卷3，頁1423。
〔註76〕（清）翁方綱：《石洲詩話》，卷3，頁1420。

（二）感時傷懷

綜覽《宋詩鈔》所選錄的陸游詩作之詩題，其中有許多與「有感」、「感懷」、「雜興」等語詞相關。選本中，若以「感」字爲線索搜尋，諸如〈新夏感事〉、〈夜聞松聲有感〉、〈追感往事〉、〈東軒花時將過感懷〉等，共計有 63 首；若以「興」字爲線索搜尋，諸如〈春晚雜興〉、〈病中夜興〉、〈雪中忽起從戎之興戲作〉、〈秋興〉等，扣除詩題中有龍興寺、紹興等地名，共計有 74 首；若以「懷」字爲線索搜尋，諸如〈春晚懷山南〉、〈懷舊〉、〈冬村散步有懷張漢川〉、〈歲莫感懷〉等，且扣除之前曾計算過的「感懷」詩題，共計有 38 首，以此三字爲詩題的詩作數量共 175 首，更不提詩句中帶有感懷字眼的作品數量。

關於陸游詩作中所感、所興、所懷之內容，大抵是詩人抒發自己壯志未酬，年華卻逐漸老去的感嘆，如〈晚春書懷〉一詩：

> 老客天涯心尚孩，惜春直欲挽春回。長繩縱繫斜陽住，右手難移故國來。暑近蚊雷先隱轔，雨前蟺垤正崔嵬。茹芝卻粒終無術，萬事惟須付一盃。〔註 77〕

詩之內容描寫詩人因感受到時序的交替，繼而引發自身對年華逝去的感傷，暮春的意象不僅代表青春的衰頹，也隱含故土難復的憂愁，沒有殺敵報國機會的詩人最終只能借酒澆愁。因季節、景物而興發感嘆的詩作，在陸游集中不算少見，如〈秋思〉（半年閉戶廢登臨）、〈秋晚雜興〉（老病侵凌不可當）、〈歲暮感懷〉（王師宿梁益）、〈枕上作〉（蕭蕭白髮臥扁舟）等等，皆是此類作品。

又〈雨夜有懷張季長少卿〉一詩：

> 放翁雖老未忘情，獨卧山村每自驚。鼎鼎百年如電速，寥寥一笑抵河清。梅初破蕾行江路，燈欲成花聽雨聲。正用此時思劇飲，故交零落愴餘生。〔註 78〕

〔註 77〕（清）吳之振等編：《宋詩鈔》，卷 64，頁 237。

〔註 78〕（清）吳之振等編：《宋詩鈔》，卷 66，頁 280。

此詩作於慶元元年（1195），時陸游 71 歲，內容描寫詩人因雨夜而懷想故人，抒發詩人年華消逝、故交半零落的感傷。在陸游集中，除了「感」、「懷」、「興」外，也常常出現類此思舊、懷昔爲主題的詩作，一方面緬懷故人舊事，一方面感嘆光陰易逝，老大無成的傷痛，如〈感昔〉（曾從征西十萬師）、〈懷舊〉（狼煙不舉羽書稀）、〈紹興辛未至丙子六年間予年方壯每遇重九多與一時名士登高於蕺山宇泰閣距開禧丁夘六十年憂患契濶何所不有追數同遊諸公乃無一人在者而予猶強健慘愴不能已賦詩識之〉等等，皆屬此類作品。

另外，當人們貧病交加之際，最容易意志消沈，追感過往，尤其在陸游晚年致仕後，經濟狀況不佳，且年衰多病，對人生的喟嘆更爲頻繁，陸游集中有不少描寫此類的詩作，如〈長飢〉、〈久病灼艾後獨卧有感〉、〈病中夜興〉、〈貧甚作短歌排悶〉、〈貧述〉等，《宋詩鈔》將之輯入選本，呈現了陸游的生活狀態。但陸游在中晚年的詩作中，由於意境、詩句等過於重複，而招致不少批評，清人朱彝尊（1629～1709）曾言「陸務觀吾見其太縟」，〔註 79〕袁枚（1716～1797）亦寫詩諷刺，「鶯老莫古調，人老莫作詩。往往精神衰，重複多繁詞」，〔註 80〕對陸游詩中詞句重見疊出的情形，提出批評。

《宋詩鈔》實際選陸游詩的情況，大抵以感時傷懷的作品爲主，由內容而言，感時傷懷的詩作其實可以看作陸游愛君憂國精神的延續，由於陸游一生懷抱恢復山河的志業，但受於現實無法實現，以致

〔註 79〕（清）朱彝尊〈橡村詩序〉言：「今之言詩者，多主於宋，黃魯直吾見其太生，陸務觀吾見其太縟，范致能吾見其弱，九僧、四靈吾見其拘，楊廷秀、鄭德源吾見其俚，劉潛夫、方巨山、萬里吾見其意之無餘，而言之太盡，此皆不成乎鵠者也。」《曝書亭集》，收於《景印文淵閣四庫全書》，第一三一八冊，卷 39，頁 102。

〔註 80〕（清）袁枚〈人老莫作詩〉：「鶯老莫調舌，人老莫作詩。往往精神衰，重複多繁詞。香山與放翁，此病均不免。奚況於吾曹，行行當自勉。其奈心感觸，不覺口咿啞。譬如一年春，便有一年花。我意欲矯之，言情不言景。景是眾人同，情乃一人領。」，《小倉山房詩集》，收於《清代詩文集彙編》第三三九，卷 25，頁 565。

到中晚年充滿壯志未酬，心念不止卻又割捨不下的沈痛。但這與選家所欲強調的「浩瀚崒嵂」詩風，其實有段距離，而這樣的選詩結果可能與陸游現存詩作以中晚年作品居多有關。宋邦珍曾指出陸游豪放雄渾的風格，多呈現在其早年的作品中，這與其內在生命情境有關，一方面因爲年輕氣盛，一方面是復國志向尚待完成，〔註 81〕但因陸游中晚年後的詩作風格逐漸轉向清曠淡遠，因而呈現選評之差異。

（三）言己教子

在陸游的詩作中，書寫了許多日常生活發生的大小事情，間接記錄了他的行爲與性情，其中有一部分的詩作，內容涉及家庭生活，尤其是陸游對兒孫的關懷與教導，將內容以詩歌的形式表現出來。王瑄琪在其碩論中，曾統計《劍南詩稿》之詩作，凡詩題中標有「兒子名字」、「兒」、「子孫」等字的教子詩，約有 191 首。〔註 82〕而《宋詩鈔》對陸游教子詩的選錄，同樣僅就詩題中提到「兒子名字」、「兒」、「孫」等字眼的詩作統計，約有 21 首，亦不算少數。

慶元三年（1197）五月，王氏逝世後，陸游曾作〈令人王氏壙記〉一文，內容記載了陸游的一些子孫名字：

> 於虖！令人王氏之墓。中大夫山陰陸某妻蜀郡王氏，享年七十有一，封令人。以宋慶元丁已歲五月甲戌卒。七日己酉葬。祔君舅少傅，君姑魯國夫人墓之南岡。有子子虡，烏程丞；子龍，武康衛；子惔、子坦、子布、子聿。孫元禮、元敏、元簡、元用、元雅。曾孫阿喜，年幼未名。〔註 83〕

此時陸游 73 歲，文中提到陸游兒子六人，即：子虛、子龍、子修、子坦、子布、子聿（遹），孫子五人，即：元禮、元敏、元簡、元用、元雅，以及曾孫阿喜，至於女兒，則完全未提及。

〔註 81〕宋邦珍：《陸游詩歌研究》（新北：花木蘭文化出版社，2012 年），頁 184。

〔註 82〕王瑄琪：《父子更兼師友分——陸游教子詩研究》（彰化：國立彰化師範大學碩士論文，2004 年），頁 10～11。

〔註 83〕（宋）陸游：《渭南文集》，卷 39，頁 619。

關於《宋詩鈔》於陸游集中選出的教子詩，就詩題而言，大抵可分爲三類：一是送迎類，如〈三月十六日至柯橋迎子布東還〉（江國常年秋雁飛），〔註 84〕「道途一見相持泣，鄰曲聚觀同載歸」、「草草杯盤更起舞，匆匆刀尺旋裁衣」，內容描述陸游迎接遠客他鄉的兒子歸來，提到相會時的欣喜，以及爲子設宴慶祝、裁製新衣的情形。又〈送子龍赴吉州掾〉，〔註 85〕「我老汝遠行，知汝非得以。駕言當送汝，揮涕不能止」、「汝爲吉州吏，但飲吉州水。一錢亦分明，誰能肆讒毀」，詩之開頭陸游表現出年歲老大卻要與子分別的不捨，中後亦勉勵子龍作爲吉州官吏要愛護百姓，不可貪贓枉法。另外，〈送子虡吳門之行〉，〔註 86〕「此詩字字句愁絕，忍淚成篇卻怕看」、〈送子坦赴鹽官縣市征〉，〔註 87〕「父子團欒笑語譁，豈知雲散各天涯」等，均表現出陸游送別長大成人的孩子遠遊他鄉的無奈與不捨。

二是書信類，如〈得子聿到家山後書〉，〔註 88〕「夢好定知行路健，書來深慰倚門情」、「柯橋道上山如畫，早晚歸舟聽櫓聲」，內容描寫收到子聿書信的欣喜，並希望子聿能早日歸家。〈寄子坦〉，〔註 89〕「頗憂昨暮雲吞日，猶幸今朝雨壓風」、「寒沙不是無來雁，頻寄書歸問老翁」，詩之內容書寫擔心子坦遠遊的天氣情形，並期望子坦能多寄書信來道平安。又〈子遹調官得永平錢監待次甚遠寄詩寬其意蓋將與之偕行也〉，〔註 90〕「但令父子常相守，斂版扶犁味總長」，提到若是能常相聚，不管是做官或是耕田都是好的選擇，表現出父親對兒子將調官至遠處的慰藉。

三是訓示類，如：〈僕頃在征西大幕登高望關輔樂之每冀王師拓

〔註 84〕（清）吳之振等編：《宋詩鈔》，卷 67，頁 294。
〔註 85〕（清）吳之振等編：《宋詩鈔》，卷 67，頁 300。
〔註 86〕（清）吳之振等編：《宋詩鈔》，卷 68，頁 309。
〔註 87〕（清）吳之振等編：《宋詩鈔》，卷 68，頁 313。
〔註 88〕（清）吳之振等編：《宋詩鈔》，卷 67，頁 306。
〔註 89〕（清）吳之振等編：《宋詩鈔》，卷 68，頁 313。
〔註 90〕（清）吳之振等編：《宋詩鈔》，卷 69，頁 326。

定得卜居焉暇日記此意以示子孫〉，〔註 91〕「南北會當一，老我悲不遇」、「永爲河渭民，勿憚關山路」，內容提到自己已年歲老大，遂將恢復志業寄托子孫，勉勵子孫不要忘記。〈示兒〉（舍東已種百本桑），〔註 92〕「吾兒從旁論治亂，每使老子喜欲狂。不須飲酒逕自醉，取書相和聲琅琅」，描寫了一幅父子讀書的景象。又〈示子遹〉（我初學詩日），〔註 93〕「我初學詩日，但欲工藻繪。中年始少悟，漸若窺宏大」、「汝果欲學詩，功夫在詩外」，陸游將他的創作心得以詩歌的方式傳承給兒子。

這些教子詩在陸游中年以後才大量出現，〔註 94〕內容所涉及的範圍非常廣泛，有的表現出對子孫的關懷愛護，有的叮嚀子孫的爲官之道，有的則傳授自身的創作見解等，內容相當豐富，詩中流露出陸游對子孫的殷殷期盼和愛護之情。《宋詩鈔》將陸游的教子詩選入其中，也可看到陸游詩作中有別於慷慨激昂、沈鬱抒懷的另一種面貌。

第三節　《宋詩鈔》選陸游詩之淵源與影響

《宋詩鈔》在選錄陸游詩歌作品上，將陸游詩學溯本追源，上推至杜甫，並體認到陸游所學習的杜甫面向，在於其愛國精神的承繼，而非僅僅形式面貌的模擬，由此開展而來的詩作特色，便是以浩瀚雄健爲主的風格。選家將陸游與杜甫相聯繫，並以理學重視道德、氣性的理想，品論陸游一飯不忘君的人倫之道與雄渾豪放的作品，這樣的選取方式，有其背後的深意。故此節將探討《宋詩鈔》選陸游詩之淵

〔註 91〕（清）吳之振等編：《宋詩鈔》，卷 66，頁 272。

〔註 92〕（清）吳之振等編：《宋詩鈔》，卷 65，頁 265。

〔註 93〕（清）吳之振等編：《宋詩鈔》，卷 69，頁 341。

〔註 94〕宋邦珍考察《劍南詩稿》，陸游第一首與子有關的詩爲卷 1〈喜小兒輩到行在〉，當時紹興三十二年（1162）人在臨安。後紹熙元年（1190），陸游 66 歲，奉祠在家不再作官，由這一年開始涉及子孫的詩作大量出現。見宋邦珍：《陸游詩歌研究》，頁 76。

源與影響。

一、選詩淵源

清初受到遺民思潮的影響，文人開始反思明亡的教訓，反對王學末流空疏清談的陋習，使得清初的學術發展逐漸走向重視實用的面向，宋詩也在此時進入清人的學術視野。申屠青松探討遺民詩人對宋詩的接受，認爲宋詩與遺民思想有很多的契合：

> 首先，宋明二朝歷史際遇相似，遺民關注宋代文化，一方面是想通過宋、明二朝的盛衰興亡的比較，找出共同的歷史原由。另一方面，在愈益嚴苛的政治環境中，「以宋代明」，表達故國之思，也是一種較爲安全的話語表達策略。其次，清初遺民思想的一個普遍特點是強調經世，論及文學，往往突出其政教意義，歷代詩中能體現這一要求的首推宋詩。〔註 95〕

因此，由於歷史際遇的相似，經世濟用的強調，遺民詩人具體反映在對宋代道德人格的讚揚與對愛國詩人的推崇，而南宋的愛國詩人陸游，其在詩作中自然流露的家國關懷，便成爲遺民詩人讚揚的對象。

而在眾遺民詩人中，以錢謙益對陸游詩歌的提倡最具影響。清人毛奇齡言：「海內宗虞山教言，於南渡推放翁。」〔註 96〕說明錢謙益對陸游詩歌的推崇。錢謙益的學生瞿式耜（1590～1651）言：「先生之詩，以杜、韓爲宗，而出入於香山、樊川、松陵，以迨東坡、放翁、遺山諸家，才氣橫放，無所不有。」〔註 97〕說明錢謙益轉益多詩的創作情形，並且點出在宋代是以蘇軾、陸游二者作爲學習的對象。清人吳梅村（1609～1671）亦言：「牧齋深心學杜，晚更放而之

〔註 95〕 申屠青松：〈清初宋詩選本與遺民思潮〉，《南京師範大學文學院學報》，第 4 期（2009 年 12 月），頁 153～154。

〔註 96〕 （清）毛奇齡：〈盛元白詩序〉，《西河文集》，《清代詩文集彙編》，第八十七冊，卷 28，頁 399。

〔註 97〕 （清）瞿式耜：〈序〉，收於錢謙益：《牧齋初學集》，《清代詩文集彙編》，第一冊，頁 181。

於香山、劍南。」〔註 98〕指出錢謙益晚年詩歌創作取法白居易、陸游的情況。

蔣寅研究陸游詩歌在明末清初的流行，亦認爲與錢謙益的提倡關係密切，並指出錢謙益之所以關注陸游詩歌，是受到其友程嘉燧（1565～1643）的影響。〔註 99〕程嘉燧，字孟陽，號松圓老人，工詩、善畫，與李流芳（1575～1629）、唐時升（1551～1636）、婁堅（1567～1631）並稱爲「嘉定四先生」。關於程嘉燧詩作特點，王士禛在《漁洋詩話》曾寫道：「明末七言律詩有兩派：一爲陳大樽，一爲陳松圓。大樽遠宗李東陽、王右丞，近學大復；松圓學劉文房、韓君平，又時時染指陸務觀，此其大略也。」〔註 100〕指出程嘉燧的詩作有取法南宋陸游的現象。

錢謙益於〈復遵王書〉中亦曾自言其詩學觀念的轉向與程嘉燧有關：

> 僕少壯失學，熟爛空同、弇州之書，中年奉教孟陽諸老，始知改轅易轍。孟陽論詩，自初盛唐及錢、劉、元、白諸家，無不析骨刻髓，尚未能及六朝以上。晚始放而之劍川、遺山。余之津涉，實與之相上下。〔註 101〕

錢謙益說明其詩學觀念因受到程嘉燧等詩友影響，而有從唐入宋的過程。也因爲錢謙益晚年提倡宋元詩，進而推動了宋詩風在明末清初的興起，故喬億在《劍溪說詩》中言：「自錢受之力詆弘正諸公，始纘宋人餘緒，諸詩老繼之，皆名唐而實宋，此風氣一大變也。」〔註 102〕說明當時詩風之轉折。

〔註 98〕（清）吳偉業：《吳梅村全集》（上海：上海古籍出版社，1999 年），卷 28，頁 664～665。

〔註 99〕蔣寅：〈陸游詩歌在明末清初的流行〉，《中國韻文學刊》，第 20 卷第 1 期（2006 年 3 月），頁 11～12。

〔註 100〕（清）王士禛：《漁洋詩話》，《清詩話》，卷下，頁 219。

〔註 101〕（清）錢謙益：〈復遵王書〉，《牧齋有學集》，《清代詩文集彙編》，第三冊，卷 39，頁 485。

〔註 102〕（清）喬億：《劍溪說詩》，《續修四庫全書》，第一七〇一冊，卷下，轉益多師、唐宋兼采是錢謙益的詩法策略，因此他廣泛學習杜甫、白居易、蘇軾、陸游、元好問等詩家的詩法特色，且在宋代中又特別推崇陸游的詩歌作品。丁功誼認爲錢謙益在宋代詩人中選擇了陸游而非蘇軾、黃庭堅的箇中原因，在於：「陸游進入江西詩派而又出於江西詩派，兼得蘇詩之變化與黃詩之精工，克服了以文爲詩帶來的俚俗流蕩和江西詩派奇峭奧硬的兩種弊病。」〔註 103〕指出陸游因兼具蘇軾、黃庭堅之特長，而成爲明末詩壇取法的重要對象。

錢謙益對陸游詩歌的提倡，是實際以詩歌創作進行，翻閱錢謙益之詩集，可見其以陸游作爲詩句典故的情形，如：

> 〈茅止生挽詞十首〉其十：「家祭叮嚀匡復勳，放翁死後又悲君。過車腹痛他年約，長白山頭酹暮雲。」〔註 104〕
>
> 〈徐大于王聞詔枉詩見賀奉荅二首〉其二：「身退如迂叟，喜人呼作老民。」下自注：「陸務觀自署山陰老民。」〔註 105〕
>
> 〈彭幼朔仙翁丙寅十月化去歲盡卻有手書貽所知多言化後事蓋尸解也幼朔嘗登高寄余詩云譩嗟魚服英雄老爛醉龍山感慨多蓋亦功名自喜之士晚而入道者昔人言英雄回首郎神仙此語蓋不誣丁卯九日獨坐感嘆因續成其詩以傳於好事者〉：「梁父舊游還跨鹿，青城老將去乘騾。」下自注：「姚平仲事見陸務觀渭南集」。〔註 106〕

上述三則均是錢謙益取材自陸游之詩句、詞語或事情，而成爲自己創作詩歌之泉源，由此可見錢謙益是以實際創作，輔以理論，倡導詩壇學習陸游之詩歌作品。

頁 230。

〔註 103〕丁功誼：〈論晚明宋詩風的興起〉，《江西社會科學》，2005 年第 2 期，頁 76。

〔註 104〕（清）錢謙益：《牧齋初學集》，《清代詩文集彙編》，第一冊，卷 17，頁 338。

〔註 105〕（清）錢謙益：《牧齋初學集》，《清代詩文集彙編》，第一冊，卷 4，頁 216。

〔註 106〕（清）錢謙益：《牧齋初學集》，《清代詩文集彙編》，第一冊，卷 4，頁 215。

另外，錢謙益在〈蕭伯玉春浮園集序〉一文中曾提到：「天啓初，余在長安，得伯玉愚山詩，喜其煉句似放翁，寫置扇頭。程孟陽見之，相向吟賞不去口。」〔註 107〕內容記載錢謙益、程嘉燧二人得蕭士瑋（？～？）詩句，見其精煉講究與陸游詩句肖似，便讚賞不已。只因神似便吟賞不止，不難想見錢謙益和程嘉燧對陸游詩歌的推崇，由此事跡也可側面反映二者對陸游詩歌的喜愛與重視。

高磊於其文中考察《宋詩鈔》選家的交遊情形，選家均曾與錢謙益有所往來，如：黃宗羲〈天一閣藏書記〉一文中，記載自己拜訪錢謙益後被錢謙益相邀作爲「讀書伴侶」的過程。而呂留良的三兄呂願良爲錢謙益門人，呂留良便曾通過其三兄向錢謙益請教詩學。此外，康熙三年（1664）四月，黃宗羲、呂留良與吳之振等人還曾一同至常熟探望重病的錢謙益，並於此次出行時與錢謙益研討宋詩、搜尋宋人刊本。〔註 108〕由此可見，《宋詩鈔》所收錄的宋人詩集或詩學觀點，均曾受到錢謙益之啓發。

二、選詩影響

《宋詩鈔》於康熙二年至十年（1663～1671）大體編定，書成問世後，推動清初文人對宋詩的認識，影響深遠，清人梁章鉅便曾於《退庵隨筆》中言，若要了解宋詩的源流派別，「其中名家專集，自宜全讀。此外則泛覽吳之振之《宋詩鈔》，曹廷棟之《宋詩存》，厲鶚之《宋詩紀事》足矣」，〔註 109〕認爲藉由閱覽此三者可以大體勾勒出宋詩的源流派別，由此可見《宋詩鈔》是清初至清中葉文人理解宋代詩歌的主要媒介之一。關於《宋詩鈔》對清人的影響，在選本方面，申屠青松認爲不少宋詩選本對於《宋詩鈔》的依賴程度極大：

> 如全部或絕大部分取材於《宋詩鈔》的選本，筆者所見就

〔註 107〕（清）錢謙益：《牧齋有學集》，《清代詩文集彙編》，第三冊，卷 18，頁 251。

〔註 108〕高磊：《清代宋詩選本研究》，頁 148。

〔註 109〕（清）梁章鉅：《退庵隨筆》，《清詩話續編》，頁 1980。

> 有十一家，即顧有孝《宋朝名家七律英華》、陸次雲《宋詩善鳴集》、邵𣶏《宋詩刪》、潘問奇《宋詩啜醨集》、範大士《歷代詩發》、鄭鉽《宋詩選》、馬維翰《宋詩選》、章薇《歷朝詩選簡金集》、佚名《宋詩抄精選》（上圖藏）、佚名《宋詩抄》（國圖藏）、佚名《宋代五十六家詩集》等。〔註 110〕

申屠青松列舉了 11 種清代宋詩選本，認為這些選本全部或絕大部分取材自《宋詩鈔》，但由於筆者無法看到選本實貌，因此難以進一步追索選家如何以《宋詩鈔》為母本進行增刪的情形。

其中，潘問奇（1632～1695）、祖應世（？～？）合編的《宋詩啜醨集》是確定有選錄陸游詩作的選本。〔註 111〕明亡後潘問奇不願改仕新朝，遂出家為僧，此舉與呂留良行徑一致，而緣於遺民情結，其選本也體現出「重南宋輕北宋，尤多選取愛國詩篇、遺民隱士」〔註 112〕的情形。在選陸游詩方面，與《宋詩鈔》一樣，同將目光投向陸游詩歌中愛君憂國的一面，如其評語：

> 劍南詩，操觚家奉之如拱璧，然一時所為翕然者，不過喜其陶寫風雲、流連月露而已。而其惓惓宗國、悱惻纏綿，顧未有及之者。予為一一標識之，使知先生當日傷半壁之無依、痛兩宮之不返，終天歎悼，不徒區區景物間也，比少陵庶幾一飯不忘之誼云。〔註 113〕

潘問奇指出時人多喜歡陸游工於描摹景物之詩，而忽略其惓惓宗國之心，並認為陸游愛君憂國的一面可與杜甫一飯不忘君恩之誼相比。這種說法與《宋詩鈔》對於陸游的評價，「所謂愛君憂國之誠見乎辭

〔註 110〕 申屠青松：〈《宋詩鈔》與清代詩學〉，頁 82。

〔註 111〕 潘問奇、祖應世合編的《宋詩啜醨集》，目前國內無法看見。清乾隆《御選唐宋詩醇》選評有引其文字，可窺知一二，另外謝海林《清代宋詩選本研究》與高磊《清代宋詩選本研究》中的個案分析，均將《宋詩啜醨集》列為探討重點，可大抵了解其編選宗旨。

〔註 112〕 謝海林：〈潘問奇《宋詩啜醨集》考論〉，《中國韻文學刊》，2009 年第 2 期，頁 27。

〔註 113〕 潘問奇對陸游的評語轉引自（清）乾隆：《御選唐宋詩醇》，卷 45，頁 893。

者，每飯不忘，故其詩浩瀚崒嵂，自有神合」之意類同，均認爲陸游承繼了杜甫的愛國精神。

在校正方面，清人王太岳（1721～1785）《四庫全書考證》中有以《宋詩鈔》之文字來校對《劍南詩稿》的情形，如：

〈夜食炒栗有感〉:「和寧門外早朝時」，刊本「時」訛「來」，據《宋詩鈔》改。〔註 114〕

〈齋中雜興〉:「月夕聞吹笛」注：每聞笛聲淒甚，刊本「淒」訛「異」，據《宋詩鈔》改。〔註 115〕

〈連陰欲雪排悶〉:「先生經旬甑生塵」，刊本「生」訛「座」，據《宋詩鈔》改。〔註 116〕

〈雨〉:「草堂東望不勝清」，刊本「東」訛「登」，據《宋詩鈔》改。〔註 117〕

在《四庫全書考證》校正《劍南詩稿》45 條中，有 4 條乃據《宋詩鈔》之文字進行更動。《四庫全書考證》是四庫館臣對於刊刻各書的校勘字句記錄，清人周中孚（1768～1831）《鄭堂讀書記》中曾言：「乾隆四十一年，候補司業黃太岳、曹錫寶等奉敕撰，……書成發交武英殿，以聚珍板印行，於是海內承學之士得以家置一編，凡所藏書有僞舛者，即可照此改正矣。」〔註 118〕指出由於《四庫全書考證》黏答考訂頗爲詳細，遂成爲學子改訂之依據。而其使用《宋詩鈔》爲校正版本，雖不是對其詩觀的接受，但亦對選本具有較高的參考價值給予肯定。

在詩話方面，清人張謙宜於《絸齋詩談》中品論《宋詩鈔》時，

〔註 114〕（清）王太岳等：《四庫全書考證》（臺北：臺灣商務印書館，1986 年），第四冊，集部，卷 83，頁 232。

〔註 115〕（清）王太岳等：《四庫全書考證》，卷 83，頁 234。

〔註 116〕（清）王太岳等：《四庫全書考證》，卷 83，頁 234。

〔註 117〕（清）王太岳等：《四庫全書考證》，卷 83，頁 234。

〔註 118〕（清）周中孚：〈欽定四庫全書考證一百卷〉，《鄭堂讀書記》，收於《古書題跋叢刊》（北京市：學苑出版社，2009 年），第十冊，卷 55，頁 254。

並未論及蘇軾與陸游，而是將二者獨立出來論述，但從其品論《宋詩鈔》的文字，可以知曉其確實閱覽過《宋詩鈔》。《宋詩鈔》對陸游的評論，主要集中在其與杜甫相似的愛君憂國之誠，而張謙宜對於陸游的品論也提及此點，如：

> 劍南學杜，如研金成泥，不礙揮灑，非他人臨摹之比。此全在氣骨堅勁，雖白話不礙大雅。〔註 119〕

> 放翁似杜處，全在性情與他一般，不在字句臨摹。性情何以相似？忠孝白直，人心之公理也。〔註 120〕

張謙宜認爲陸游與杜甫相似的地方在於「氣骨堅勁」、「忠孝白直」，即是性情的部分，此方面與《宋詩鈔》的觀點大抵一致。

另外，翁方綱在《石洲詩話》中也不時對《宋詩鈔》所提出的論點提出批評，而其對陸游的品論有：

> 雖以陸公有杜之心事，有蘇之才分，而驅使得來，亦不離平熟之逕。氣運使然，豪傑亦無如何耳。〔註 121〕

> 自後山、簡齋抗懷師杜，所以未造其域者，氣力不均耳。降至范石湖、楊誠齋，而平熟之逕，同輩一律，操牛耳者，則放翁也。平熟則氣力易均，故萬篇酣肆，迥非後山、簡齋可望。而又平生心力，全注國是，不覺暗以杜公之心爲心，於是乎言中有物，又迥出誠齋、石湖上矣。〔註 122〕

翁方綱認爲陸游雖然如《宋詩鈔》所言，能得杜甫心事，繼承杜甫的愛國精神，但卻無法超脫平熟習氣，此類說法廣佈於《石洲詩話》中，如「范、陸皆趨熟，而范尤平迤，故間以零雜景事綴之，然究未爲高格也」，〔註 123〕「寫景事有筆酣時，此則楊、范、陸三家之所同也」，〔註 124〕「楊、范、陸極酣肆處，正是從平熟中出耳，天固不欲使南

〔註 119〕（清）張謙宜：《繭齋詩談》，《清詩話續編》，頁 857。
〔註 120〕（清）張謙宜：《繭齋詩談》，《清詩話續編》，頁 857。
〔註 121〕（清）翁方綱：《石洲詩話》，卷 4，頁 1438。
〔註 122〕（清）翁方綱：《石洲詩話》，卷 4，頁 1439。
〔註 123〕（清）翁方綱：《石洲詩話》，卷 4，頁 1435。
〔註 124〕（清）翁方綱：《石洲詩話》，卷 4，頁 1436。

渡復爲東都也」〔註 125〕等，對於南宋詩人的作品，翁方綱多以「平熟」來理解，認爲陸游亦無法脫離時代的限制。但翁方綱亦肯定陸游因在詩中表現對國事的關懷、忠君愛國之情，使其能言之有物，故詩學成就遠在他人之上。

在文論方面，清人王禮培（1864～1943）於〈論宋代詩派〉一文中闡述對於陸游詩歌的看法，引用到《宋詩鈔》的論點：

> 劉後村云：近世詩人博雅者堆對仗，空疏者窘材料，出奇者費搜討，縛律者少變化，惟放翁學問足以貫通力量，足以驅使才思，足以發越氣燄，足以淩轢南渡爲一大宗。呂晚村云：豈惟南渡，雖有宋不多得。……紀曉嵐云：後人選詩略其感激豪岩，沈鬱頓挫，深婉之作，徒取其流連光景，可資剽竊移擬者，轉相販鬻，放翁詩派遂爲論者詬病，……綜諸家之論自是推許過當，萬首平熟，傾動古今，……後村所云「氣燄淩轢」，曉嵐所云「豪宕沈鬱」，放翁平生性情絕不類是，不知其何所據而云然也。〔註 126〕

王禮培在文中表示陸游詩歌「萬首平熟」，認爲劉克莊《後村詩話》、呂留良《宋詩鈔》、紀昀《提要》對於陸游詩歌的品論，如「氣燄淩轢」、「豪宕沈鬱」等，並未識得陸游詩歌的眞實面貌，而有推許過當之嫌。在《宋詩鈔》選陸游詩的影響中，此則文論是較爲特別的，因爲王禮培並不贊同《宋詩鈔》品評陸游詩歌的觀點，其援引呂留良之品論是爲了突顯己說，可視爲王禮培對《宋詩鈔》選陸游詩觀點的反動。

第四節　小　結

《宋詩鈔》爲清代康熙時期的一部民間宋詩選本，於宋代中原

〔註 125〕（清）翁方綱：《石洲詩話》，卷 4，頁 1438。

〔註 126〕（清）王禮培：〈論宋代詩派〉，《小招隱館談藝錄初編》，收於蔡鎮楚編：《中國詩話珍本叢書》（北京：北京圖書館出版社，2004 年），第二十二冊，卷 2，頁 785～786。

擬收百家詩人詩作，但實際僅刻印了八十四家，本章旨在探討《宋詩鈔》選錄陸游詩歌的情形。在第一節中，先介紹《宋詩鈔》一書，《宋詩鈔》原名《宋詩鈔初集》，主要編選者爲吳之振、呂留良、吳爾堯三者，高斗魁與黃宗羲也曾參與選本的編定，並依「一代之中，各家俱收，一家之中，各法具在」的選取方式，期望呈現宋代詩歌的完整面貌。選家由「變」的角度，體認到宋詩有別於唐詩的審美特質，突破時代框架的宋詩觀，使《宋詩鈔》成爲推動清初宋詩風氣的媒介。

第二節就《宋詩鈔》選陸游詩歌的實際情形，深入探討選家對於陸游的看法。首先，就選錄原則而言，選本以各法具存的方式選取詩作，不免呈現出駁雜的情形；其次，其選詩內容大抵可分爲愛君憂國、感時傷懷、言己教子等三類，愛君憂國多爲陸游壯年的作品，是選家所欲強調的部分，而感時傷懷多爲陸游晚年作品，可以看作陸游愛君憂國的延續，因不得志而引發的眾多興嘆，至於教子詩可以看到陸游對子孫的期盼和愛護，呈現有別於慷慨激昂、沈鬱抒懷的另一種面貌。

選家在序文與詩人小傳中指出陸游承繼杜甫愛國的精神面貌，並強調其詩風浩瀚崒嵂的一面，呈現出選家因理學的學術背景，重視詩歌氣性的勃發，也因受到時代遺民風氣的影響，強調精神與人格的展現。但選家過於偏重此類風格的選取，且有意區分唐、宋詩風之差異，對於陸游神似李白、岑參浪漫幻想的詩風多所不錄，因此也招致後人有所選之詩多爲平直、偏枯的批評。

由於《宋詩鈔》本身不具圈點、評語的特性，加上《宋詩鈔》在清代是文人理解宋詩的核心文獻，故第三節探討清人選本、詩話、文章中論及《宋詩鈔》選陸游詩的部份，了解清代文人對《宋詩鈔》選陸游詩的接受。《宋詩鈔》是一部影響深遠的民間選本，選家企圖打破以往以唐存宋的選詩方式，重新建立一部以宋選宋的宋詩選本，突顯宋詩的審美獨立性，通過選家在序文與詩人小傳中的見解，可以看出其獨到之處。由於《宋詩鈔》受到選家理學背景與明末遺民思潮的影響，特別關注陸游在愛國精神上的展現。

第三章　王士禛《古詩選》選陸游詩

《古詩選》是清代王士禛（1634～1711）所編選的一部五、七言古詩選本。王士禛，字子真，號阮亭，別號漁洋山人，山東新城（今山東桓台）人，爲清代著名詩人、文學評論家，著有《帶經堂集》、《漁洋詩話》外，另外編有《唐賢三昧集》、《唐人萬首絕句選》以及《古詩選》等。王士禛論詩，標榜「神韻」說，以含蓄蘊藉的詩境追求，企圖扭轉宋、元以來的空廓之弊，爲清代文人所推崇，清人李元度（1690～1768）曾言：「國家文治軼前古，扢雅揚風，鉅公接踵出，而一代正宗，必以新城王公稱首。公以詩鳴海內五十餘年，士大夫識與不識，皆尊之爲泰山北斗。」〔註 1〕王士禛作爲康熙時期詩壇領袖，影響清初詩壇深遠。

王士禛所編選的《古詩選》一書，分爲五言古詩與七言古詩兩部分，其五言古詩的選取範圍，從兩漢開始而止於唐朝，至於七言古詩的選取範圍則較寬廣，自古歌開始而止於元朝，其意在闡明古今五、七言古詩的發展情形與重要詩派的流變，並藉由選本確立其理想古詩典範，並推廣其詩學主張。《古詩選》一書，在選詩上有其獨到之處，以此章主要探討的七言古詩而言，由於王士禛「鈔不求備」的選

〔註 1〕（清）李元度：〈王文簡公事略〉，《國朝先正事略》（上海：上海古籍出版社，2002 年），第五三八冊，卷 6，頁 127。

詩原則，其對詩家的特別選立，均代表對此詩家在創作上的重視，例如其在北宋選了歐陽修等七家，而於南宋僅選陸游一家，可以看出王士禛對南北宋詩人的態度，以及對陸游的肯定。

目前以王士禛《古詩選》爲對象的研究：謝海林有〈王士禛《阮亭古詩選》編撰緣由、背景及旨向芻議〉〔註2〕與〈王漁洋《古詩選》的刊佈及其影響史〉〔註3〕二文，前者對王士禛《古詩選》的編纂背景與編選宗旨進行討論，後者則對選本刊行後所造成的詩壇影響進行論述。楊淑華〈中國傳統詩選集的「典律」交替——以《古詩選》爲探討核心〉，〔註4〕以王士禛在《古詩選》中對五、七言古詩典律的繼承與轉換，探討中國傳統詩選集的典律交替情形。前人研究多探討王士禛編選《古詩選》的旨趣，以及其對五、七言古詩的看法，且多聚焦於唐代詩人，對選本中的其他詩家較少觀照。

因此，本章將探討《古詩選》中對陸游詩的選取，第一節先概介《古詩選》之內容架構、收錄標準與選詩特色，了解王士禛對五、七古詩的觀點與評價。第二節就《古詩選》選錄陸游詩作的情形，深入探討選本對陸游的看法，並分析選家僅選錄陸游七言古詩的代表意涵。由於七言古詩是陸游在眾多詩體中被後世文人廣泛討論的詩體之一，故第三節承接《古詩選》對陸游七言古詩的選取，進而探討陸游七言古詩在歷代中的評價，並藉由詩話中「蘇黃」、「蘇陸」詩家並稱的現象，了解陸游七言古詩的詩學傳承以及其在歷史上的定位。

第一節　《古詩選》之概介

王士禛《古詩選》成書於康熙二十二年（1683），內容分爲五言

〔註2〕謝海林：〈王士禛《阮亭古詩選》編撰緣由、背景及旨向芻議〉，《文藝評論》（2013年6月），頁122～127。

〔註3〕謝海林：〈王漁洋《古詩選》的刊佈及其影響史〉，《海南師範大學學報》，2014年第1期，頁81～86、92。

〔註4〕楊淑華：〈中國傳統詩選集的「典律」交替——以《古詩選》爲探討核心〉，《臺中師院學報》（2003年12月），頁147～165。

古詩與七言古詩兩部分，從其編選可看出其欲扭轉當時詩壇的流弊，並樹立後世詩人學習古詩的典範。王士禛在體例安排上頗具巧思，既闡明了古詩發展的脈絡，亦突顯出引領時代潮流的詩家特色。王士禛作詩重視溯源辨體，《古詩選》可視為其對五、七言古詩辨體方法的具體應用，對詩家的選錄也有其策略，雖然無法盡善盡美，但已然形成一套獨特的審美趣尚。

一、內容架構

（一）《古詩選》的編選緣由

清初詩壇多對明七子、竟陵派所倡導的詩學主張，抱持著批評的態度，因而開始尋找新的詩法途徑，有些詩人轉以取法宋詩以扭轉時弊。在康熙十年（1671）左右，吳之振攜《宋詩鈔》入京，使原先各自取法的宗宋之聲日漸廣大，促進清代宋詩風的興起，而後經過多位詩人的提倡與創作，使清初整體詩風有從唐詩向宋詩轉化的過程。

然而，細究當時大部分的詩人，並沒有絕對的宗唐或宗宋者，王英志認為「清代的宗宋派詩人幾乎從始至終都不曾因為高張宋詩旗幟而捨棄唐詩傳統，絕大多數都是在肯定唐詩的前提下論述宋詩的價值。」〔註 5〕張仲謀也曾對當時康熙初期至中後期的詩壇變化有所論述：

> 清人詩學，往往因時而變，以一人論之，其持論與創作亦多變化。如清初成長起來的一代詩人，其變化軌跡大都呈現為迴旋曲式的三段體結構。康熙十年前的詩人，絕大多數仍主唐音。康熙十年《宋詩鈔》刊行之後，大多數人皆捨唐入宋，特程度不同而已。康熙二十六年王漁洋《十種唐詩選》出，二十七年《唐賢三昧集》出，在此前後問世的詩話如納蘭性德《淥水亭染識》、吳修齡《圍爐詩話》等，

〔註 5〕王英志：《清代唐宋詩之爭流變史》，頁 131～132。

> 亦普遍對宗宋之弊提出批評，於是瀰漫全國的「宋詩熱」，又漸漸趨於淡化冷卻，原先的宗宋詩人也在不同程度上顯示出向唐詩歸復的趨勢。〔註6〕

張仲謀以「三段體結構」說明清初詩壇宗唐與宗宋的風氣變化，是從師法唐人，間或學習兩宋，後又轉復學習唐人的過程，而這樣的師法過程是當時多數詩人所共同經歷的，王士禛也在其中。

王士禛晚年回憶自身的學詩歷程，曾言：

> 吾老矣，還念生平，論詩凡屢變，而交游中，亦如日之隨影，忽不知其轉移也。少年初筮仕時，惟務博綜該洽，以求兼長。……入吾室者，俱操唐音，韻勝於才，推爲祭酒。……中歲越三唐而事兩宋，良由物情厭故，筆意喜生，耳目爲之頓新，心思於焉避熟。……於是以太音希聲，藥淫哇錮習，唐賢三昧之選，所謂乃造平淡時也，然而境亦從茲老矣。〔註7〕

王士禛提到其詩學演變過程，在少年時期是以唐詩爲宗，中年則兼採宋詩，到了晚年又重返唐詩，而《唐賢三昧集》的選取正是其重揚唐音的體現。

對於王士禛重回唐音的緣由，潘務正在〈王士禛進入翰林院的詩史意義〉一文中，認爲王士禛因擔任翰林院的職務，且受到上層對詩風干涉的影響，使其詩風由宋轉唐。〔註8〕加上宗宋風氣在詩壇流行一段時間後，有些取法宋詩的弊病逐漸產生，清人顧景星（1621～1687）在康熙十八年（1679）爲邵長蘅所作的〈青門麓稿詩序〉中便言：「今海內稱詩家，數年以前爭趨溫、李、致光，近又爭稱宋詩，夫學溫、李、致光，其流艷而佻，學宋詩，其流俚而好盡，二者皆詩

〔註6〕張仲謀：《清代宋詩師承論》（蘇州：蘇州大學博士論文，1997年），頁5。

〔註7〕（清）俞兆晟：〈漁洋詩話序〉，王士禛《漁洋詩話》，《清詩話》，頁163。

〔註8〕潘務正：〈王士禛進入翰林院的詩史意義〉，《文學遺產》，2008年第2期，頁105～114。

之弊也。」〔註 9〕對當時詩壇宗宋詩風的弊病有所反省。

成書於康熙二十二年（1683）的《古詩選》，也是在此情形下提出，四庫館臣曾言：「蓋明詩摹擬之弊，極於太倉、歷城，纖佻之弊，極於公安、竟陵。物窮則變，故國初多以宋詩爲宗。宋詩又弊，士禛乃持嚴羽餘論，倡神韻之說以救之。」〔註 10〕描述王士禛基於詩壇困境，而針對當時偏重師法宋調而引發流弊的調整，故清人翁方綱評論王士禛之《古詩選》，言「其鈔五七言，則三百篇之正路也」，〔註 11〕是藉由選本樹立詩學典範，上追《風》《雅》，以正本清流。

（二）《古詩選》的體例內容

王士禛所編選的《古詩選》，共分爲五言古詩與七言古詩兩部分，清人聞人倓（？～？）據《古詩選》進行箋注，在其序言中曾簡短說明王士禛對五、七言古詩的選取：

> 後得新城先生選古詩，其於四言不錄，蓋以五言上接三百篇也。於漢幾取其全；於魏晉以下遞嚴，而遞有所錄，而猶不廢齊、梁、陳、隋之詩；於唐錄五人，明五言古詩之變而不失其正也。七言自古辭下，八代兼采，放乎唐、宋、金、元諸大家。啓疆樹表，源委洞然，洵乎詩家寶筏在是已。〔註 12〕

王士禛選五言古詩，由兩漢開始，其作品幾乎全選，魏晉之後則標準越發嚴格，但也不廢南北朝與隋朝之詩，於唐朝則僅選錄陳子昂、張九齡、李白、韋應物、柳宗元等五家，用意在「明五言古詩之變而不失其正」。至於七言古詩，選錄範圍較廣，從古歌開始，歷經

〔註 9〕（清）顧景星：〈青門簏稿詩序〉，《邵子湘全集》，收於《四庫全書存目叢書》，集部第二四七冊，頁 678。

〔註 10〕（清）永瑢等：《欽定四庫全書總目》，集部 43，卷 190，頁 100。

〔註 11〕（清）翁方綱：〈附錄方綱漁洋詩髓論〉，《清詩話》，頁 305。

〔註 12〕（清）王士禛選、聞人倓箋：《古詩箋》（上海：上海古籍出版社，2010 年），頁 1。

兩漢、魏晉南北朝、隋唐、宋、金、元等朝代，均有大家詩作選入其中。

王士禛在《古詩選》的編排體例上頗費心思，其在〈凡例〉中言：「如此卷之繁簡、次第，雖視當時作者輩行篇什多寡，然風氣轉移，頗示疆畛。」〔註13〕說明自己在作者先後、篇目繁簡上的細心安排，以突顯古體詩的大家典範。後又更進一步說明其選取方式：

> 如阮籍別於鄴下諸子；左思別於壯武諸家；叔源列於諸謝；何遜、江淹冠於沈、范。諸如此類，具存微旨，覽者欲於意言之外可焉。〔註14〕

王士禛在五言古詩中，於卷3選阮籍、嵇康二人，且因認爲「阮公殿魏詩之末而綽有漢音，非鄴下諸子所可步趨也」，〔註15〕將阮藉列爲卷首。將左思另置爲一卷之首，而有別於三張二陸之屬。或打破作者輩行的規律，將謝靈運排在前，而列其族叔謝混爲後等等，觀其文末「諸如此類，具存微旨，覽者欲於意言之外可焉」一段，可知前述各項編排，實爲王士禛有意爲之。

另外，在七言古詩方面亦是如此，王士禛鈔古歌、漢魏六朝詩、初唐詩、盛唐詩各一卷，並於諸詩家中突顯出杜甫，認爲「詩至工部，集古今之大成，百代而下無異詞者。七言大篇，尤爲前所未有，後所莫及」，〔註16〕取其七言古詩爲法式。王士禛曾自言：「愚鈔諸家七言長句，大旨以杜爲宗」，更言「唐、宋以來，善學杜者則取之」，〔註17〕故之後陸續編纂的唐、宋、元等十四家詩作，均以杜甫七言古詩爲標準來進行選取。

然而，王士禛《古詩選》的選篇亦有不少爭議之處，如清人方東樹（1772～1851）引姚鼐（1731～1815）之語：「道園詩近緩弱，立

〔註13〕（清）王士禛選、聞人倓箋：《古詩箋》，頁3。
〔註14〕（清）王士禛選、聞人倓箋：《古詩箋》，頁3。
〔註15〕（清）王士禛等：《詩友詩傳錄》，《清詩話》，頁140。
〔註16〕（清）王士禛選、聞人倓箋：《古詩箋》，頁4。
〔註17〕（清）王士禛選、聞人倓箋：《古詩箋》，頁6。

夫似勝之，然氣不遒，轉語多粗硬，時有傖氣，不及道園得詩人韻格。阮亭極取之，謬矣。」〔註18〕清人孫衣言（1815～1894）云：「阮亭五言不鈔王、孟，非無見也。不鈔老杜，則將置大、小《雅》於何地耶？」〔註19〕清人黃培芳（1779～1859）亦云：「《古詩選》五言不收右丞、工部，七言不收香山，亦偏。」〔註20〕晚清朱庭珍（1841～1903）亦言：「所選五七古詩鈔，李僅取其古風，杜仍不錄。視杜爲五古變體，惟敘述時事，當效法杜耳。」〔註21〕上述評語或質疑五言缺收王維、杜甫，七言缺收白居易，或不滿七言收錄吳萊，均表達出對王士禛去取詩家的疑惑。但四庫館臣概括其書，曰：「其《古詩選》五言不錄杜甫、白居易、韓愈、蘇軾、陸游，七言不錄白居易，已自爲一家之言。」〔註22〕認爲王士禛之五七言不選上述幾家的詩作，是有自己的一套審美觀點。

二、編選特色

（一）溯源辨體

從王士禛對《古詩選》體例有意地編排來看，可以發現其對溯源辨體的重視。對於王士禛梳理五、七言古詩發展的過程，清人姜宸英云：「故文敝則必變，變而後復於古，而古法之微尤有默運於所變之中者，君子既防其漸，又憂其變也。」〔註23〕認爲王士禛所選有釐清古詩正變之深意，並且以「變而不失於古」〔註24〕的方式來進行序

〔註18〕（清）方東樹：《昭昧詹言》，《續修四庫全書》，第一七〇五冊，續錄卷2，頁620。

〔註19〕（清）孫衣言：〈書姬傳先生今體詩鈔序目後〉，《遜學齋文鈔》，收於《清代詩文集彙編》，第六六二冊，卷10，頁511。

〔註20〕（清）黃培芳：《香石詩話》，《續修四庫全書》，第一七〇六冊，卷4，頁176。

〔註21〕（清）朱庭珍：《筱園詩話》，《清詩話續編》，卷4，頁2402。

〔註22〕（清）永瑢：《欽定四庫全書總目》，集部43，卷190，頁100。

〔註23〕（清）王士禛選、聞人倓箋：《古詩箋》，頁2。

〔註24〕（清）王士禛選、聞人倓箋：《古詩箋》，頁2。

列。觀王士禛對五言詩的流變論述：

> 夫古詩難言也。詩三百篇中何不日鼓瑟，「誰謂雀無角」、「老馬反爲駒」之類，始爲五言權輿。至蘇李、十九首體製大備。自後作者日眾，唯曹子建、阮嗣宗、左太冲、郭景純數公最爲挺出。江左以降，淵明獨爲近古，康樂以下其鑒也，唐則陳拾遺、李翰林、韋左司、柳柳州獨稱復古，少陵以下又其變也。〔註25〕

王士禛認爲《詩經》是五言古詩之始，至古詩十九首而體製漸善，故其於選本中將古詩十九首列爲五言詩之首，用意爲「以五言接三百篇之遺」〔註26〕。從論述中可看出，王士禛將漢魏時期的作品視爲古詩之原型，陶淵明爲近古，謝靈運以下爲變古，至於唐人陳子昂、李白、韋應物、柳宗元等爲復古，自杜甫以下又再變調。故王士禛五言古詩不選杜甫的原因，在於其將杜甫視爲變體，去古已遠而不足以成爲五言古詩之標準，更遑論宋元之後的詩人。

在七言古詩方面，王士禛認爲「七言始於〈擊壤歌〉」，至「武帝〈秋風〉、〈柏梁〉，其體大具」，而梁、陳、隋及唐初，因「氣不足以舉其詞」、「益祟繁縟」，故王士禛皆不取。自唐代「開元、大歷諸作者，七言始盛」，後王士禛更於盛唐諸家突出杜甫，認爲此體「唯杜甫横絕古今，同時大匠無敢抗行」，〔註27〕而後唐、宋、元諸家均以杜甫爲標準進行選取，如其言韓愈：「杜七言於古標準，自錢、劉、元、白以來，無能步趨者。貞元、元和間，學杜者爲韓文公一人耳。」〔註28〕言王安石：「兗公之後，學杜、韓者，王文公爲巨擘。」〔註29〕言蘇軾：「歐陽公見蘇文忠公，自謂老夫當放此人出一頭地。蓋非獨古文也，唯詩亦然。文忠公七言長句之妙，自子美、退之後，一人而

〔註25〕（清）王士禛：《帶經堂詩話》，《續修四庫全書》，第一六九八冊，卷1，源流類，頁592。

〔註26〕（清）王士禛選、聞人倓箋：《古詩箋》，頁1。

〔註27〕（清）王士禛：《帶經堂詩話》，卷1，品藻類，頁599。

〔註28〕（清）王士禛選、聞人倓箋：《古詩箋》，頁5。

〔註29〕（清）王士禛選、聞人倓箋：《古詩箋》，頁5。

已。」〔註 30〕觀上述王士禛在〈凡例〉中對唐宋諸大家的評價，莫不以杜甫爲標準來品評，故其言：「愚鈔諸家七言長句，大旨以杜爲宗。」〔註 31〕

除了上述對五、七言古詩之源流發展有所論述之外，王士禛論詩頗注重辨體，其言：

> 作古詩須先辨體。無論兩漢難至，苦心摹倣，時隔一塵，即爲建安，不可墮落六朝一語，爲三謝不可雜入唐音，小詩欲作王韋，長篇欲作老杜，便應全用其體，不可虎頭蛇尾，此王敬美論五言古詩法。予向語同人，譬如衣服，錦則全體皆錦，布則全體皆布，無半錦半布之理，即敬美此意。又嘗論五言，感興宜阮、陳，山水閒適宜王、韋，亂離行役、鋪張敘述宜老杜，未可限以一格，亦與敬美旨同。〔註 32〕

王士禛引用其言明人王世懋（1536～1588）之言，認爲作古詩須先辨體，以時代風格而言，兩漢、魏晉、唐代不可相互混雜；以形式而言，五言以王維、韋應物爲宗，七言以杜甫爲宗，要創作就須全用其體式，以內容而言，感興、山水、亂離行役各有其格，王士禛以衣服爲喻，認爲作詩體裁風格須一致。

對於五、七言古詩之作法，王士禛認爲章法未有不同，「但五言著議論不得，用才氣馳騁不得。七言則須波瀾壯闊，頓挫激昂，大開大闔耳。」〔註 33〕又言：「五言以蘊藉爲主，若七言則發揚蹈厲，無所不可。」〔註 34〕指出五、七言古詩之體式，五言以含蓄蘊藉爲主，七言以波瀾宏闊爲主，二者是有所區別的，故其言「爲詩各有體格，不可混一」，〔註 35〕認爲每種體式都有其體格，一旦選作某體裁便須

〔註 30〕（清）王士禛選、聞人倓箋：《古詩箋》，頁 5。
〔註 31〕（清）王士禛選、聞人倓箋：《古詩箋》，頁 6。
〔註 32〕（清）王士禛：《帶經堂詩話》，卷 1，體製類，頁 596。
〔註 33〕（清）王士禛：《詩友詩傳續錄》，《清詩話》，頁 149。
〔註 34〕（清）王士禛：《詩友詩傳續錄》，《清詩話》，頁 156。
〔註 35〕（清）王士禛口授、何世璂述：《燃鐙記聞》，《清詩話》，頁 119。

依此體裁風格創作，不可混搭。

（二）鈔不求備

由於選本旨在正本清源，樹立典範以供後人效法，故在求精而不求多的情形下，王士禛採用了「鈔不求備」的選詩策略。如在五言古詩的部份：

> 齊、梁以後，短句已是唐律唐絕。楊用修《五言律祖》，既有專書，茲頗取其警策。絕句亦然。〔註 36〕

王士禛在前頭先辨「樂府」與「古詩」體式之區別，但由於漢、魏樂府「敘事措語之妙，愛不能割」，〔註 37〕於是將之選入集中，並認爲齊、梁以後的五言樂府，已近於唐代絕句與律詩，且明人楊慎（1488～1559）已作《五言律祖》專書，故王士禛僅選少數精要之作，以存其詩。

又於唐代僅選五家以示四唐五言古詩之變化：

> 唐五言古詩凡數變，約而舉之：奪魏晉之風骨，變梁陳之俳優，陳伯玉之力最大。曲江公繼之，太白又繼之，〈感遇〉、〈古風〉諸篇，可追嗣宗〈詠懷〉、景陽〈雜詩〉。貞元、元和間，韋蘇州古澹，柳柳州峻潔。今輒取五家之作，附於漢、魏、六代之後。李詩篇目浩繁，僅取〈古風〉，未遑悉錄。然四唐古詩之變，可以略睹焉。〔註 38〕

王士禛論述其於唐代選取五家之理由，認爲選擇陳子昂、張九齡、李白、韋應物以及柳宗元等五家，則可一窺四唐古詩之變化，又於李白眾多詩作中，僅選取其〈古風〉作爲代表，此二者都可看出，王士禛所選的詩人、詩作並不要求完備，但求具有特色，以呈現時代或個人風格。

在七言古詩方面亦是如此，觀以下王士禛對七言古詩的選法：

> 今略取李嶠以下，氣格頗高者，得四篇，以見六朝入唐源

〔註 36〕（清）王士禛選、聞人倓箋：《古詩箋》，頁 1。
〔註 37〕（清）王士禛選、聞人倓箋：《古詩箋》，頁 1。
〔註 38〕（清）王士禛選、聞人倓箋：《古詩箋》，頁 3。

流之概。〔註39〕

王士禛於初唐選取李嶠（644～713）、宋之問（？～712）、張說（667～730）與王翰（？～？）等四人各一篇作品，以見七言古詩由六朝入唐朝之變化。

又，王士禛於七言古詩凡例末段再次指陳其選詩原則：

> 愚鈔諸家七言長句，大旨以杜爲宗，唐、宋以來，善學杜者則取之，非謂古今七言之變盡於此鈔。觀唐人元、白、張、王諸公悉不錄，正以鈔不求備故也。舉一隅以三隅反，其在同志之君子。〔註40〕

王士禛指出其所選之七言古詩，以「善學杜者則取之」，選本中並未能完整呈現七言古詩之流變，又言於唐人中元稹（779～831）、白居易（772～846）、張籍（約766～830）、王建（約767～831）等詩家不取之原因，都是因爲「鈔不求備」的選詩策略，希望後世學者能藉由其所建立的典範，融會貫通，進而類推他者。

第二節　《古詩選》選陸游詩實況

王士禛在七言古詩方面所選錄的詩家，於南宋詩人僅選陸游一人，且陸游的詩選數量在選本中僅次於蘇軾，位居第二，可見王士禛對陸游的重視。而王士禛所選鈔的陸游詩作，集中在陸游入蜀前後，依內容而言又可分爲寫景類、抒情類與題詠書畫類。王士禛論陸游詩，是將其置於杜甫、韓愈、蘇軾、黃庭堅等詩人的脈絡下來討論，從此可看出王士禛對七言古詩風格的看法，以及對於陸游詩作的整體態度。

一、選詩內容

清人姜宸英（1628～1699）言：「先生之選七言體，七言雖濫觴於〈柏梁〉，然其去三百篇已遠，可以極作者之才思，義不主於一格，

〔註39〕（清）王士禛選、聞人倓箋：《古詩箋》，頁4。

〔註40〕（清）王士禛選、聞人倓箋：《古詩箋》，頁6。

故所鈔及於宋元諸家，至明人則別有論次焉。」〔註41〕說明王士禛對七言古詩選取範圍擴及宋、元的理由。在《古詩選》七言古詩中，王士禛於宋代詩人選取了歐陽修、王安石、蘇軾、蘇轍、黃庭堅、晁冲之、晁補之、陸游等諸大家，而於南宋詩人僅選陸游一人，並於卷十二獨鈔陸游七言古詩一卷，錄其 78 首詩，僅次於蘇軾 104 首，選詩數量排名第二，足見王士禛對陸游創作七言古詩的肯定。

王士禛所選的陸游七言古詩，依內容可略分爲寫景、抒情與題詠書畫三類，並以寫景類爲大宗，依序遞減。以寫景詩而言，多是陸游行旅時的經歷見聞，又可分爲山水類與古蹟類，前者如〈夜宿陽山磯將曉大雨北風甚勁俄頃行三百餘里遂抵雁翅浦〉一詩，〔註 42〕作於乾道元年（1165）七月赴隆興通判長江途中，以「五更顛風吹急雨，倒海翻江洗殘暑」、「白浪如山潑入船，家人驚怖篙師舞」，描寫因氣候不佳而乘風破浪的驚險情景。或如〈山南行〉一詩，〔註43〕於乾道八年（1172）三月初抵南鄭時作，「平川沃野望不盡，麥隴青青桑鬱鬱」、「地近函秦氣俗豪，鞦韆蹴鞠分朋曹」，描寫南鄭的景致與民情，更在詩末發表了對於時局的看法，「會看金鼓從天下，卻用關中作本根」，認爲國家可以此爲根據地，努力恢復中原。又如〈醉中下瞿塘峽中流觀石壁飛泉〉一詩，〔註44〕於淳熙五年（1178）作於夔州，「蒼崖中裂銀河飛，空裡萬斛傾珠璣」，描寫乘舟觀賞石壁飛泉的景色。

後者如〈斷碑嘆〉一詩，〔註45〕於乾道九年（1173）作於嘉州，「斷碑槎牙棄道邊，文字班班猶可讀」、「剝剜苔蘚一淒然，俯仰人間幾變遷」，陸游在姚節度園見一斷碑，傳說是梁代蕭懿（？～500）之墓碑，繼而興起人事變遷的感慨。或如〈遊諸葛武侯書臺〉一詩，

〔註41〕（清）王士禛選、聞人倓箋：《古詩箋》，頁 2。
〔註42〕（清）王士禛選、聞人倓箋：《古詩箋》，頁 1053。
〔註43〕（清）王士禛選、聞人倓箋：《古詩箋》，頁 1061。
〔註44〕（清）王士禛選、聞人倓箋：《古詩箋》，頁 1112。
〔註45〕（清）王士禛選、聞人倓箋：《古詩箋》，頁 1074。

〔註 46〕於淳熙五年作於成都，「松風想像梁甫吟，尚憶皤然答三顧」、「出師一表千載無，遠比管樂蓋有餘」，是陸游因遊覽諸葛亮爲招攬四方賢士所築的讀書臺，而引發對諸葛亮的懷想。又如〈岳陽樓〉一詩，〔註 47〕於淳熙五年作於巴陵，岳陽樓自建造以來，有不少文人墨客在此留下作品，陸游亦不例外，「雄樓岌嶪鎮吳楚，我來舉手捫天星」、「黿鼉出沒蛟鰐橫，浪花遮盡君山青」，描寫岳陽樓之高聳與遠眺洞庭湖之景致。

以抒情詩而言，多爲陸游感時述懷之作，如〈驛舍海棠已過有感〉一詩，〔註 48〕「物生榮悴固其常，惜哉無與持一觴」、「盛時不遇誠可傷，零落逢知更斷腸」，藉出海棠凋零的景象，自傷不遇之感慨。或〈蒸暑思梁州述懷〉一詩，〔註 49〕「最思出甲成秦隴，戈戟徹夜相摩聲」、「何時王師自天下，雷雨湏洞收欃槍」，懷念曾在梁州的生活經歷，並表現出對國家的關切。此外，王士禛選錄了陸游多首與「飲酒」、「醉」字相關的詩作，如〈醉中歌〉、〈凌雲醉歸作〉、〈十月九日與客飲忽記去年此時自錦屏歸山南道〉、〈醉後草書歌詩戲作〉、〈眉州郡宴大醉中間道馳出城宿石佛院〉、〈醉中長歌〉、〈對酒〉等，當心情鬱悶時，醉酒成爲陸游暫時紓解心情的一種方式，而七言古詩較爲自由的句式使作者能盡情揮灑才思，成爲承載詩人澎湃情緒的最佳體裁。

陸游題詠書畫的詩作亦不在少數，如〈題宇文子友所藏薛公鶴〉一詩，〔註 50〕此詩於淳熙元年作於成都，唐人薛稷（649～713）以擅長畫鶴而聞名，陸游在觀賞友人宇文子震（？～？）所藏的鶴圖後所作。或如〈題明皇幸蜀圖〉一詩，〔註 51〕《明皇幸蜀圖》是一幅以唐

〔註 46〕（清）王士禛選、聞人倓箋：《古詩箋》，頁 1109。
〔註 47〕（清）王士禛選、聞人倓箋：《古詩箋》，頁 1115。
〔註 48〕（清）王士禛選、聞人倓箋：《古詩箋》，頁 1061。
〔註 49〕（清）王士禛選、聞人倓箋：《古詩箋》，頁 1080。
〔註 50〕（清）王士禛選、聞人倓箋：《古詩箋》，頁 1083。
〔註 51〕（清）王士禛選、聞人倓箋：《古詩箋》，頁 1098。

明皇因安史之亂而入蜀避難爲題材的畫作，陸游在詩中較少著墨圖畫內容，而是針對唐明皇入蜀的緣由進行諷刺，表達對其寵信奸佞，遠離賢才的不滿。其它如〈龍眠畫馬〉、〈題十八學士圖〉、〈觀小孤山圖〉、〈綿州錄參廳觀姜楚公畫鷹少陵爲作詩者〉、〈離堆伏龍祠觀孫太古畫英惠王像〉等作品，均是陸游以文字道出書畫中的意境，或抒發自身的情感。

王士禛所選錄的陸游詩作，集中於宋孝宗乾道元年（1165）至淳熙五年（1178）之間，約是陸游四十歲至五十五歲時期的詩作：

【表二】《古詩選》之陸游七言古詩創作時間表

時間／陸游歲數	詩　　題	數量
宋孝宗乾道元年（1165）（41 歲）	夜宿陽山磯將曉大雨北風甚勁俄頃行三百餘里遂抵雁翅浦	1
宋孝宗乾道二年（1166）（42 歲）	醉中歌、上巳臨川道中	2
宋孝宗乾道三年（1167）（43 歲）	題十八學士圖	1
宋孝宗乾道六年（1170）（46 歲）	石首縣雨中繫舟戲作短歌、瞿唐行	2
宋孝宗乾道七年（1171）（47 歲）	蹋磧、風雨中望峽口諸山奇甚戲作短歌、秋晴欲出城以事不果	3
宋孝宗乾道八年（1172）（48 歲）	驛舍海棠已過有感、山南行、游錦屏山謁少陵祠堂、東津、東山、綿州錄參廳觀姜楚公畫鷹少陵爲作詩者、游漢州西湖	7
宋孝宗乾道九年（1173）（49 歲）	西郊尋梅、偶憶萬州戲作歌、驛舍見故屏風畫海棠有感、凌雲醉歸作、玻璃江、九月十六日夜夢駐軍河外遣使招降諸城覺而有作、成都行、十月一日浮橋成以故事宴客凌雲、嘉州守宅舊無後圃因農事之隙爲種花築亭觀甫成而歸戲作長句、十月九日與客飲忽記去年此時自錦屛歸山南道、得韓無咎書寄使虜時宴東都驛中所作小闋、斷碑嘆、蜀酒歌、醉後草書歌詩戲作、十二月十一日視築堤	15

宋孝宗淳熙元年（1174）（50 歲）	苦笋、睡起試茶、同何元立賞荷花追懷鏡湖舊游、怡齋、蒸暑思梁州述懷、觀小孤山圖、神山歌、渡笮、題宇文子友所藏薛公鶴、聽琴、龍眠畫馬、山中得長句戲呈周輔並簡朱縣丞、長歌行、臨別成都帳飲萬里橋贈譚德稱、丈人觀、離堆伏龍祠觀孫太古畫英惠王像、登灌口廟東大樓觀縉江雪山、眉州郡宴大醉中間道馳出城宿石佛院、初到榮州、太液黃鵠歌	20
宋孝宗淳熙二年（1175）（52 歲）	夜聞浣花江聲甚壯、謁諸葛丞相廟	2
宋孝宗淳熙三年（1176）（52 歲）	醉中長歌、春感、題明皇幸蜀圖、對酒游圓覺乾明祥符三院至暮、夏白紵、夜宴即席作	7
宋孝宗淳熙四年（1177）（53 歲）	出塞曲、初春出游、和范舍人永康青城道中作、贈宋道人、大雪歌、故蜀別苑在成都西南十五六裏梅至多有兩大樹夭矯若龍相傳之梅龍予初至蜀爲作詩自此歲嘗訪之今復賦一首丁酉十一月也、大風登城、芳華樓賞梅	8
宋孝宗淳熙五年（1178）（54 歲）	游諸葛武侯書臺、眉州披風榭拜東坡先生遺像、順風舟行甚疾戲書、舟中對月、漁翁、游萬州岑公洞、醉中下瞿塘峽中流觀石壁飛泉、岳陽樓、自雪堂登四望亭因歷訪蘇公遺蹟至安國院、荊溪館夜坐	10

宋孝宗乾道元年夏天，陸游調隆興府（今江西省南昌市）通判軍州事，由於當時朝廷主和派抬頭，陸游在不久後被彈劾免歸，於乾道二年至乾道六年暫居山陰，過著悠閒的農村生活。後在乾道五年得到夔州（今四川省奉節縣）通判的新職務，但因身體狀況不佳，直到乾道六年才起程赴任，並將其入蜀經歷見聞，編成《入蜀記》六卷。乾道八年，陸游經丞相虞允文（1110～1174）提名，調任四川宣撫使司幹辦公事，雖然未得到當時宣撫使王炎（1138～1218）的重用，但在南鄭的兵戎生活，拓展了陸游的視野，使其詩境大變，王士禛所選錄的詩作數量也在此年後大幅提升。

乾道九年，陸游改任成都府路安撫司參議官，返回成都，春末時被命攝知嘉州事，到嘉州（今四川省樂山縣）四十天後又調還成都。淳熙元年，陸游轉調榮州（今四川省榮縣），隔年又調任成都府路安撫司參議官，兼四川置司參議官，再次返回成都。淳熙三年，陸游因病解職，閑居成都，期間多與釋、道來往，或與友人同遊。至淳熙五年，奉詔還朝，離開成都。綜上所述，王士禛所選的陸游七言古詩作品，大體集中在陸游入蜀前後的十幾年間。

關於王士禛專選陸游在蜀地時期的詩作，可以從其與蜀地的淵源談起，王士禛一生中曾有兩次入蜀的經驗，一爲康熙十一年（1672）典蜀試，二爲康熙三十五年（1696）奉命祭告西嶽、西鎮與江瀆，其旅程見聞最後集結成《蜀道驛程記》，且在記中不時引用陸游詩作爲佐證，〔註 52〕可以看出王士禛對陸游此時期詩作的接受。但整體來說，王士禛選陸游此時期詩作的主因，應歸諸於陸游自身創作歷程的變化，清人趙翼（1727～1814）曾言：「放翁詩凡三變，宗派本出於杜，中年以後則益自出機杼，盡其才而後止。……放翁詩之宏肆，自從戎巴蜀而境界又一變。」〔註 53〕清人梁章鉅（1775～1849）亦言陸游詩：「自從戎巴蜀，而後始臻閎肆。」〔註 54〕清人梅曾亮（1786～1856）也認爲：「陸務觀歸老鑑湖，其詩亦不如成都、南鄭時爲極盛。」〔註 55〕均指出陸游詩風在入蜀後的轉折，變得更加宏肆浩瀚。由王士禛對陸游創作時期、作品的有意擇汰，可看出其選詩之巧心。

二、審美取向

王士禛自言其所選之七言古詩，是「以杜爲宗」、「善學杜者則取

〔註 52〕例如：「大安驛，唐之三泉縣，有龍門山、潭毒關諸蹟。陸放翁有〈游三泉龍門〉及〈游潭毒關羅漢院〉詩，又有〈自三泉汎舟至益昌〉詩。」或者「廣元縣城西二里有烏奴山，陸游詩「暮雪烏奴停醉帽，秋風白帝放歸船」者也。」詳細參看（清）王士禛：《帶經堂詩話》，卷 14，頁 220。

〔註 53〕（清）趙翼：《甌北詩話》，收於《清詩話續編》，卷 6，頁 1220～1221。

〔註 54〕（清）梁章鉅：《退庵隨筆》，收於《清詩話續編》，頁 1979。

〔註 55〕（清）梅曾亮：〈陳邦鄘詩序〉，《柏梘山房文集》，收於王有立主編：《中華文史叢書》（臺北：京華出版社，1969 年），第九十一冊，卷 5，頁 214。

之」，至於陸游如何學習杜甫，先觀王士禛於選本中對杜、陸二家的評價：

> 詩至工部，集古今之大成，百代而下無異詞者。七言大篇，尤爲前所未有，後所莫及。蓋天地元氣之奧，至杜而使發之。〔註 56〕

王士禛認爲杜甫之詩有「集古今之大成」的特點，尤其是其七言古詩，更是前所未見，後所莫及，關鍵在於杜甫七言古詩能發「天地元氣之奧」，指出「氣」在七言古詩中的重要。觀其於集中品論他人之七言古詩，如：「梁、陳、隋長篇頗多，氣不足以舉其詞」；〔註 57〕「今略取李嶠以下，氣格頗高者，得四篇，以見六朝入唐源流之概」；〔註 58〕「元詩靡弱，自虞伯生而外，爲吳立夫長句瑰瑋有奇氣」〔註 59〕等等，均是以氣格高下來進行品論。

王士禛對於陸游的品評亦是由氣格出發：

> 南渡氣格，下東都遠甚。唯陸務觀爲大宗，七言遜杜、韓、蘇、黃諸大家，正坐沈鬱頓挫少耳。要非餘人所及。〔註 60〕

王士禛認爲南宋諸家氣格薄弱，唯有陸游可稱爲大家，然而其七言古詩與杜甫、韓愈、蘇軾以及黃庭堅等詩家相較，仍略遜一籌，原因在於其詩之氣格未能充分表現出「沈鬱頓挫」之妙。

關於「沈鬱頓挫」一詞，多被後人引爲杜詩之風格，清人吳瞻泰（1657～1735）曾對「沈鬱頓挫」一詞如此解釋：「沈鬱者，意也；頓挫者，法也」，〔註 61〕將前者視爲詩之意境，要雄渾深沈，後者視爲詩之技巧，講究章法的跌宕轉折。王士禛以杜甫氣格爲標準，評論陸游詩作在「沈鬱頓挫」的部分表現不足，實際上是將「沈鬱頓挫」

〔註 56〕（清）王士禛選、聞人倓箋：《古詩箋》，頁 4。
〔註 57〕（清）王士禛選、聞人倓箋：《古詩箋》，頁 4。
〔註 58〕（清）王士禛選、聞人倓箋：《古詩箋》，頁 4。
〔註 59〕（清）王士禛選、聞人倓箋：《古詩箋》，頁 6。
〔註 60〕（清）王士禛選、聞人倓箋：《古詩箋》，頁 5～6。
〔註 61〕（清）吳瞻泰：《杜詩提要》（臺北：臺灣大通書局，1974 年）。

的內容涵融入「氣」之一字，認爲陸游七言古詩遜於杜、韓、蘇、黃四人之緣由，在於整體氣格稍弱，不夠縱横恣肆。

類似的說法可以從其他詩論家印證，如清人翁方綱在〈讀劍南詩八首〉之第五首中也認爲陸游在古體詩的創作有氣力不足的情形：

> 絲竹不如肉，漸近自然境。古體發天機，宜勝律精整。近有評陸者，古體捷馳騁。反薄其七律，格與宋賢等。豈知長篇氣，未勝其力猛。尚讓杜韓蘇，扛舉千鈞鼎。使參岳家軍，中原復俄頃。竟磨盾鼻墨，勒銘北岳頂。高文照兩京，峻極千秋永。恐未及鏡湖，松窗寫梅影。〔註 62〕

翁方綱在「豈知長篇氣，未勝其力猛」二句底下自注：「放翁七言古詩無過二十韻外者」，指出陸游由於「氣」不足無力驅使，以至於無法像杜甫、韓愈與蘇軾一樣，完成長篇的七言古詩，而這也是翁方綱認爲陸游古體詩遜於杜甫、韓愈與蘇軾的原因。

此外，方東樹時常在詩論中以「客氣」一詞評論陸游的古體詩，如評其五言古詩，「後來如宋代山谷、放翁，時不免客氣假象，而放翁尤多」，〔註 63〕或言「放翁多客氣假象，自家卻有面目，然不能出坡境界」，〔註 64〕評其七言古詩，在〈登灌口廟東大樓觀岷江雪山〉一詩底下云「究竟客氣浮淺，收四句不佳」，〔註 65〕或言「放翁獨得坡公豪雋之一體耳，其作意處尤多客氣，如〈醉後草書歌〉、〈夢招降諸城〉、〈大雪歌〉等，開後來俗士虛浮一派，不可不辨」〔註 66〕等等，認爲陸游因爲氣勢不夠恣意縱橫，作意粗淺，因而在創作上呈現出虛浮平淺的情況。

陸游詩作中不時表現出的浮淺，向來被詩人視爲其弊病，如：

〔註 62〕（清）翁方綱：《復初齋詩集》，收於《清代詩文集彙編》，第三八一冊，卷 67，頁 640。

〔註 63〕（清）方東樹：《昭昧詹言》，卷 1，頁 484。

〔註 64〕（清）方東樹：《昭昧詹言》，卷 1，頁 486。

〔註 65〕（清）方東樹：《昭昧詹言》，續錄卷 2，頁 619。

〔註 66〕（清）姚範：《援鶉堂筆記》，收於《清代學術筆記叢刊》（北京：學苑出版社，2005 年），第十四冊，卷 40，頁 390。

沈啓南詩學陸放翁，故造語粗淺，亦多佳句。〔註67〕

凡事不能無弊，學詩亦然。……學元、白、放翁者，其弊常失於淺。〔註68〕

放翁詩多至萬首，其佳句甚夥，當分別觀之。世多詆其俚淺，然實有警處、逸處、造作處。〔註69〕

從上述的評論可以發現，多數詩論家雖然贊同陸游在詩作上的成就，但也指出其流於平淺的弊病，並將他與元稹、白居易的詩風相提並論。而這些所謂的「粗淺」、「俚淺」批評，都與王士禛所欲提倡的雄渾沈鬱詩風相異，王士禛認爲陸游之七言古詩雖略遜於杜、韓、蘇、黃四人，但比起南宋諸家則高出許多，因此將他的詩作收入選本之中。

王士禛之詩論以「神韻說」聞名，四庫館臣曾言：「士禛談詩，大抵源出嚴羽，以神韻爲宗」，〔註70〕又以「不著一字，盡得風流」〔註71〕作爲其神韻說之要旨，並歸其審美趣味「專以沖和淡遠爲主」，〔註72〕但王士禛在七言古詩中提倡杜甫之詩，所選多爲沈鬱頓挫之作，二者看似有所矛盾，其實則否。王士禛之七言古詩推崇杜甫，與其作詩重視辨體有關，歷來詩論家對七言古詩的態度，多重視七言古詩在鋪敘技巧上的運用，使詩的章法能有起伏開闔，層次變化，王士禛對七言古詩的辨體，亦依循歷來詩論脈絡，並推尊杜甫七言古詩之風格，以其意蘊、技巧作爲七言古詩之典範，供後世詩人學習。因此，其審美旨趣固然在於「沖和淡遠」的詩作，但選詩的要旨，則須兼及各種詩體發展與形式特質，並據此選出各種詩體的典範人物，此所以

〔註67〕（明）俞弁：《山樵暇語》，《四庫全書存目叢書》，子部第一五二冊，卷1，頁6。

〔註68〕（清）袁枚：《隨園詩話》，《續修四庫全書》，第一七〇一冊，卷4，頁295。

〔註69〕（清）葉矯然：《龍性堂詩話續集》，《清詩話續編》，頁1016。

〔註70〕（清）永瑢：《欽定四庫全書總目》，集部26，卷173，頁584。

〔註71〕（清）永瑢：《欽定四庫全書總目》，集部26，卷173，頁584。

〔註72〕（清）翁方綱：《七言詩三昧舉隅》，《清詩話》，頁291。

王士禛的「神韻」詩說與《古詩選》要旨有別的關鍵所在。

第三節　陸游七言古詩之詩學定位

王士禛在《古詩選》七言古詩部分，於南宋僅選錄陸游一家，足見其對陸游七言古詩之肯定，而歷來詩論家對陸游詩作體裁的討論，也確實多集中在其七言律詩與七言古詩二者，故此節將承接王士禛《古詩選》對陸游七言古詩的選取，進而回顧陸游七言古詩在歷史中的評價，並藉由王士禛對陸游七言古詩的評語，「七言遜杜、韓、蘇、黃諸大家，正坐沈鬱頓挫少耳」，將陸游置於杜甫、韓愈、蘇軾與黃庭堅的七言古詩脈絡下，探討清代詩論對於宋代大家「蘇黃」與「蘇陸」詩家並稱的選擇，以了解陸游七言古詩的詩學傳承以及其在詩學史上的定位。

一、歷代對陸游七言古詩之評價

陸游的詩作在南宋時就有不錯的評價，如朱熹（1130～1200）便認爲「放翁筆力尤健，在今當推第一流」，〔註 73〕杜思恭（？～？）亦稱其文章翰墨「凌跨前輩，爲一世標準」，〔註 74〕對陸游的詩歌創作表示肯定，能引領一時風騷。然而，當時的討論較少細辨陸游在體裁、風格上的差異，對其詩作多採取整體性的觀照，因此單論陸游七言古詩的評價實寥寥無幾。

南宋時的詩人多關注陸游在詩學上的傳承，將其所學上推至李白、杜甫，如姜特立（？～？）〈陸嚴州惠劍南集〉一詩云：「不躡江西籬下跡，遠追李杜與翱翔」，〔註 75〕認爲陸游早年雖然師從曾幾

〔註 73〕（宋）朱熹：〈答鞏仲至〉，《朱子大全集》，收於《四部備要》，子部，第八冊，卷 64，頁 14a。

〔註 74〕（宋）杜思恭：〈杜思恭刻陸游手蹟〉，《廣西通志》，收於《續修四庫全書》，史部，第六八〇冊，卷 224，頁 220。

〔註 75〕（宋）姜特立：〈陸嚴州惠劍南集〉，《梅山續稿》，《文津閣四庫全書》，集部，第三九一冊，卷 2，頁 8。

（1084～1166）、呂本中（1084～1145），受江西詩派影響，後來卻青出於藍，自成一家，而能遠追唐人李白與杜甫。另外，周必大（1126～1204）〈跋陸務觀送其子龍赴吉州司理詩〉亦言：「吾友陸務觀，得李、杜之文章，居嚴、徐之侍從」，〔註 76〕則讚美陸游詩作有唐人李白、杜甫之特長，亦得漢人嚴安、徐樂之見識，二者均是將陸游之詩比擬爲李白與杜甫。

雖然詩論家將陸游詩比作李白與杜甫，但其實二者所側重的面向不同。由於杜甫詩歌各體兼備的關係，在宋代詩論家未特意指明陸游學習李、杜爲何種體裁的情形下，陸游受到李白影響的詩體是較爲明顯可辨的，即是在七言古詩的部分。羅大經（？～？）於《鶴林玉露》中記載一段陸游被稱作「小太白」的由來：

> 陸務觀，農師之孫，有詩名。壽皇嘗謂周益公曰：「今世詩人亦有如李太白者乎？」益公因薦務觀，由是擢用，賜出身爲南宮舍人。〔註 77〕

據羅大經的記載，由於宋孝宗與周必大之間曾有一段問答的緣故，時人多稱陸游爲「小太白」，雖然這個稱號的產生有此段趣談，但主要還是因爲陸游承繼了李白的詩歌特色而來。陸游之七言古詩帶有豪逸之氣，張艷清在〈陸游詩歌對李杜詩風的繼承與發展〉中認爲陸游在理想與現實產生矛盾時，往往需要借助李白浪漫幻想的表現方式來抒發對現實的不滿。〔註 78〕宋邦珍亦認爲陸游的七言古詩繼承了李白的豪氣浪漫，但二者又不盡相同，大體而言，呈現出「李太白的詩奇情多，陸游的詩奇氣多」的現象。〔註 79〕

〔註 76〕（宋）周必大：〈跋陸務觀送其子龍赴吉州司理詩〉，《周益公文集》，《宋集珍本叢刊》（北京：線裝書局，2004 年），第四十九冊，卷 51，頁 209。

〔註 77〕（宋）羅大經：《鶴林玉露》（北京：中華書局，1985 年），卷 14，頁 154。

〔註 78〕張艷清：〈陸游詩歌對李杜詩風的繼承與發展〉，《太原城市職業技術學院學報》，2012 年第 3 期，頁 191。

〔註 79〕宋邦珍：《陸游詩歌研究》，頁 233。

若將陸游與杜甫相提並論，則多重視二者在詩中所流露的愛國憂民情感，如劉應時（？～？）〈讀放翁劍南集〉一詩：

> 少陵先生赴奉天，烏帽麻鞋見天子。……放翁前身少陵老，
> 胸中如覺天地小。平生一飯不忘君，危言曾把姦雄掃。……
> 君不見塔主不識古云門，異時衣缽還渠紹。〔註80〕

其中將陸游前身比作杜甫的原因，正在於其「一飯不忘君」的愛國情操。又，林景熙（1242～1310）於〈王脩竹詩集序〉中論及陸游詩，云：

> 前輩評宋南渡後詩，以陸務觀擬杜，意在寤寐不忘中原，
> 與拜鵑心事，悲惋實同。〔註81〕

林景熙提到南宋多數詩人將陸游之詩比作杜甫，也是從陸游渴望恢復中原的愛國心事，與杜甫相同。

元代的詩論家承接了南宋對陸游的品論，但對於陸游如何汲取李白詩歌特點的討論已較爲少見，反而多側重在探討陸游與杜甫詩風上的相似。而且，隨著方回《瀛奎律髓》的出世，當時詩人對陸游的評論也多集中在近體詩的部分（本論文第五章第三節有對陸游七言律詩評價的整體回顧，此處暫不討論），因此對於陸游古體詩的評析也相對較少。

到了明代，詩論一方面繼續發展宋、元以來有關陸游如何在意蘊技巧上學習杜甫之外，另一方面也指出陸游詩作中對於白居易的接受，如李東陽（1147～1516）云：「陸務觀學白樂天，更覺直率。」〔註82〕認爲陸游詩中有些明白如話的詩句，是學習白居易而來。或袁宗道（1560～1600）於〈偶得放翁集快讀數日志喜因效其語〉一詩

〔註80〕（宋）劉應時：〈讀放翁劍南集〉，《頤庵居士集》，《文津閣四庫全書》，第三八九冊，卷1，頁8。

〔註81〕（宋）林景熙：〈王脩竹詩集序〉，《霽山集》（北京：中華書局，1985年），卷5，頁115。

〔註82〕（明）李東陽：《懷麓堂詩話》，《文津閣四庫全書》，集部，第四九六冊，頁153。

寫道：「儘同元白諸人趣，絕是蘇黃一輩詩。」〔註 83〕將陸游詩趣與元稹、白居易相提，認爲並不輸於蘇軾與黃庭堅。又，費經虞（？～？）言：「放翁亦學杜學白，而尖新峭別，自成一體，有宋詩人無出其右。」〔註 84〕清楚指出陸游之詩有學杜甫和白居易的地方，且能融會貫通，自成一家。蓋白居易之七言古詩用語較爲明白曉暢，陸游援引白居易方法入詩，實爲掃出江西詩派的雕繪刻鏤，擺脫束縛自成一家。

明代詩人已逐漸開展對陸游體裁風格的分辨，但到了清代，則更爲細緻，從各種面向來品論陸游之七言古詩：

> 七言古詩，上下千百年，定當推少陵爲第一。……後來學杜者，昌黎、子瞻、魯直、放翁、裕之，各自成家。〔註 85〕

此則論七言古詩之取法對象，並將陸游七言古詩之成就追本溯源至杜甫。又，論陸游七言古詩之特色：

> 《劍南集》原本老杜，殊有獨造境地。但古體近粗，今體近滑，遜於杜之沈雄騰踔耳。〔註 86〕

> 問：「放翁詩最多，而古詩絕少長篇，何邪？」〔註 87〕

> 先生自言去騷遠，放筆奇氣欲淋漓。然猶短歌未發洩（自注：放翁萬首詩中無一長篇七言古詩），蘇黃而後當俟誰？〔註 88〕

觀上述對陸游七言古詩的評語，大抵有兩項重點，一爲意蘊較爲淺直，二爲體製較爲短小，觀王士禛《古詩選》中所選的陸游七言古詩

〔註 83〕（明）袁宗道：〈偶得放翁集快讀數日志喜因效其語〉，《白蘇齋類集》，《續修四庫全書》，第一三六一冊，卷 5，頁 271。

〔註 84〕（清）費經虞：《雅倫》，《續修四庫全書》，第一六九七冊，卷 2，頁 44。

〔註 85〕（清）宋犖：《漫堂說詩》，《清詩話》，頁 418。

〔註 86〕（清）沈德潛：《說詩晬語》，《清詩話》，卷下，頁 544。

〔註 87〕（清）陳僅：《竹林問答》，《清詩話續編》，頁 2255。

〔註 88〕（清）翁方綱：〈臨放翁手牘贈青儕〉，《復初齋詩集》，《清代詩文集續編》，第三八一冊，卷 53，頁 488。

多二十來句，少者如〈漁翁〉僅有八句，〈對酒〉僅有十句，篇幅較爲短小。不喜者通常會批評造語粗淺、氣力不足，然亦有詩人贊同此種方法，如趙翼對陸游的評論：

> 然律詩之工，人皆見之，而古體則莫有言及者。抑知其古體詩，才氣豪健，議論開闢，引用書卷，皆驅使出之，而非徒以數典爲能事。意在筆先，力透紙背，有麗語而無險語，有艷詞而無淫詞，看似華藻，實則雅潔，看似奔放，實則謹嚴，此古體之工力更深於近體也。或者以其平易近人，疑其少煉。抑知所謂煉者，不在乎奇險詰曲、驚人耳目，而在乎言簡意深，一語勝人千百。此眞煉也。……試觀唐以來古體詩，多有至千餘言四五百言者，放翁古詩，從未有至三百言以外，而渾灝流轉，更覺沛然有餘，非其煉之極功哉。〔註 89〕

趙翼此番言語對陸游多所維護，認爲陸游的古體詩亦有其精彩處，內容更對世人的批評有所回應，指出其造語平易近人，實言簡意深，雖篇幅短小，但渾灝流轉，絕無鼓衰力竭之態。又，施山（？～？）亦言：

> 劍南七古，雖篇幅稍狹，然以清健之氣，積爲雄豪，塗軌正，機局警，蹊徑分明，易知易從。初學七古，當從始。可以上接韓、柳，追攀李、杜。〔註 90〕

對於其他詩論家所詬病的地方，施山反而認爲那是陸游的優點，並指出陸游七言古詩雖然「篇幅稍狹」、「易知易從」，卻是初學者可取法的對象。綜觀後世詩人對於陸游七言古詩的評價，儘管褒貶不一，但陸游確實已形成自己的獨特風格，即使用短小的篇幅、雅潔精鍊的語言，呈現七言古詩清俊雄豪之美。

〔註 89〕（清）趙翼：《甌北詩話》，《清詩話續編》，頁 1221。

〔註 90〕（清）施山：《望雲詩話》，轉引自孔凡禮編：《陸游資料彙編》（北京：中華書局，2004 年），頁 350。

二、「蘇黃」與「蘇陸」並稱的詩學意義

在中國文學史上，世人往往因作品體裁、風格流派、地域文化等不同因素，將特點、內涵、成就相似的幾位大家相提並論或歸於一類，而出現並稱的情況，如南朝之「大、小謝」，以山水詩聞名，唐之「李、杜」，以成就齊名，明之「公安三袁」，以流派劃分。而同樣的一位文人，也會因其作品所呈現的不同面向，而與不同的詩人齊名，例如韓愈，與柳宗元並稱，重視的是古文的革新，與孟郊並稱，側重的是詩歌奇詭的一面。

從王士禛對陸游的評語來看，「七言遜杜、韓、蘇、黃諸大家，正坐沈鬱頓挫少耳」，係將陸游的七言古詩置於杜甫、韓愈、蘇軾與黃庭堅的脈絡下來討論，類似的概念也在其他詩論中被提及，如清人鮑倚雲（？～？）言：

> 七言長篇，唐惟李、杜、韓，宋則蘇、黃，南渡以後，獨陸放翁得與此選。〔註 91〕

認爲擅長七言古詩者，在唐代有李白、杜甫、韓愈，北宋有蘇軾、黃庭堅，至於南宋僅有陸游可與其一較長短。另外，清人田雯（1635～1704）指出：

> 南渡諸詩，亦似晚唐以後，格卑氣弱，非復東都之舊矣。陸務觀挺生其間，祓濯振拔，自成一家，眞未易才。七言古詩登杜、韓之堂，入蘇、黃之室，雖功不敵前人，亦一傑搆。〔註 92〕

田雯亦將陸游七言古詩放在杜甫、韓愈、蘇軾、黃庭堅之下討論，認爲其詩雖然功力不敵前人，但亦可稱雄。從上述詩論中，七言古詩已然形成一套由李白、杜甫、韓愈、蘇軾、黃庭堅、陸游等人一脈相傳的軌跡。

〔註 91〕（清）鮑倚雲：《退餘叢話》，《叢書集成續編》（臺北：新文豐，1989 年），第二一五冊，卷 2，頁 772。

〔註 92〕（清）田雯：《古歡堂集》，《景印文淵閣四庫全書》（臺北：臺灣商務書局，1983 年），第一三二四冊，卷 17，頁 200。

世人會將李白、杜甫、韓愈、蘇軾、黃庭堅、陸游等人視爲七言古詩的取法對象，代表他們詩中均具備七言古詩開闔展拓、縱橫雄肆的特點。然而，在後世詩人眼中，宋代僅有蘇軾被視爲可與唐代李白、杜甫、韓愈相提並論，名列大家，至於黃庭堅與陸游，在排名的位置上卻時有更動。試以《中國古籍資料庫》輸入其姓名或字號分別檢索，得出以下結果：

【表三】《中國古籍資料庫》「蘇黃」、「蘇陸」並稱檢索表

稱　　號	宋	元	明	清
蘇、黃	79	21	141	710
蘇、陸	0	0	1	214
子瞻、魯直	1	2	7	10
子瞻、務觀	0	0	0	6
東坡、山谷	53	11	43	125
東坡、放翁	0	0	0	34

從表格中來看，「蘇黃」並稱成形於宋代，並在後世中穩定流傳，而「蘇陸」並稱卻遲至明末才開始，〔註93〕以清代的討論最多。此檢索結果透露出二項訊息：一爲在文學史中，討論「蘇黃」的比例大於「蘇陸」，二爲清代對「蘇黃」、「蘇陸」齊名的討論遠高於前代。

會造成這樣的結果，以前者而言，蘇軾與黃庭堅因同生於北宋，向來被視爲討論宋代詩學的代名詞，但二者並非只有在詩學上取得成就，其書法、文章亦相當卓越，因此文人討論「蘇黃」並稱的比例會遠大於「蘇陸」。以後者而言，清代比起其他朝代，在詩學本身對於

〔註93〕明代倪宗正引黃宗羲之言，云：「吾姚詩集之富，無過倪小野先生，正非特吾姚罕其匹，即有明三百年來，蓋亦難其人也，求之古人，庶幾宋之蘇、陸二公乎。」（明）倪宗正：《倪小野先生全集》（合肥市：黃山書社，2009年），卷8，頁262。

詩家、詩體便有更爲具體細緻的評析，因此無論是「蘇黃」還是「蘇陸」，比起前代數量都有所增加。而討論「蘇陸」數量的提升，還與後來乾隆編纂《御選唐宋詩醇》，以官方力量提倡唐、宋六大家，將陸游地位與蘇軾相提並論有關（參考本論文第四章有關《御選唐宋詩醇》對陸游的選取）。

縱然黃庭堅與陸游同樣都在詩學上與蘇軾齊名，然而細觀詩論中的脈絡，「蘇黃」與「蘇陸」所側重的面相仍不盡相同。以「蘇黃」而言，詩論多讚賞二者對於唐詩的突破：

> 嚴儀卿云：……至東坡、山谷始自出己意爲詩，唐人之風變矣。〔註 94〕

> 蘇、黃挺出於元祐，猶李、杜之擅於四唐也，其初東坡、山谷共師李、杜，而能自開戶牖，以極宋之盛，後此詩人迭起要不越乎二家。〔註 95〕

詩論認爲蘇軾與黃庭堅二人，都能突破唐詩框架，自成一家，並且開創宋詩新局，此種作法獲得渴望突破唐詩、宋詩的清人極大的肯定。此外，則是蘇軾與黃庭堅在詩法上的技巧：

> 安石詩雖鎔煉有痕，不及蘇、黃諸人吐言天拔。〔註 96〕

> 東坡賦才大，故解縱繩墨之外，而用之不窮。山谷措意深，故游咏玩味之餘，而索之益遠，要必識蘇、黃之所不爲，然後可以涉老杜之涯涘。〔註 97〕

> 杜子美始創爲畫松、畫馬、畫鷹、畫山水諸大篇，搜奇抉奧，筆補造化，嗣是蘇、黃二公，極妍盡態，物無遁形。〔註 98〕

〔註 94〕（清）費經虞：《雅倫》，《續修四庫全書》，集部第一六九七冊，卷 19，頁 293。

〔註 95〕（清）蔡顯：《閒漁閒閒錄》，《中國基本古籍庫》（合肥市：黃山書社，2009 年），卷 6，頁 39。

〔註 96〕（清）永瑢等：《欽定四庫全書總目》，集部 13，卷 160，頁 265。

〔註 97〕（清）翁方綱：《石洲詩話》，《清詩話續編》，卷 4，頁 1432。

〔註 98〕（清）凌揚藻：〈題畫詩〉，《蠡勺編》，《清代學術筆記叢刊》，第三詩論對於蘇軾與黃庭堅的評論，以詩之形式、技巧爲重，由於二者筆力深厚，故能於詩中搜奇抉異，融煉前人詩句於無痕，而造語自然。

在「蘇陸」的方面，論詩的面向較爲集中，多討論蘇軾與陸游詩中渾雄豪放的一面，如：

> 長山劉孔和節之，相國青岳先生子。爲詩豪邁雄放，有東坡、放翁之風。〔註 99〕
>
> 雪堂評曰：清遠似王、孟，而雄奇則蘇、陸。〔註 100〕
>
> 韓昌黎善學工部，而妥帖排奡，遂開有宋蘇、陸之先聲。〔註 101〕
>
> 余嘗謂學詩者宜分體取法乎前人：……至於歌行爲杜之杜、韓，宋之歐、王、蘇、陸，其鼓駭駭，其風瑟瑟，旌旗壁壘，極闢闔雄蕩之奇。〔註 102〕

由上述詩論來看，詩人將陸游與蘇軾相提並論，是著眼於二者於詩中所展現的「雄放」、「雄奇」、「雄蕩」之氣，因此讓人讀來爲之爽然。

不同詩家能相互並稱，在於二者之詩歌作品有相似的特點，綜觀詩論中對於「蘇黃」與「蘇陸」的評論，以前者而言，多著重於蘇軾與黃庭堅對於宋代詩歌的貢獻，並且探討二者在詩之形式、技巧上的使用；以後者而言，多集中於蘇軾與陸游在風格上的相似。藉由「蘇黃」與「蘇陸」並稱現象的探討，可看出後人對於陸游在宋代地位的變化，以及品論二者時的不同面向。

十五冊，卷 23，頁 211。

〔註 99〕（清）王士禛：《漁洋詩話》，《清詩話》，卷中，第 64 條，頁 196。

〔註 100〕（清）丁宿章：〈王樹桐〉，《湖北詩徵傳略》，《續修四庫全書》，集部第一七零七冊，卷 39，頁 751。

〔註 101〕（清）趙文哲：《媕雅堂別集》，《四庫未收書輯刊》，第二十六冊，卷 4，頁 476。

〔註 102〕（清）田雯：〈鹿沙詩集序〉，《古歡堂集》，《景印文淵閣四庫全書》，第二六三冊，卷 25，頁 255。

第四節　小　結

《古詩選》爲清代王士禛所編選的一部五、七言古詩選本，王士禛藉由闡發古今五、七言古詩的發展情形與重要詩派流變，確立理想的古詩典範，以推廣其詩學主張，而本章旨在探討《古詩選》中選錄陸游詩歌的情形。在第一節中，首先介紹《古詩選》一書的內容架構與編選特色。王士禛編選《古詩選》，是爲了扭轉當時詩壇偏重師法宋詩的流弊，期望藉由選本中的詩作典範，上追《風》《雅》，以正本清源，故王士禛自言其在體例內容上的安排上「具存微旨」，通過溯源辨體、鈔不求備等選詩策略，突顯其選詩宗旨。雖然後人對王士禛所選的詩家、作品提出不少質疑，但整體呈現出其個人風貌。

第二節探討《古詩選》對於陸游詩歌的實際選錄情況，以了解選家對於陸游的態度，以及其審美趣向。王士禛所選鈔的陸游詩作，依內容大致可分爲寫景類、抒情類與題詠書畫類，並以寫景類爲大宗。而王士禛所選的陸游詩作，多聚集在宋孝宗乾道元年（1165）至淳熙五年（1178）之間，約是陸游中年入蜀前後，陸游的創作風格在入蜀後有所轉折，詩風變得更爲宏肆浩瀚，而王士禛對陸游此時期詩作的有意篩選，可看出其選詩巧心。王士禛對於陸游七言古詩的評論，是以杜甫氣格爲標準，其言「南渡氣格，下東都遠甚。唯陸務觀爲大宗，七言遜杜、韓、蘇、黃諸大家，正坐沈鬱頓挫少耳。要非餘人所及」，認爲陸游的七言古詩與同時代南宋諸家相比，可謂一枝獨秀，但若上推至與杜甫、韓愈、蘇軾、黃庭堅等人相較，則略遜一籌，原因在於整體氣格稍弱，因此七言古詩中沈鬱頓挫的部分表現不足。

歷來詩論家對陸游詩作體裁的討論，多關注其七言律詩與七言古詩二者，故第三節承接王士禛《古詩選》對陸游七言古詩的品論，進而回顧陸游七言古詩在歷史中的評價。清代以前的詩論家對於陸游七言古詩的品論，多側重於內容、風格，直至清代對體裁的分辨才漸趨細緻，大體而言，詩論家對陸游七言古詩的品論重點，多集中在「意蘊淺直」和「體製短小」兩項特徵。接著藉由清代詩論中「蘇黃」

與「蘇陸」並稱的現象，了解後人對於陸游詩學地位的變化與品論的面向。通過王士禛《古詩選》一書可以發現，儘管世人對於陸游七言古詩的評價，褒貶不一，但當後世詩人對七言古詩進行溯源辨流時，多會將陸游的七言古詩納入討論，可見陸游的七言古詩已自成一體，有其獨特風格。

第四章　《御選唐宋詩醇》選陸游詩

《御選唐宋詩醇》〔註 1〕爲清代乾隆時期所敕編的一部唐宋詩歌選集，於唐宋二代中選錄李白（701～762）、杜甫（712～770）、白居易（772～826）、韓愈（768～824）、蘇軾（1037～1101）與陸游（1125～1210）等六家詩人及其詩歌作品。當經典選本的問世，「會對讀者的閱讀趣尚產生一定的導向和牽制作用」，〔註 2〕《御選唐宋詩醇》作爲清代官修的詩歌選本，且皇帝親自參與詩歌選本的編選工作，並藉由御選詩人各類詩歌作品，爲之撰寫序文、評語，以指導社會詩歌創作方向，從而教化風俗，其影響力不容小覷。

《御選唐宋詩醇》以唐爲宗，兼容宋調，在宋代僅選蘇軾與陸游二家，其中，選本對於陸游的詩學定位尤其值得關注。選本以「溫柔敦厚」的詩教傳統作爲編選依歸，仔細剖析陸游的創作特點，推崇他帶有忠君愛國思想的詩歌作品，並認爲他的忠愛精神正是杜甫「一飯未嘗忘君」〔註 3〕的傳承。選本肯定陸游的詩作雖源自杜甫，但能有

〔註 1〕 本論文採用《御選唐宋詩醇》版本爲（清）乾隆：《御選唐宋詩醇》，《景印文淵閣四庫全書》（臺北：臺灣商務印書館，1983 年），第一四四八冊，因版本精美，流傳較廣，故採用之。

〔註 2〕 高磊：《清代宋詩選本研究》，頁 3。

〔註 3〕 （宋）蘇軾〈王定國詩集敍〉：「古今詩人眾矣，而子美獨爲首者，豈非以其流落饑寒，終身不用，而一飯未嘗忘君也歟？」提出「一飯未嘗忘君」的概念，影響後來詩壇對杜甫忠愛精神的論述。此敍

所變化，自成一家，當時雖有尤袤（1127～1194）、楊萬里（1127～1206）、范成大（1126～1293）等人與陸游同稱大家，但《御選唐宋詩醇》稱「宋自南渡以後，必以陸游爲冠」〔註4〕，認爲陸游的詩學成就高於其他南宋詩人。

目前以《御選唐宋詩醇》爲對象的研究，仍然零星可數。莫礪鋒〈論《唐宋詩醇》的編選宗旨與詩學思想〉，指出選本中含有崇唐、尊杜的傾向，以及選本對詩歌政治教化功能的重視。〔註5〕胡光波〈從《唐宋詩醇》看乾隆的唐詩觀〉，針對選本所選錄的唐代四家詩人之詩歌特色進行探討，並從中分析乾隆皇帝的唐詩觀點。〔註6〕王苗苗碩論《《唐宋詩醇》詩學思想研究》，則對選本的選詩角度與詩學思想進行論述，以闡釋乾隆時期的詩學發展情形。〔註7〕賀嚴、左敏行〈《唐宋詩醇》對唐宋詩之爭的態度〉，探討乾隆時期官方對詩學的關注，以及官方對詩壇論爭的態度。〔註8〕陳美朱〈清代《御選唐詩》與《唐宋詩醇》的選詩傾向及李杜詩形象比較〉、〈《唐宋詩醇》與《唐詩別裁集》之「李杜並稱」比較〉，〔註9〕觀察李白、杜甫詩歌在清代御選型詩歌選本中的選入情形，從其被形塑的樣貌了解兩部詩歌選本的詩選理念。然而，除了陳美朱的文章選擇李白與杜甫進行分析，

收於《經進東坡文集事略》（臺北：世界書局，1974年），卷56，頁916。

〔註4〕（清）乾隆：《御選唐宋詩醇》，卷42，頁828。

〔註5〕莫礪鋒：〈論《唐宋詩醇》的編選宗旨與詩學思想〉，《南京大學學報》，第39卷第3期（2002年6月），頁132～141。

〔註6〕胡光波：〈從《唐宋詩醇》看乾隆的唐詩觀〉，《湖北師範學院學報》，第19卷第4期（1999年12月），頁49～53。

〔註7〕王苗苗：《《唐宋詩醇》詩學思想研究》（湖南：湖南師範大學碩士論文，2012年5月）。

〔註8〕賀嚴、左敏行：〈《唐宋詩醇》對唐宋詩之爭的態度〉，《河北大學學報》，第38卷第6期（2013年11月），頁25～28。

〔註9〕陳美朱：〈清代《御選唐詩》與《唐宋詩醇》的選詩傾向及李杜詩形象比較〉，《國文學報》，第56期（2014年12月），頁67～93。〈《唐宋詩醇》與《唐詩別裁集》之「李杜並稱」比較〉，《成大中文學報》第45期（2014年06月），頁251～286。

其他討論對於選本中的六位詩家多僅做通論性的泛述，而較少針對其中一家做深入地探討。

故本章第一節先介紹《御選唐宋詩醇》一書的編選架構與內容，對選本的選詩宗旨與選家的詩學觀點有較通盤的認識後，第二節就陸游的詩學地位、詩作內容與創作方法等，深入探討《御選唐宋詩醇》選評陸游詩的情況。由於選本本身所具有的「官修」、「御選」特殊性質，因此，第三節將與康熙時期所操選的《御選宋詩》做比較，以呈現二者在選錄詩作上的異同。

第一節　《御選唐宋詩醇》之概介

《御選唐宋詩醇》在四部分類中，屬於集部總集類，關於總集的功用，四庫館臣認爲有二種，一是「網羅放佚，使零章殘什，並有所歸」，二是「刪汰繁蕪，使莠稗咸除，菁華畢出」，〔註 10〕前者網羅眾作，重在輯存文獻，後者汰劣存優，意在保全精華之作，而《御選唐宋詩醇》在唐宋兩代中去取選評出六家詩人及其代表詩作，整體上其功能更傾向上述之後者，對所收集的作品汰除冗繁、擇取精華，體現出選家的詩學主張與審美態度。

《御選唐宋詩醇》作爲清代官方的唐宋詩歌選本，且清高宗乾隆也親身參與詩歌選本的編著，乾隆不僅從唐宋二代中擬定李白、杜甫、白居易、韓愈、蘇軾與陸游等六家名單，爲之撰寫序文，也對四庫館臣的編選評注進行審訂，並將己身的詩學觀點與政治思想灌注其中，進而影響當時的學術風氣。以下便從《御選唐宋詩醇》之內容架構、編選特色概介此選本。

一、內容架構

《御選唐宋詩醇》爲清代乾隆時期所敕編的唐宋詩歌選集，由

〔註 10〕（清）永瑢等：《欽定四庫全書總目》，《景印文淵閣四庫全書》（臺北：臺灣商務印書館，1983 年），集部 39，卷 186，頁 1。

於在編選過程中受到政治、學術變化的影響，出現了不同的版本，且內容也因此有些許變動。《御選唐宋詩醇》於乾隆十五年（1750）編成，目前版本大至可分爲內府本、《欽定四庫全書》（簡稱四庫本）與《欽定四庫全書薈要》（簡稱薈要本）。內府本與四庫本的差異，汴孝萱在〈兩本《唐宋詩醇》之比較研究〉一文，已提出些許看法，並指出最大的差異在於：杜甫卷數採用錢謙益（1582～1664）評語的去留，〔註 11〕然因筆者無法看到內府本，故難以進行更爲詳細的論述。

至於四庫本與薈要本的差異，因爲二者在編纂宗旨上的差異，而呈現出不同的特色，薈要本因僅供皇帝御覽，故編選慎重，校勘詳實，旨在於精而不在多，與四庫本博徵圖書，面向民間不同。乾隆曾因《四庫全書》卷帙浩繁，不易檢玩爲由，下詔「著於全書中擷取菁華，繕爲薈要，其篇式一如全書之例，蓋彼取其博，此取其精，不相妨而適相助。」〔註 12〕故薈要本乃四庫本擷取精華而成，王苗苗曾比對四庫本與薈要本中的記載年月，認爲薈要本的完成時間在四庫本之前，這樣的分析也正好符合乾隆在纂修《四庫全書》的過程中編修了《四庫全書薈要》的事實。〔註 13〕

因此《御選唐宋詩醇》四庫本與薈要本二者，體例雖相同，但在選錄詩人作品的評語上有些許差異，例如薈要本杜甫〈贈花卿〉一詩有編者、仇兆鰲（1638～1717）與朱鶴齡（1606～1683）三者的評語，而四庫本則僅有編者與朱鶴齡的評語，又薈要本陸游〈觀畫山

〔註 11〕汴孝萱於〈兩本《唐宋詩醇》之比較研究〉一文中認爲，四庫本完成於乾隆 34 年（1769）下詔將錢謙益著作毀板之後，故四庫本不見錢謙益之評語，收於《中國典籍與文化》，第 4 期（1999 年 11 月），頁 60～64。

〔註 12〕（清）慶桂等編纂：《國朝宮史續編》（北京：北京古籍出版社，1994 年），卷 82，頁 780。

〔註 13〕王苗苗比對四庫本記載年月「乾隆四十六年三月」與薈要本「乾隆四十一年六月」之差異，而認爲薈要本的完成時間早於四庫本，詳細論述可參見其論文《《唐宋詩醇》詩學思想研究》，頁 15～16。

水〉一詩有潘問奇（1632～1695）的評語，而四庫本則無。大體而言，六家中以杜甫的評語更動幅度爲最，薈要本多將錢謙益的評語改成朱鶴齡的評語，而四庫本多直接刪除或另尋其他評論者取代之，原因可能與薈要本在目錄末所言有關，「唐宋詩家指不勝屈，六家實爲大成，而六家之中又以李、杜爲準的，故登選尤詳，每篇標其警策」，〔註 14〕因爲以杜甫爲標的，所以在評語的選擇上更爲慎重。另外，四庫本中避雍正名諱的王士正（1634～1711），薈要本均改回王士禛。

接著，概介《御選唐宋詩醇》的內容體例。在選本開篇置有乾隆書寫的總序，說明《御選唐宋詩醇》之成書緣由、編選宗旨，其云：

> 文有唐宋大家之目，而詩無稱焉者，宋之文足可以匹唐，而詩則實不足以匹唐也，既不足以匹而必爲是選者，則以《唐宋文醇》之例，有文醇不可無詩醇，且以見二代盛衰之大凡，示千秋風雅之正則也。〔註 15〕

內容提到唐宋二代文有大家，詩也應有大家，但在選家認爲宋詩不足以匹配唐詩的情況下，因此有了「選」的動作，以符合選家的審美標準，並以乾隆三年（1738）敕編而成的《御選唐宋文醇》爲例，認爲有文醇而不可無詩醇，遂從唐宋二代中擇選六位詩家，作爲風雅之正則，以引導後學。

總序之後有凡例，說明《御選唐宋詩醇》的編纂內容與體例，如其交代選本在唐宋二代中，獨取李白、杜甫、白居易、韓愈、蘇軾與陸游六家之原因：

> 唐宋人以詩鳴者，指不勝屈，其卓然名家者，猶不減數十人，茲獨取六家者，謂惟此足稱大家也，……李、杜一時瑜亮，固千古希有，若唐之配白者有元，宋之繼蘇者有黃，

〔註 14〕（清）乾隆：《御選唐宋詩醇》，《景印摛藻堂四庫全書薈要》（臺北：世界書局，1986 年），頁 360。

〔註 15〕（清）乾隆：《御選唐宋詩醇‧序》，頁 1。

> 在當日亦幾角立爭雄，而百世論定，則微之有浮華而無忠愛，魯直多生澀而少渾成，其視白、蘇較遜，退之雖以文爲詩，要其志在直追李、杜，實能拔奇於李、杜之外，務觀包含宏大，亦猶唐有樂天，然則騷壇之大將，旗鼓舍此何適矣。〔註16〕

此條凡例中選家對白居易、韓愈與陸游三者的看法，值得注意。白居易與元稹同爲新樂府運動的倡導者，主張詩歌應反映現實，強調詩歌語言的平淺與通俗，二者文學觀點接近，作品風格相似，但選家認爲元稹的作品「有浮華而無忠愛」，遂棄而不選。而詩壇對韓愈詩作的評語歷來是毀譽參半，批評者多認爲韓愈以文爲詩，忽略了詩的體式與押韻，但選家認爲韓愈之詩足可與李杜鼎立，大力提高了韓愈詩作的地位。至於宋代，蘇軾與黃庭堅的文學成就並稱，但選家認爲黃庭堅之詩「多生澀而少渾成」，所以另舉包含宏大、創作豐富的陸游。

在確立六家後，凡例也交代了選本的選詩情形，選家認爲：

> 大家全力多於古詩見之，就近體而論，太白便不肯如子美之加意布置，昌黎奇傑之氣，尤不耐束縛，東坡才博又似不免輕視，故篇體常近於率，惟白、陸於古今體間，庶無偏向耳。意向既殊，多寡亦異，而選詩者之進退，因之正不強爲均齊也。〔註17〕

每位詩人各有其性情與擅長的風格，選家認爲李白才妙縱橫、韓愈力大思雄、蘇軾才博華妙，在古詩創作時能大逞其才力，但在字數、對仗、聲律均有嚴格體式限制的近體詩上，其書寫可能就不夠工整貼妥，而白居易與陸游則在古、近體詩的創作上較無所偏向。因爲詩人對不同詩體的創作意念有所殊異，導致不同詩體的創作數量不一，《御選唐宋詩醇》以人選詩，打破以體裁分類的方式，選錄詩人的各種作品，體現出選家對各種風格的包容態度。

〔註16〕（清）乾隆：《御選唐宋詩醇・凡例》，頁2。

〔註17〕（清）乾隆：《御選唐宋詩醇・凡例》，頁3。

另外，凡例亦對選家所採用的評注有所解釋。首先，對於六位詩家評注數量多寡的問題，選家認爲李白與杜甫因名氣盛傳已久，所以後世文人對二者的評注最多，而白居易與韓愈雖同處唐代，但因名氣不逮，所以評論數量較李杜二者少，至於蘇軾與陸游出於宋代，因年代關係品論之詞又更爲遞減，故選家提出「多者，擇而取之；少者，不容傅會」〔註 18〕的方式來折衷聲價。其次，對於舊時評語有錯謬者，照例應去除而不選錄，但選家認爲「特恐沿襲既久，或謂是編偶不及載，而終不識其非，轉致遺誤無已」〔註 19〕，所以特地選錄並加以駁正，由此可見選家希冀藉由選本以引導後學。

凡例之後有總目錄二卷，方便讀者查詢詩人詩作，總目錄之後四庫本附有提要，內含四庫館臣的看法，薈要本雖無提要，但也有幾段關於選本編選宗旨的文字。《御選唐宋詩醇》全書共四十七卷，其中李白八卷，杜甫十卷，白居易八卷，韓愈五卷，蘇軾十卷，陸游六卷等，共計 2665 首。六家詩人卷首有小序，說明「六家品格與時會所遭」〔註 20〕，讓讀者能更明白詩人的生平遭遇與詩作特點，也體現出選家的詩學觀點。在六家詩人的作品後，附有選家、他人評注及史料等評語，表示對此詩的看法，有時是對詩人的評賞，有時是體悟之語，但並非每首詩作均有評語。關於選評者，據〈御選唐宋詩醇序〉所言「去取評品，皆出於梁詩正等數儒臣之手」〔註 21〕，薈要本附有校刻諸臣職名，可略窺一二，但因爲評語未註明選評者姓名，故難以追索該詩的選評出自何人，以及選評者之詩觀對評語取捨的影響，是較爲可惜的地方。

二、編選特色

《御選唐宋詩醇》屬於御選型的文本，是皇帝親身參與對歷代文

〔註 18〕（清）乾隆：《御選唐宋詩醇・凡例》，頁 2。
〔註 19〕（清）乾隆：《御選唐宋詩醇・凡例》，頁 2。
〔註 20〕（清）乾隆：《御選唐宋詩醇・序》，頁 1。
〔註 21〕（清）乾隆：《御選唐宋詩醇・序》，頁 1。

學選本的甄選別裁，纂輯成冊，進而引導整體社會詩文創作的方向和審美趣味，有別於一般民間選本。賀嚴在研究唐詩選本與清代社會時曾指出，皇帝親自參與詩文編選，是清代選本的重要特色，而「御選」可說是清代文治的重要措施之一。〔註22〕以《四庫全書》集部爲例，以「欽定」、「御選」、「御制」等爲書名的文學總集，如文有《欽定四書文》、《御選唐宋文醇》，詩有《御選唐詩》、《御定全金詩》、詞有《御選歷代詩餘》、《御定詞譜》等，均參考歷代眾多文獻而成，並且在編選過程中，遵守雅正的詩教傳統來指導社會學術風氣。以下，將從收錄詩作與選評情形，說明《御選唐宋詩醇》的編選特色。

（一）收錄詩作

關於《御選唐宋詩醇》在唐、宋二代選擇此六家詩人的理由，除了凡例之外，提要也有所說明：

> 蓋李白源出《離騷》，而才華超妙，爲唐人第一，杜甫源出於《國風》二雅，而性情眞摯，亦爲唐人第一，自是以外，平易而最近乎情者，無過白居易，奇創而不詭於理者，無過韓愈，錄此四集，已足包括眾長。至於北宋之詩，蘇黃並鶩，南宋之詩，范陸齊名，然江西宗派實變化於杜韓之間，既錄杜韓可無庸複見，《石湖集》篇什無多，才力識解亦均不能出《劍南集》，上既舉白以概元，自當存陸而刪范，權衡至當，洵千古之定評矣。〔註23〕

提要以詩學流變的歷史角度而言，將李白與杜甫的詩學淵源上推至《詩經》與《楚辭》，並認爲兩者的詩學成就可並列第一，加上擁有「平易而最近乎情」的白居易與「奇創而不詭於理」的韓愈，認爲錄此四家足以包含眾家風格。至於北宋蘇軾與黃庭堅並駕，但以黃庭堅爲江西詩派代表，好奇尚硬，乃變化自杜甫、韓愈爲由，故取蘇軾而棄黃庭堅，而南宋范成大與陸游齊名，但認爲范成大之才力識解遠遜

〔註22〕賀嚴：《清代唐詩選本研究》（北京：人民出版社，2007年），頁17～22。

〔註23〕（清）乾隆：《御選唐宋詩醇·提要》，頁85。

於陸游，故存陸游而除范成大。

《御選唐宋詩醇》雖是唐、宋二代的詩歌選本，但從上述引文不難發現選本所隱含的崇唐思想，如其認爲選錄唐代此四家詩人作品，足以包含眾家所長等語，選本在唐代選了李白、杜甫、白居易與韓愈四家，而在宋代僅選了蘇軾與陸游兩家，在唐宋二代詩家的選錄上呈現出數量不平衡的情形。此外，在蘇軾、陸游詩作評語中也常出現「似唐」等語，如評蘇軾「俯仰陳跡懷古者所同，悲壯慷慨則唐賢得意筆也」(〈荊州十首〉)〔註 24〕、評陸游「前四句疎宕，五六撐拄得起，結有餘力，逼眞盛唐格律」(〈秋風〉)〔註 25〕、「不少新色、亦逼唐調」〔註 26〕(〈儲福觀〉)等。

莫礪鋒認爲，在崇唐的前提下，《御選唐宋詩醇》更鮮明體現出的是「崇杜」的傾向。〔註 27〕以下表格爲莫礪鋒所整理的六家選錄卷數與作品數量，可更清楚地看出選本在詩家選擇上所呈現的選錄情形：

【表四】莫礪鋒：《御選唐宋詩醇》之六家選錄卷數與作品數量

詩家	李白	杜甫	白居易	韓愈	蘇軾	陸游	總計
卷　數	8	10	8	5	10	6	47
作品數	375	722	363	103	541	561	2665

在統計表格中，以卷數而言，杜甫與蘇軾選錄十卷爲最多，而以作品數而言，杜甫選錄七百多首，獨占鰲頭，由此可見選本崇尚唐代詩人，且在唐代詩人中又特尊杜甫的現象，而這樣的情形也反映在選本對其他詩家的評語中：

〔註 24〕（清）乾隆：《御選唐宋詩醇》，卷 32，頁 611。
〔註 25〕（清）乾隆：《御選唐宋詩醇》，卷 42，頁 834。
〔註 26〕（清）乾隆：《御選唐宋詩醇》，卷 43，頁 854。
〔註 27〕莫礪鋒：〈論《唐宋詩醇》的編選宗旨與詩學思想〉，頁 133。

落筆沈痛，含意深遠，此李詩之近杜者。(李白〈丁督護歌〉)〔註 28〕

波瀾意度，直逼子美堂奧。(白居易〈畫竹歌〉)〔註 29〕

嚴重蒼渾，直逼杜陵。(韓愈〈晉公破賊回重拜臺司以詩示幕中賓客愈奉和〉)〔註 30〕

許顗詩話曰：畫山水詩少陵數首無人可繼，惟東坡〈烟江疊嶂圖〉一首差近之。(蘇軾〈書王定國所藏烟江疊嶂圖〉)〔註 31〕

有俯仰千古之感，句法亦逼老杜。(陸游〈村舍〉)〔註 32〕

不管是從詩作的內容含意、精神氣度，亦或是詩體句法，均可以看到以杜甫為標準，稱讚其他詩人的詩作水準或其詩作所受到杜詩的影響，雖然選本在凡例或序文中不時出現李、杜並列「唐人第一」、「並稱大家」、「以李、杜為準的」等話語，但細讀其評論內容，仍可發現選本以杜甫為首、推尊杜甫的現象。

（二）選評情形

關於《御選唐宋詩醇》的選評依歸，均遵從「溫柔敦厚」的詩教傳統，提要曾言「皇上聖學高深，精研六義，以孔門刪定之旨」，〔註 33〕薈要本在目錄末也言「別擇大醇，出入風雅，洵合乎溫柔敦厚之教矣」。〔註 34〕「溫柔敦厚」一詞，最早可見於《禮記・經解》，其云：「入其國，其教可知也。其為人也，溫柔敦厚，詩教也。」孔穎達疏曰：「溫，謂顏色溫潤，柔，謂情性和柔。詩依違諷諫，不指

〔註 28〕（清）乾隆：《御選唐宋詩醇》，卷 4，頁 128。
〔註 29〕（清）乾隆：《御選唐宋詩醇・序》，卷 22，頁 450。
〔註 30〕（清）乾隆：《御選唐宋詩醇》，卷 31，頁 600。
〔註 31〕（清）乾隆：《御選唐宋詩醇》，卷 39，頁 760。
〔註 32〕（清）乾隆：《御選唐宋詩醇》，卷 45，頁 888。
〔註 33〕（清）乾隆：《御選唐宋詩醇・提要》，頁 86。
〔註 34〕（清）乾隆：《御選唐宋詩醇》，《景印摛藻堂四庫全書薈要》，頁 360。

切事情，故云『溫柔敦厚，是詩教也。』」〔註 35〕從此看來，詩教內容大抵是期望詩人在詩歌創作中追求深婉和平、含蓄蘊藉的表達方式。

既是以溫柔敦厚的詩教傳統爲選評依據，此內涵便體現在對詩人作品的品評上，如評李白〈古風〉（孤蘭生幽園）一首：

> 前有「燕臣昔慟哭」一章，與此俱遭讒被放而作，前篇哀而不傷，怨而不誹，尚近《離騷》悲痛之音，此則溫柔敦厚上追風雅矣。（〈古風〉）〔註 36〕

李白曾於天寶元年（742）應詔赴長安，初時頗受唐玄宗器用，但之後受到一些近臣的挑撥污衊，唐玄宗開始疏遠李白，李白也因此漸漸感受到冷遇的滋味。詩中以孤蘭自喻，謂己身有逸才，若無得到賢明者賞識，恐埋沒於雜草之中，頗有懷才不遇之感，但詩中所流露出的情感並非憤悶埋怨，而是以溫和柔順的態度道出心中期盼，故將此詩選入。相較之下，選家認爲李白前首詩篇〈古風〉（燕臣昔痛哭）因其情感表達與溫柔敦厚講求的含蓄蘊藉不符，而未將它選入。

另外，韓愈之詩向來被譏「押韻之文，格不近詩，又豪放有餘，深婉不足，常苦意與語俱盡」，〔註 37〕看似與《御選唐宋詩醇》「溫柔敦厚」的選評宗旨不符，但選本卻在韓愈詩作後的評語扭轉此現象，如：

> 典雅處似《毛詩》，質峭處似秦碑。（〈元和聖德詩〉）〔註 38〕
>
> 沈德潛曰：〈琴操〉諸篇深婉忠厚，得風雅之正。（〈琴操十首〉）〔註 39〕
>
> 意纏綿而詞淒婉，神味極似《小雅》。（〈赴江陵途中寄贈王

〔註 35〕（漢）鄭玄注，（唐）孔穎達疏，李學勤編：《禮記正義》（臺北：臺灣古籍出版社，2001 年），第八冊，卷 50，頁 1597～1598。
〔註 36〕（清）乾隆：《御選唐宋詩醇》，卷 1，頁 97。
〔註 37〕（清）乾隆：《御選唐宋詩醇》，卷 27，頁 534。
〔註 38〕（清）乾隆：《御選唐宋詩醇》，卷 27，頁 537。
〔註 39〕（清）乾隆：《御選唐宋詩醇》，卷 27，頁 540。

二十補闕李十一拾遺李二十六員外翰林三學士〉）〔註 40〕

評語往往將韓愈的詩作與《詩經》相比，並誇其詩作風格典雅、忠厚、淒婉，表現手法亦是曲折含蓄，打破前人「豪放有餘，深婉不足，常苦意與語俱盡」的批評印象，企圖藉由點評其不同的創作風格作爲典範，以指導後學。

再者，《御選唐宋詩醇》也強調詩教中的人倫觀念，即是忠君愛國的思想，並以杜甫爲樞紐，聯繫其憂國愛君的精神，加強政治教化的意義，如：

> 白以倜儻之才，遭讒被放，雖放浪江湖，而忠君憂國之心，未嘗少忘。（李白〈古風〉）〔註 41〕
>
> 諸篇全倣杜甫〈新安〉、〈石壕〉、〈垂老〉、〈無家〉等作，諷刺時事，婉而多風。（白居易〈采詩官〉）〔註 42〕
>
> 觸緒即來，自是此翁忠悃，與杜陵無二。（陸游〈曳策〉）〔註 43〕

上述評語皆以杜甫忠愛爲標準評論其他五家詩人之作品，選家或從詩人的自身行爲說起，或從詩人所做的詩篇內容進行評論，通過與杜甫忠君愛國精神的結合，突顯詩人的倫理道德，扭轉世風。高磊認爲清人編選宋詩選本的動因之一，即是溯源詩教以改變頹靡的詩風，〔註 44〕通過《御選唐宋詩醇》的品論，可以更清楚的看出以傳統詩教爲依歸的選評情形。

〔註 40〕（清）乾隆：《御選唐宋詩醇》，卷 28，頁 548。

〔註 41〕（清）乾隆：《御選唐宋詩醇》，卷 1，頁 99。

〔註 42〕（清）乾隆：《御選唐宋詩醇》，卷 20，頁 431。

〔註 43〕（清）乾隆：《御選唐宋詩醇》，卷 44，頁 869。

〔註 44〕高磊認爲清朝皇帝對詩教的推頌，使清人在編選詩歌選本時，其編選宗旨與選錄標準都體現出對詩教的回應，並舉姚鼐《今體詩鈔》、沈德潛《唐詩別裁集》、汪景龍《宋詩略》、陳訏《宋十五家詩選》等選本爲例，以支持其論述。詳見高磊：《清代宋詩選本研究》，頁 71～82。

第二節　《御選唐宋詩醇》選評陸游詩實況

《御選唐宋詩醇》雖是一部詩歌選本，但其中亦有評語，他的評語方式分成總評和各家評點，總評表現了選家的詩學觀點，各家評點則是選家擇取與該詩相關的評語，以附和自己的詩學主張。前文提到《御選唐宋詩醇》雖選唐宋六家詩人，但實以杜甫爲宗，並聯繫其忠君愛國的精神，加強政治教化的意義，以下將從《御選唐宋詩醇》的序和評語來探討選家以「似杜」選評陸游的情況。

一、評陸游之地位：南渡之冠

《御選唐宋詩醇》在討論陸游之前，先確立陸游之地位。以宋代而言，黃庭堅（1045～1105）是北宋重要詩家，常常與蘇軾並稱，但選家認爲黃庭堅之詩「多生澀而少渾成」，〔註 45〕故棄之不選。另外提要也補充說明《御選唐宋詩醇》選陸游之原因，「至於北宋之詩，蘇、黃並鶩，……然江西宗派，實變化於韓、杜之間。既錄杜、韓，可無庸複見。」〔註 46〕提要指出雖然北宋蘇軾與黃庭堅齊名，但黃庭堅所屬的江西詩派，以杜甫爲宗，其詩之內容變化殆盡於杜甫與韓愈，既然選本已錄杜、韓之詩，便可不必納入黃詩。序文則更進一步說明從南宋詩家選擇陸游之原因：

> 宋自南渡以後，必以陸游爲冠。當時稱大家者，曰：「蕭、楊、范、陸」，楊萬里則曰：「尤、蕭、范、陸」。至劉克莊，乃曰：「放翁學士（力）似杜甫」，又曰：「南渡而下，放翁故爲一大宗」。朱子與徐賡載書：「放翁詩讀之爽然，近代惟見此人爲有詩人風致」。今諸家詩具在，可與游匹者，誰也？〔註 47〕

始將陸游列爲南宋詩人之首的，當屬乾隆。在南宋之時，詩壇有四大家之稱，即所謂「蕭德藻（？～？）、楊萬里（1127～1206）、范成大

〔註 45〕（清）乾隆：《御選唐宋詩醇・凡例》，頁 2。
〔註 46〕（清）乾隆：《御選唐宋詩醇・提要》，頁 85。
〔註 47〕（清）乾隆：《御選唐宋詩醇》，卷 42，頁 828。

（1126～1293）、陸游」，但身列其中的楊萬里，則自謙地主張四大家應爲「尤袤（1127～1194）、蕭、范、陸」，〔註48〕大體而言，當時四大家中，陸游的地位排行最末。至元代，方回（1127～1305）回顧歷史：「自乾、淳以來，誠齋、放翁、石湖、遂初、千岩五君子，足以躡江西，追盛唐。」〔註49〕可以看出陸游位置之變化。直至清中葉，乾隆獨排眾家，擢陸游爲南宋詩人之首，詩壇對南宋詩歌地位才漸有定見，故清人梁章鉅（1175～1849）言：「唐以李、杜、韓、白爲四大家，宋以蘇、陸爲兩大家，自《御選唐宋詩醇》，其論始定。」〔註50〕

而《御選唐宋詩醇》選擇陸游的原因，除了上述引劉克莊言「放翁學力似杜甫」，又將陸游之生平遭遇與杜甫相較，以說明兩者詩歌內容之相似：

> 觀游之生平，有與杜甫類者：少歷兵間，晚棲農畝，中間浮沈中外，在蜀之日頗多。其感激悲憤，忠君愛國之誠，一寓於詩。酒酣耳熱，跌盪淋漓。至於漁舟樵徑，茶碗爐熏，或雨或晴，一草一木，莫不著爲詠歌，以寄其意。此與甫之詩何以異哉？〔註51〕

陸游出生於金兵南侵，兵荒馬亂之際，少年時期便飽嘗流離困頓，中年因與朝中主和派理念不和，仕途不遂，在宦海中浮沈，晚年回歸鄉里，過起農村悠閒生活；與杜甫歷經安史之亂，顛沛流離，仕途不濟，晚年過著山居生活的生平際遇相似，且陸游與杜甫兩人在蜀地的生

〔註48〕（宋）楊萬里：〈千巖摘稿序〉：「余嘗論近世之詩人，若范石湖之清新，尤梁溪之平淡，陸放翁之敷腴，蕭千岩之工緻，皆予之所畏者。」見《誠齋集》，收於《文淵閣四庫全書》（臺北：臺灣商務印書館，1981年），第一八二冊，卷82，頁89。

〔註49〕（元）方回：〈曉山烏衣圻南集序〉，《桐江集》，收於《文淵閣四庫全書》（臺北：臺灣商務印書館，1981 年），第一〇五冊，卷 1，頁59。

〔註50〕（清）梁章鉅：《退庵隨筆》，收於郭紹虞：《清詩話續編》（臺北：藝文印書館，1985年），頁1977。

〔註51〕（清）乾隆：《御選唐宋詩醇・序》，卷42，頁828。

活，均對自身創作影響深遠。故選家在評論陸游作品時，有時會將陸游與杜甫生平思想相較者，如評〈遊錦屏山謁少陵祠堂〉:「傷今懷古，懷抱略同。」〔註 52〕、評〈懷舊〉:「此老情事頗近子美，其意中亦欲與浣花老叟相視而笑，故其自道如此。」〔註 53〕

而清人趙翼（1727～1814）在分析陸游詩作時，也將詩作與陸游生平做連結，言：「放翁詩凡三變：……故雖挫籠萬有，窮極工巧，而仍歸雅正，不落纖佻，此初境也。……自從戎巴蜀，而境界又一變。及乎晚年，則又造平淡，並從前求工見好之意，亦盡消除。」〔註 54〕將陸游之詩風分爲三個階段，恰可與《御選唐宋詩醇》言陸游之生平「少歷兵間，晚棲農畝，中間浮沈中外，在蜀之日頗多」相對照。《御選唐宋詩醇》能從陸游之生平際遇分析其創作內涵並不特別，但捨棄黃庭堅、楊萬里、范成大等詩家，將陸游與杜甫相提，既而確立陸游之地位，看法可謂獨到。

二、評陸游詩之內容：忠君愛國、日常生活書寫

如前文所述，《御選唐宋詩醇》的評語除了說明陸游的創作過程，也指出其創作主要內容，分別是「感激悲憤，忠君愛國之誠」與「漁舟樵徑，茶碗爐熏，或雨或晴，一草一木」兩種，前者是指陸游充滿愛國熱忱、恢復中原故土之作，後者則指描寫日常瑣事、湖光山色之作。錢鍾書（1910～1998）亦認爲陸游的作品主要有兩個方面，一是爲國家報仇雪恥、恢復喪土，二是日常生活、當前景物，但歷來對於陸游的評價多集中於第二個方面，將陸游定位成「老清客」的形象。〔註 55〕由此可見，雖然陸游詩作有兩種面向，但歷來文人卻多關注陸游描寫日常瑣事、湖光山色的作品。然而，《御選唐宋詩醇》所

〔註 52〕（清）乾隆：《御選唐宋詩醇・序》，卷 42，頁 839。

〔註 53〕（清）乾隆：《御選唐宋詩醇・序》，卷 47，頁 993。

〔註 54〕（清）趙翼：《甌北詩話》卷 6，收於郭紹虞：《清詩話續編》，頁 1220～1221。

〔註 55〕錢鍾書：《宋詩選注》（北京：人民文學出版社，1994 年），頁 170。

欲突顯的是陸游忠君愛國之作，故在詩人小序中稱揚陸游「感激悲憤，忠君愛國之誠，一寓於詩」。

選家對於陸游詩作後所給予的評語，更能進一步看出選家的詩學傾向。關於第一類「感激悲憤，忠君愛國」之作，《御選唐宋詩醇》著墨甚多，且在評語中連結杜甫加以評述，如論〈感憤〉〔註 56〕一詩：

> 大聲疾呼，氣浮紙上，〈諸將〉五首之嫡嗣也。〔註 57〕

此詩是淳熙十年（1183）陸游在山陰時所作，詩之內容表達對南宋朝廷堅持和議政策的不滿，使得有志之士無法收復失地、建功立業，而虛度光陰，是首政論詩，陸游在議論的同時，寄託自己強烈的愛國情感。而〈諸將〉五首是杜甫對安史之亂以來軍政大事的感憤，表現了杜甫對家國安危的關懷與憂慮，選家將陸游〈感憤〉與杜甫〈諸將〉五首並提，認爲陸游正繼承了杜甫愛國的精神。

又論〈夜燈千峰榭〉〔註 58〕一首，引清人潘問奇（1632～1695）說法：

> 劍南詩，操觚家奉之如拱壁，然一時所爲翕然者，不過喜其陶寫風雲、流連月露而已，而其惓惓宗國、悱惻纏綿，顧未有及之者，予爲一一標識之，使知先生當日傷半壁之無依，痛兩宮之不返，終天歎悼，不徒區區景物間也，比少陵庶幾一飯不忘之誼云。〔註 59〕

〈夜登千峰榭〉一詩的內容乃陸游藉由書寫舊史興亡之事，抒發自己的憂國心情，以及空有壯圖卻無從實現的憤苦。評語認爲文人多喜歡

〔註 56〕（宋）陸游〈感憤〉：「今皇神武是周宣，誰賦南征北伐篇。四海一家天曆數，兩河百郡宋山川。諸公尚守和親策，志士虛捐少壯年。京洛雪消春又動，永昌陵上草芊芊。」

〔註 57〕（清）乾隆：《御選唐宋詩醇》，卷 45，頁 889。

〔註 58〕題目應爲「登」字。（宋）陸游〈夜登千峰榭〉：「夷甫諸人骨作塵，至今黃屋尚東巡。度兵大峴非無策，收泣新亭要有人。薄釀不澆胸壘塊，壯圖空負膽輪囷。危樓插斗山銜月，徙倚長歌一愴神。」

〔註 59〕（清）乾隆：《御選唐宋詩醇》，卷 45，頁 893。

陸游那些閒適細膩、描寫景物的作品，卻忽略「惓惓宗國、悱惻纏綿」之作，故潘問奇爲之標識，希望世人能了解陸游當時做詩之情。語末更將陸游與杜甫相提，以爲陸游憂心朝政之心可與杜甫一飯不忘君恩相匹。

其他類似的評語，尚有論〈送七兄赴揚州帥幕〉：「五句（急雪打窗心共碎）承上，但覺忠憤塡胸，不復論其造句之警，此子美嫡嗣，他人不能到也。」〔註 60〕論〈曳策〉：「觸緒即來，自是此翁忠悃，與杜陵無二。」〔註 61〕評〈示兒〉引清人周之麟之語曰：「觀於『家祭無忘』之語，千秋而下亦爲長慟，此用心與子美何以異哉。」〔註 62〕評語多以「忠憤」、「忠悃」等語聯繫杜甫，以「子美嫡嗣」、「與子美何異」等句來評論陸游的詩作。

第二類「漁舟樵徑，茶碗爐熏」之作，此類作品雖收入《御選唐宋詩醇》，但選家用力不深，如：〈小橋〉、〈梅花〉、〈春遊〉、〈村居書喜〉、〈訪山家〉等，通常僅選入詩作，表示對此詩的認可。若給予評語，也甚爲簡潔，例如評〈山家暮春〉言：「瑣事，老筆。」〔註 63〕論〈舍北晚眺〉：「自然入畫。」〔註 64〕、論〈秋懷〉：「閒淡有味。」〔註 65〕等。然而此類作品，《御選唐宋詩醇》也有以杜甫爲標準來評論陸游者，但多數轉往探討章法字詞，此部分留待下段詳細說明。

三、評陸游之詩法：得子美家法

許總以爲：「北宋中葉以後，詩壇宗杜之風，盛況空前，詩人幾乎無一不學杜甫。」〔註 66〕陸游曾師從江西詩派的曾幾、呂本中，故

〔註 60〕（清）乾隆：《御選唐宋詩醇》，卷 42，頁 831。
〔註 61〕（清）乾隆：《御選唐宋詩醇》，卷 44，頁 869。
〔註 62〕（清）乾隆：《御選唐宋詩醇》，卷 47，頁 940。
〔註 63〕（清）乾隆：《御選唐宋詩醇》，卷 45，頁 898。
〔註 64〕（清）乾隆：《御選唐宋詩醇》，卷 46，頁 910。
〔註 65〕（清）乾隆：《御選唐宋詩醇》，卷 46，頁 918。
〔註 66〕許總：《杜詩學發微》（臺北：盛環圖書股份有限公司，1997 年），頁 30。

同樣作為宋代學杜之一的陸游，《御選唐宋詩醇》也在評語中一再指出陸游受到杜甫的影響，如評〈春行〉，引方回說法：

> 引少陵、太白，謂奪造化之功，卻是世未有拈出者。前輩用功如此。〔註67〕

陸游在此詩頷聯「猩紅帶露海棠濕，鴨綠平堤湖水明」下，自註：「杜子美『曉看紅濕處，花重錦官城』，李太白『蜀日紅且明』〔註68〕」，用『濕』字『明』字可謂奪造化之功，世未有拈出者。」〔註69〕陸游運用杜甫「濕」字與李白「明」字，以己之意鎔鍊前人之語，更增添清麗。方回認為陸游能化用他人之字，卻沒有與前人重複，可見陸游在此方面用力之深。

除了鍊字之外，選家也論及句法與章法，如評〈村舍〉與〈樓上醉書〉：

> 有俯仰千古之感，句法亦逼老杜。(〈村舍〉)〔註70〕
>
> 縱筆直書，卻有沈鬱頓挫之妙。(〈樓上醉書〉)〔註71〕

〈村舍〉詩之內容描寫村舍罕為人煙、空寂之景，結尾「千年不磨滅，惟有暮山橫」，雄渾有力，與杜甫在寫作句法上相似，充滿雄壯堅毅的感覺。〈樓上醉書〉一詩寫來，酣暢淋漓，陸游在詩中託寓渴望報國的心情。自杜甫於〈進雕賦表〉提出「沈鬱頓挫」一詞，在文學評論中已成為杜甫詩作的特色，此處用「沈鬱頓挫」一語來說明陸游之詩氣勢深沈蘊蓄而抑揚曲折，雖然縱筆直書，但章法有變化之勢。其他類似的評語如評〈秋霽〉：「短幅森嚴中，極頓挫之妙」〔註72〕，

〔註67〕（清）乾隆：《御選唐宋詩醇》，卷46，頁914。

〔註68〕陸游：〈春行〉頷聯下自註實為「蜀江紅且明」，見《劍南詩稿》，收於《文淵閣四庫全書》，第一八四冊，卷35，頁552。然李白未有此詩句，最接近者為〈荊門浮舟望蜀江〉：「江色綠且明」，見（清）王琦注：《李太白全集》(北京：中華書局，1993年)，卷22，頁1019。

〔註69〕（清）乾隆：《御選唐宋詩醇》，卷46，頁914。

〔註70〕（清）乾隆：《御選唐宋詩醇》，卷45，頁888。

〔註71〕（清）乾隆：《御選唐宋詩醇》，卷43，頁861。

〔註72〕（清）乾隆：《御選唐宋詩醇》，卷45，頁894。

「沈鬱頓挫」一詞儼然成爲另一種以杜甫爲標準來評論詩作的方法。

此外，《御選唐宋詩醇》有許多評語是留給讀者自己品味的，如以下〈遊三井觀〉、〈登劍南西川門感懷〉、〈山行〉三首：

> 因畫生慨，妙得子美家法，筆力樸堅，亦復相近。（〈遊三井觀〉）〔註 73〕
>
> 盧世㴶曰：此首極似杜陵，讀者自辨之。（〈登劍南西川門感懷〉）〔註 74〕
>
> 不失子美家法。（〈山行〉）〔註 75〕

此三首詩通過簡淨的評語，希望讀者能通過陸游的詩作去細品陸游與杜甫之相似，三首詩作內容分別是：〈遊三井觀〉藉觀看古壁畫而抒發感慨，〈登劍南西川門感懷〉是因登高而傷懷，表達自己報國無路的苦悶，〈山行〉則是描寫山水景致，體現幽然之情，內容可說是大相逕庭，但選家都以「子美家法」、「極似杜陵」來評論，可見陸游對於杜甫的學習並非片面的，而是能從內容、形式技巧、精神等諸方面，進行廣泛地學習，因此才能獲此「得子美家法」之佳評。

四、以「似杜」選評陸游之意義與評價

《御選唐宋詩醇》在選錄陸游詩作六卷的評語中，曾將其詩作與其他詩人相較，如評〈繫舟下牢溪游三游洞二十八韻〉：「語奇句老，頗近昌黎」〔註 76〕、〈聞猿〉：「格調自李商隱得之」〔註 77〕、〈塞上曲〉：「氣體絕似太白」〔註 78〕、〈東吳女兒曲〉：「絕似皮、陸」〔註 79〕等，雖然與其他詩人相比，但數量仍爲少數，更多的評語是將陸游與

〔註 73〕（清）乾隆：《御選唐宋詩醇》，卷 43，頁 853。
〔註 74〕（清）乾隆：《御選唐宋詩醇》，卷 43，頁 861。
〔註 75〕（清）乾隆：《御選唐宋詩醇》，卷 47，頁 932。
〔註 76〕（清）乾隆：《御選唐宋詩醇》，卷 42，頁 836。
〔註 77〕（清）乾隆：《御選唐宋詩醇》，卷 42，頁 837。
〔註 78〕（清）乾隆：《御選唐宋詩醇》，卷 43，頁 849。
〔註 79〕（清）乾隆：《御選唐宋詩醇》，卷 45，頁 894。

杜甫相提並論，但爲何要以杜甫爲標準選評陸游詩作，其背後深意爲何？筆者以爲可由學術風氣影響和政治需要兩方面來談。

以學術風氣而言，清代是繼宋代之後研究杜詩的第二高峰，文人致力投入對杜詩的整理、搜輯、箋註、評點等，絡繹不絕，由於杜甫受到文人的推崇，且他的創作內容與創作技巧均深深地影響文人，所以以杜甫爲標準來評斷他人詩作的方式實屬常見，如清人宋犖（1634～1717）評論邢昉（1590～1653）「具體少陵，而出入韋、孟、錢、劉」〔註 80〕、李源（？～？）稱盧世㴶（1588～1653）「得杜之神髓」〔註 81〕、汪懋麟（1640～1688）論吳嘉紀（1618～1684）「七言古詩，渾融少陵」〔註 82〕、錢謙益（1582～1664）評王士禛（1634～1711）「感時之作，惻愴於杜陵」〔註 83〕等，均是將類似杜甫、學習杜甫作爲一種稱讚，以杜甫作爲衡量詩作的準的。

另外是政治需要，清代爲鞏固政權於是推行傳統儒家溫柔敦厚、忠君愛國的觀念，乾隆曾在〈沈德潛選國朝詩別裁集序〉言：「詩者何？忠孝而已耳。離忠孝而言詩，吾不知其爲詩也。」〔註 84〕在序中強調忠孝之重要，並以忠孝作爲論詩的標準。而在眾詩人當中，由於杜甫儒學的背景，不忘君恩的思想，便脫穎而出，被選爲體現忠孝、人倫的典範，《御選唐宋詩醇》即以杜甫之忠孝爲標準來衡量所選的諸位詩人，如評李白：「前有鳳凰九千仞一篇，與此皆白自比懷恩未報，感別長歎，惓惓之誠，溢於言表。」（〈古風〉）〔註 85〕、引蕭士

〔註 80〕（清）宋犖：〈石臼集序〉，收於邢昉《石臼集》，《清代詩文集彙編》（上海：上海古籍出版社，2010 年），第五冊，頁 400。

〔註 81〕（清）李源：〈尊水園集畧序〉，收於盧世㴶《尊水園集畧》，《清代詩文集彙編》，第五冊，頁 154。

〔註 82〕（清）汪懋麟：〈陋軒詩序〉，收於吳嘉紀《陋軒詩》，《清代詩文集彙編》，第六十三冊，頁 414。

〔註 83〕（清）錢謙益：〈帶經堂集序〉，收於王士禛《帶經堂集》，《清代詩文集彙編》，第一三四冊，頁 4。

〔註 84〕（清）乾隆：〈沈德潛選國朝詩別裁集序〉，收於《御製文初集》，《清代詩文集彙編》，第三三〇冊，卷 12，頁 116。

〔註 85〕（清）乾隆：《御選唐宋詩醇》，卷 1，頁 97。

贇評李白：「此詩其作於至德之後乎？隱然有國風愛君憂國，勞而不怨，厭亂思治之意。」（〈北上行〉）〔註 86〕、評白居易：「是詩情辭剴切，忠愛藹然，極有關係之作。」（〈賀雨〉）〔註 87〕、評白居易「杜甫〈石壕吏〉之嗣音也。」（〈重賦〉）〔註 88〕、評陸游：「忠憤蟠鬱，自然形見，無意於工而自工。」（〈觀大散關圖有感〉）〔註 89〕等，在在表現出以忠孝論詩的標準。

歷來對陸游愛國詩作之評價，如宋人林景熙（1242～1310）言：「前輩評宋南渡後詩，以陸務觀擬杜，意在寤寐不忘中原，與拜鵑心事，悲惋實同。」〔註 90〕元人高明（1305～1359）言：「陸務觀詩，大概學杜少陵，間多愛君憂時之語。」〔註 91〕清人周之鱗言：「古來詩人，富於詩者，莫於渭南。或謂其語多重沓，慮情貌景，不能遠攬窮搜，而僅工於體物。是以戔戔之誠，沒作述之苦心耶。……且獨不見夫惓惓憂國之詩耶？」等，前人評陸游之詩作，已看到其愛國憂時之心，有些評語更指出陸游愛國詩作與杜甫相類，均反映了渴望收復故土，愛君憂國之情。而《御選唐宋詩醇》以杜甫作爲標準評價陸游，以「忠孝」角度聯繫陸游與杜甫，繼而強化陸游忠君愛國之詩作，可視爲《御選唐宋詩醇》選本之特色。

第三節　《御選宋詩》與《御選唐宋詩醇》之比較

《御選宋詩》爲《御選宋金元明四朝詩》之宋代詩歌選本，於康熙四十八年（1709）成書，其詩歌作品凡七十八卷，姓名爵里二卷，

〔註 86〕（清）乾隆：《御選唐宋詩醇》，卷 4，頁 128。
〔註 87〕（清）乾隆：《御選唐宋詩醇》，卷 19，頁 407。
〔註 88〕（清）乾隆：《御選唐宋詩醇》，卷 19，頁 409。
〔註 89〕（清）乾隆：《御選唐宋詩醇》，卷 42，頁 844。
〔註 90〕（宋）林景熙著，陳增杰校注：〈王修竹詩集序〉，《林景熙集校注》（杭州：浙江古籍出版社，1995 年），卷 5，頁 343。
〔註 91〕（元）高明：〈題宋渭南公晨起詩卷〉，見（清）陸時化：《吳越所見書畫錄》，收於《歷代書畫錄輯列》（北京：北京圖書館出版社，2007 年），第七冊，卷 1，頁 130。

入選詩人共八十一家。《御選唐宋詩醇》爲唐宋二代詩歌選本，於乾隆十五年（1750）編成，內容目錄二卷，詩作四十七卷，入選詩人共六家，其中宋代兩家。《御選宋詩》與《御選唐宋詩醇》均屬御選型的大型詩歌選本，由皇帝親身參與甄選別裁，纂輯成冊，有別於一般民間選本，二者在編選旨趣有其相似與相異之處，故此節將先對《御選宋詩》之編選體例作一說明，再以陸游爲觀察對象，比較二者在選錄上所呈現的差異。

一、編選架構

《御選宋詩》爲《御選宋金元明四朝詩》之部份選本，此書全部卷數共三百一十七卷，其中《御選宋詩》七十八卷、姓名爵里二卷，選錄詩家 882 人；《御選金詩》二十五卷、姓名爵里一卷，選錄詩家 321 人；《御選元詩》八十一卷、姓名爵里二卷，選錄詩家 1197 人；《御選明詩》一百二十卷、姓名爵里八卷，選錄詩家 3400 人，〔註 92〕呈現越近清代，入選詩家越多的現象。

在此選本之前，康熙曾敕命館閣重臣編纂《御定全唐詩》，還親自從眾多唐詩中採摘精華，主持《御選唐詩》的編選等，從此可見康熙皇帝對唐詩的重視。對比唐詩的編纂之盛，宋詩並無此特殊待遇，《御選宋金元明四朝詩》開篇有康熙所書寫的〈御製四朝詩選序〉，內容提到此書之編纂緣由：

> 夫唐之詩誠盛矣，若夫宋之取士，始以詩賦，熙寧專主經義而罷詩賦，元祐初復詩賦，至紹聖而又罷之，其後又復與經義並行。金大略如宋制，元自仁宗罷詩而存賦，明則詩賦皆罷之。……朕夙興夜寐，永圖治安，念養士育才，國家盛典，考言詢事，曩代良規，亦既試之制藝，使通經術，兼以論、表、判、策，俾達古今，而於科目之外，時以詩、賦取人，每當省方觀民之會，士所進詩、賦、古文，

〔註 92〕（清）康熙：《御選宋金元明四朝詩》，《景印文淵閣四庫全書》（臺北：臺灣商務印書館，1983 年），第一四三七冊，頁 3。

止輦受觀，停舟延問，親試而拔其尤者多矣。〔註 93〕

康熙在序中略述科舉制度對詩歌興衰的影響，並指出唐詩之所以興盛的關鍵，在於它是以「詩賦」取士，清人吳喬（1611～1695）也曾提出相似的概念：「唐人重詩，方袍、狹邪有能詩者，士大夫拭目待之。北宋猶然，以功名在詩賦也。既改為經義，南宋遂無知詩僧妓，況今日乎？」〔註 94〕整體而言，科舉的選才方式與標準，引領國家的教化風氣和文化走向，上述引文便呈現出制度對唐宋詩的影響，康熙皇帝在逾百年不以詩賦選才後，又重新肯定「詩、賦、古文」的教化功能與價值，值得「止輦受觀，停舟延問」以選取人才。

賀嚴認為「清代帝王倡導中正詩風，渲染和平景象，唐詩乃是最好的教材」，〔註 95〕康熙皇帝在《御選唐詩》序中提到：「是編所取，雖風格不一，而皆以溫柔敦厚為宗，其憂思感憤、倩麗纖巧之作，雖工不錄，使覽者得宣志達情以范於和平。」〔註 96〕宋詩在帝王選取標準上雖無法達到與唐詩相同的地位，但《御選宋詩》的編纂，仍然依循相似的選擇標準，進行詩歌作品的刪存：

蓋舉斯也而措之禮，陶樂淑之中，被以溫柔敦厚之教，故所以獎勸之者靡弗至焉。……夫詩之遠而日新，如此而皆本於人之一心，孔子云：「《詩》三百，一言以蔽之，曰：『思無邪』。」子之言，詩法也，即心法也。……願學者謹其所存而審其所發，將以上達夫大本大原而充廣乎萬事萬物，豈惟詩之道也哉。〔註 97〕

序中再次強調其選詩依歸是遵從「溫柔敦厚」的詩教傳統，並以孔子歸結《詩經》之言「思無邪」，說明創作詩歌的性情在於誠摯，這不僅是詩之法，也是心之法，文末勸勉學習之人應將此法謹記在心，並

〔註 93〕（清）康熙：《御選宋金元明四朝詩》，頁 1～2。

〔註 94〕（清）吳喬：《圍爐詩話》，收於郭紹虞《清詩話續編》，卷 1，頁 477。

〔註 95〕賀嚴：《清代唐詩選本研究》，頁 22。

〔註 96〕（清）康熙：《御選唐詩》，《景印文淵閣四庫全書》（臺北：臺灣商務印書館，1983 年），第一四四六冊，頁 1～2。

〔註 97〕（清）康熙：《御選宋金元明四朝詩》，頁 2。

擴充至萬事萬物而不必止於作詩之道。參照乾隆《御選唐宋詩醇》，同樣以「溫柔敦厚」作爲選詩宗旨，並選出詩家作爲典範，由此大抵可以了解清代官方對詩學的取向。

序後附有提要，內含四庫館臣對宋、金、元、明四朝詩選的看法，提到選本編纂的另一功用（此處僅節錄與宋詩相關者）：

> 唐詩至五代而衰，至宋初而未振，王禹偁初學白居易，如古文之有柳穆，明而未融，楊億等倡西昆體，流布一時，歐陽修、梅堯臣始變舊格，蘇軾、黃庭堅益出新意，宋詩於時爲極盛，南渡以後，《擊壤集》一派參錯並行，遷流至於四靈、江湖二派，遂弊極而不復焉。……我聖祖仁皇帝游心風雅，典學維勤，乙覽之餘，咸無遺照，用能別裁得失，勒著鴻編，非惟四朝作者，得睿鑒而表章。即讀者沿波以得奇，於詩家正變源流，亦一一識其門徑。聖人之嘉惠儒林者，寧淺鮮歟？〔註 98〕

提要中雖有不少溢美之詞，但對詩學流變的體會卻是頗爲公允，詩歌隨時代演變而有所變化，從宋初開始，先有白體、晚唐體、西崑體相繼出現，後又有學習李、杜體而善變者，各有其盛衰優劣，蓋「辨體實是與唐詩存異，是清人建構宋詩學體系中本體論的根本命題」，〔註 99〕藉由辨析宋詩異於唐詩之處，以確立宋詩之地位，引文提到由此選本可明白各詩家之正變源流，然而此選本僅羅列各家詩歌作品，未附選家品論之詞，對於溯源各派詩家之正變，仍需讀者仔細體會。

詩卷前附有被選本選錄詩作之詩人姓名與爵里，依宋朝皇帝、南北宋詩人、方外之士、宮廷閨秀與外國使者等順序排列，對詩人的生平背景、詩文別集有簡短的文字介紹。全書除了帝製詩外，以詩體分類，依序是四言詩、樂府歌行、五言古詩、七言古詩、五言律詩、七

〔註 98〕（清）康熙：《御選宋金元明四朝詩》，頁 3～4。

〔註 99〕謝海林：〈從清人所編宋詩選本看清代宋詩學之辨體〉，《武漢大學學報》，第 64 卷第 3 期（2011 年 5 月），頁 98。

言律詩、五言長律、五言絕句、七言絕句、六言詩以及雜體，每類中詩人又依時代先後順序排列。

康熙《御選宋詩》與乾隆《御選唐宋詩醇》二者相較，以選錄詩家數量而言，《御選宋詩》選錄 882 人，遠大於《御選唐宋詩醇》所選錄的 2 人，但《御選唐宋詩醇》選錄人數雖少，卻極具代表性，因為它不僅對詩歌內容有所講究，對於所選擇的六家詩人，其品性、道德也有一定的說明。以體裁數量而言，《御選宋詩》以體式分編，對詩的體裁分類極其詳細，並從中選出足以匹配的代表詩作，而《御選唐宋詩醇》則是依人分卷，對體裁沒有特別說明，但詩作後附有評語益於讀者了解選錄重點。大體而言，《御選宋詩》內容廣博但無評語，《御選唐宋詩醇》內容精幹而有評語，二者可以相互參看，更能了解清代官方對詩學的態度。

二、內容取材

前文提到《御選宋詩》是以「溫柔敦厚」的詩教傳統作為選詩宗旨，所以在宋代詩歌的取材上，欣賞含蓄蘊藉、婉然成章的作品，然而因為選本並無評語提供評斷依據，所以僅能以詩題、內容作為參考，以了解《御選宋詩》的取材傾向。以陸游為例，陸游詩歌主要有兩種風格，一種是激昂豪宕、恢復故土的愛國情感，一種為恬淡細膩、日常雋永的生活情致，而《御選宋詩》在陸游詩作的選擇上，是比較傾向後者的，多描寫村居生活和出遊觀景的主題。

綜覽《御選宋詩》所選陸游之詩題，若以「村」字檢索，如〈村居〉、〈道上見村民聚飲〉、〈小憩村舍〉，〈過村店有感〉等，共計 20 首；以「園」字檢索，如〈小園獨立〉、〈九月十八日至山園是日頗有春意〉、〈園中書觸目〉等，共計 26 首；以「春」字檢索，如〈春日雜興〉、〈春行〉、〈臨安春雨初霽〉、等，共計 27 首；以「秋」字檢索，如〈秋夜〉、〈秋日聞蟬〉、〈秋晚〉等，共計 29 首；以「山」字檢索，如〈山麓〉、〈初夏懷故山〉、〈雨晴遊香山〉等，共計 30 首；以「湖」

字檢索，如〈湖上晚望〉、〈夜泊湖中〉、〈小雨泛鏡湖〉等，共計 25 首。雖然有少數出現重疊的情形，但可以發現在《御選宋詩》總共 490 首的情況下，以此類描寫村園生活、四季流變、山光湖色等主題的詩作占大多數。

比對《御選宋詩》與《唐宋詩醇》二者的交集，共有 135 首，觀察二者所交集的詩作，如〈梅花絕句〉、〈小園獨酌〉、〈塞上曲〉、〈春遊〉、〈長歌行〉（人生不作安期生）、〈同何元立賞荷花追懷鏡湖舊遊〉等，可以發現雖然《御選宋詩》也有選錄陸游憂國念時、渴望建功立業的主題，如〈塞上曲〉、〈長歌行〉（人生不作安期生）等作品，但數量與描寫村園生活、四季流變、山光湖色等主題的詩作相較仍屬少數，至於《御選唐宋詩醇》所讚揚的感激悲憤、忠君愛國詩作，如〈感憤〉、〈觀大散關圖有感〉、〈書憤〉、〈示兒〉等，《御選宋詩》更是一首都未選入。從上述可知《御選宋詩》選陸游詩歌整體上較偏向清麗流轉、平淡自然的閒適之作。

這樣的選詩面向，與選家主觀的評賞角度有所關聯，而選家的評賞也可能受到當時詩壇風氣的影響，康熙皇帝推崇唐詩，主張詩人通過吟詠唐人詩作以得性情之正，強調「故稱詩者，必視唐人爲標準」，〔註 100〕而作爲主導康熙詩壇近四十年的王士禛，提出淵源於司空圖（837～908）和嚴羽（？～？）的神韻觀點，鼓吹「妙悟」、「興趣」，以「不著一字，盡得風流」爲詩之最高境界，強調淡遠的意境和含蓄的語言，影響了清初詩壇，在這樣的詩壇風氣之下，也左右了清初選家對於宋詩作品的選取。

王曉雯認爲陸游愛國詩篇的表現模式，主要在蜀中詩歌集中確立，即使到了晚年歸耕鄉里，舉凡抒發憂國傷時、英雄失路的作品，仍舊保有「雄豪悲鬱」的特色。〔註 101〕關於陸游巴蜀時期的愛國詩

〔註 100〕（清）康熙：〈御製全唐詩序〉，《御定全唐詩》（臺北：商務印書館，1983 年），第一四二三冊，頁 1。

〔註 101〕王曉雯：《陸游蜀中詩歌研究》（臺北：花木蘭文化出版社，2008

作，清人趙翼曾言陸游的創作風格，「自從戎巴、蜀而境界又一變」，〔註 102〕並以「宏肆」一詞論其當時的詩作特色，近人朱東潤（1896～1988）也認爲陸游在蜀中時期的作品，「特殊表現在那一瀉無餘的作法」，〔註 103〕然而不管是「宏肆」還是「一瀉無餘」的評語，都與清初所追求的「不著一字，盡得風流」的表現意境有所差距。

陸游入蜀後的生活觸發與心境變化，使其往後所創作的愛國主題詩篇大抵直抒胸臆，較少委婉蘊藉之感，如〈追感往事〉一詩，《御選唐宋詩醇》引潘問奇的評語，言「此詩雖欠含蓄，然亦可知南渡後雖周伯仁亦難得」，〔註 104〕選本雖略嫌此詩不夠含蓄蘊藉，仍因「忠孝」的選詩標準將此詩選入，而這樣的情形在《御選宋詩》中是較難看到的，清人姚範（1702～1771）評陸游詩作，曾云「放翁興會飆舉，詞氣踔厲，使人讀之發揚矜奮，起痿興痺矣，然蒼黯蘊蓄之風蓋微。」〔註 105〕陸游詩作中發揚踔厲、振奮人心的效果越強烈，離蒼黯蘊蓄的幽遠之風越遠，這也許是《御選宋詩》未大量選取陸游感激悲憤詩作的原因。

《御選宋詩》以體裁分類，對於每類詩體皆能選擇適切的詩人及其代表作品。以包含宏大、古今體皆備的陸游爲例，選本在各類詩體中均有選入陸游的作品，以下表格是《御選宋詩》選陸游各類體裁詩作的統計：

年），頁 207。

〔註 102〕（清）趙翼：《甌北詩話》卷 6，言：「是放翁詩之宏肆，自從戎巴、蜀而境界又一變。」收於郭紹虞：《清詩話續編》，頁 1221。

〔註 103〕朱東潤：《陸游研究》（北京：中華書局，1961 年），頁 120。

〔註 104〕（清）乾隆：《御選唐宋詩醇》，卷 46，頁 921。

〔註 105〕姚範：《援鶉堂筆記》，收於《清代學術筆記叢刊》（北京：學苑出版社，2005 年），第十四冊，卷 40，頁 390。

【表五】《御選宋詩》之陸游各類體裁詩作統計表

選本	樂府歌行	五言古詩	七言古詩	五言律詩	七言律詩	五言長律	五言絕句	七言絕句	六言詩	雜體	總計
御選宋詩	32	84	46	108	112	6	8	73	14	7	490

《御選宋詩》選錄陸游詩作不同體裁最多的前三者，依序是七言律詩、五言律詩以及五言古詩，最少的前三者，依序是五言長律、雜體與五言絕句。一般而言，文人對陸游近體的討論多於古體，其中又以七言律詩受到的讚賞最多，清人陳訏（1650～1722）曾言「放翁一生精力盡於七律，故全集所載，最多最佳」，〔註 106〕舒位（1765～1816）也言七言律詩的變化，「至宋陸放翁，專攻此體，而集其成」，〔註 107〕還有不少文人亦喜愛摘取陸游詩句細賞，因此，《御選宋詩》選陸游七言律詩數量最多，是較符合陸游創作情形與後人評價的。

較值得注意的是，選本對於陸游五言詩的選取。觀察清代其他同樣以體裁分類的宋詩選本，吳綺《宋金元詩永》選陸游七言律詩 38 首，五言律詩 11 首；周之鱗《宋四名家詩鈔》選七言律詩 437 首，五言律詩 146 首；張景星《宋詩別裁集》選七言律詩 14 首，五言律詩 3 首，等等，上述選本中五言律詩與七言律詩之間存在著至少 3 倍的差距，而《御選宋詩》對陸游的五言律詩選錄了 108 首，緊跟在七言律詩 112 首之後，二者僅相差四首。此外，吳綺《宋金元詩永》選陸游七言古詩 7 首，五言古詩 3 首；周之鱗《宋四名家詩鈔》選七言古詩 97 首，五言古詩 35 首；張景星《宋詩別裁集》選七言古詩 10 首，五言古詩 4 首，等等，上述選本的七言古詩數量均多於五言古詩，兩者相差近 2 倍多，但《御選宋詩》的情形卻是相反，對陸游的五言

〔註 106〕（清）陳訏：《宋十五家詩選》，收於《續修四庫全書》（上海：上海古籍出版社，2002 年），第一六二一冊，頁 461。

〔註 107〕（清）舒位：《瓶水齋詩話》，收於《清代詩文集彙編》（上海：上海古籍出版社，2010 年），第四七九冊，頁 246。

古詩選了84首，數量遠大於七言古詩的46首，綜合上述，可以發現《御選宋詩》確實抬高了陸游五言詩的地位。

《御選宋詩》對陸游五言古詩與五言律詩的選詩情形，可從五言詩的創作特色說明。清人張謙宜評論陸游古詩，云「放翁古詩，筆墨性情俱妙。但是他意思太爽快，才氣太迅發，正在力追古人處露出議論作用，未免筋脈怒張，少簡穆渾噩之味，然已越出宋人界外。」〔註108〕張氏認爲陸游的古詩，往往在不經意間表露出議論之態，不夠含蓄蘊藉。一般而言，五言古詩因其音節、句法，較易形成平淡的風格，而七言古詩比起五言古詩更爲自由，適合豪放馳騁，傾吐不平之氣，但這樣缺乏幽遠美感的詩作，與《御選宋詩》的選詩宗旨不符，故能體現陸游得意處的七言古詩卻較少被選入。而五言律詩也有相同的特點，明人胡應麟（1551～1602）曾指出五言律詩的體制便於創造「典麗精工」與「清空閒遠」二種風格的作品，〔註109〕這樣的溫婉平和的詩風較近於《御選宋詩》審美旨趣，所以選本選錄較多陸游的此類詩作。

第四節　小　結

《御選唐宋詩醇》是清代乾隆時期所敕編的一部詩歌選集，於唐宋二代中選錄李白、杜甫、白居易、韓愈、蘇軾與陸游等六家詩人及其詩歌作品，本章旨在探討《御選唐宋詩醇》選陸游詩歌的情形。在第一節當中，首先介紹《御選唐宋詩醇》一書的編選架構與內容，以便了解文本的形貌。選本雖然曾因政治、學術的變化，而產生不同的版本，但在體例上仍屬大同小異，選家以「溫柔敦厚」的詩教傳統爲

〔註108〕（清）張謙宜：《絸齋詩談》卷5，收於郭紹虞：《清詩話續編》，頁857。

〔註109〕（明）胡應麟：「要其大端，亦有二格：陳、杜、沈、宋，典麗精工；王、孟、儲、韋，清空閒遠，此其概也。」收於《詩藪》（臺北：文馨出版社，1973年），卷4，頁56。

選詩依據，並以杜甫爲樞紐，聯繫其忠君愛國的精神，加強政治教化的意義，作爲引導文化風氣的楷模。

在對選詩宗旨與選家的詩學觀點有較通盤的認識後，第二節接著探討《御選唐宋詩醇》中，以杜甫爲標準選評陸游的實際狀況，並從序文、評語等去分析選本的評選面向：首先，探討選本確立陸游之地位，並將陸游立爲南宋之冠；再者，指出陸游詩作內容的兩大特色，忠君愛國與日常生活，並突顯陸游忠君愛國類的作品；接著，探討陸游的詩法，從鍊字、句法、章法等說明陸游學習杜甫的面向。最後對《御選唐宋詩醇》以「似杜」選評的意義加以申論，認爲可從文學風氣與政治需求二者來說明，並比較前人論述陸游似杜的評語，而體現出《御選唐宋詩醇》以「忠孝」角度聯繫陸游與杜甫的選本特色。

清代編纂了相當多的御選型詩歌選本，故在第三節中，特將《御選唐宋詩醇》與康熙時期所編選的《御選宋詩》做比較，以呈現二者在選錄陸游詩作上的異同。雖然《御選宋詩》與《御選唐宋詩醇》皆強調以「溫柔敦厚」的詩教傳統，作爲選詩要旨，但在陸游詩作的選取上，《御選宋詩》偏向清麗流轉、平淡自然的閒適之作，而《御選唐宋詩醇》則傾向感激悲憤、憂國傷時的愛國之作，在相類的標準下，呈現出各自獨特的選詩面向。

《御選唐宋詩醇》可說是一部編選旨趣相當鮮明的選本，通過選家的序文與評語，可以發現此選本嚴謹的態度，對所選的詩人與詩作都有應對的說明與闡釋。由於《御選唐宋詩醇》所特有的「官修」、「御選」特質，喚起了許多文人對於陸游不同面向的關注與討論，也影響了後世文人對陸游宋代地位的排序。

第五章　姚鼐《五七言今體詩鈔》選陸游詩

《五七言今體詩鈔》是清人姚鼐（1732～1815）所編選的一部五、七言律詩選本。姚鼐，字姬傳，一字夢穀，號惜抱、稽川，安徽桐城人，爲清代著名文學家，繼方苞（1669～1749）、劉大櫆（1698～1779）之後，發展「桐城派」理論，論學主張義理、文章、考據三者並重。乾隆二十八年（1763）進士，曾任翰林院庶吉士、禮部主事、鄉試副考官、四庫全書纂修官等，中年辭官南歸，先後主講揚州梅花、江寧鍾山、徽州紫陽、安慶敬敷書院四十餘年，影響眾多學子，著有《惜抱軒文集》、《惜抱軒詩集》、《古文辭類纂》等。

姚鼐所編選的《五七言今體詩鈔》，意在正雅祛邪，以教育後學。其內容分爲五言律詩（包含排律）與七言律詩兩部分，共 18 卷，前 9 卷爲五言律詩，專選唐代詩人作品，後 9 卷爲七言律詩，合選唐、宋兩代作品，詩作後偶有兼注、評語，可見姚鼐對詩作的考據與看法。姚鼐在七言律詩部分，選入 3 卷宋人詩作，其中又重點選取蘇軾（31 首）、黃庭堅（25 首）以及陸游（87 首）之詩歌作品，並以陸游 87 首數量爲最，足以表示姚鼐對於陸游詩學成就的肯定。

目前以姚鼐《五七言今體詩鈔》爲對象的研究，不在少數，其中對本文較有啓發的爲：賀嚴〈姚鼐的《五七言今體詩鈔》與桐城派詩論〉，〔註 1〕從姚鼐對唐、宋詩歌的合選，探討其企圖調合唐、宋之爭的主張。韓勝〈從《今體詩鈔》看姚鼐的詩歌批評〉，〔註 2〕從重才力、尚奇警、以文解詩、重考據、用圈點等面向，呈現出姚鼐詩歌批評的特色。黃威、謝海林〈姚鼐《今體詩鈔》的編撰緣起及其經典化考察〉，〔註 3〕探討姚鼐《五七言今體詩鈔》的編纂緣由以及選本經典化的進程與流傳。李圍圍《姚鼐《五七言今體詩鈔》研究》，〔註 4〕從成書背景、選詩標準、詩學思想與選本影響等方面，深入分析姚鼐的詩學觀點。前人研究多探討《五七言今體詩鈔》的編選旨趣，以及姚鼐的詩學觀點，較少聚焦於選本中的詩家進行討論。

因此，本章意在探討姚鼐《五七言今體詩鈔》對於陸游詩作的選取，第一節先介紹《五七言今體詩鈔》之內容架構與選詩特色，以了解姚鼐對五、七律詩的看法與評價。第二節就《五七言今體詩鈔》選錄陸游詩作的情形，深入探討選本對其詩作的整體態度，並分析選家僅選錄陸游七言律詩的代表意涵。由於七言律詩是陸游在眾多詩體中被後世文人廣泛討論的詩體之一，故第三節承接《五七言今體詩鈔》對陸游七言律詩的選取，進而探討陸游七言律詩在歷代中的評價。

第一節　《五七言今體詩鈔》之概介

姚鼐《五七言今體詩鈔》內容分爲五言律詩與七言律詩兩個部分，其編選目的之一是希望補闕王士禛《古詩選》未選今體詩之遺

〔註 1〕賀嚴：〈姚鼐的《五七言今體詩鈔》與桐城派詩論〉，《清代唐詩選本研究》（北京：人民出版社，2007 年），第三章第四節，頁 197～209。

〔註 2〕韓勝：〈從《今體詩鈔》看姚鼐的詩歌批評〉，《安徽大學學報》，第 32 卷第 3 期（2008 年 5 月），頁 84～87。

〔註 3〕黃威、謝海林：〈姚鼐《今體詩鈔》的編撰緣起及其經典化考察〉，《新世紀圖書館》，2011 年第 3 期，頁 64～68。

〔註 4〕李圍圍：《姚鼐《五七言今體詩鈔》研究》（南京：南京師範大學碩士論文，2011 年 5 月）。

憾，此外，是針對當時詩壇流派各執一端的紛擾，故期望藉由唐、宋名家詩作來指導後學，以維持風雅之道。姚鼐在選本中對每位詩家詩作數量的選取，多寡不一，目的在於選取精要之作，而選本所呈現出來的編選特色，可以發現姚鼐對於雅正詩觀的推重，以及以桐城派文論與考據來解釋詩歌內容的情形。

一、內容架構

（一）《五七言今體詩鈔》的編選緣由

《五七言今體詩鈔》是一部唐、宋詩歌選本，內含姚鼐對唐、宋的詩學觀點。觀姚鼐於選本中所寫的序文，說明了編選此書的緣由：

> 論詩如漁洋之古詩鈔，可謂當人心之公者也，吾惜其論止古體而不及今體。至今日而爲今體者，紛紜岐出，多趨譌謬，風雅之道日衰。從吾游者或請爲補漁洋之闕編，因取唐以來詩人之作，采錄論之，分爲二集十八卷，以盡漁洋之遺志。〔註5〕

姚鼐指出其編選此書的原因有二，一是爲「補漁洋之闕編」，二是針對當時詩壇「多趨譌謬」的今體詩創作進行批評，並提出自身的詩學主張。

關於第一個原因，清人王士禛曾編選《古詩選》一書，內容分爲五言古詩與七言古詩兩部分，其五言古詩的選取範圍，由兩漢開始而止於唐朝，七言古詩的選取範圍則從古歌開始而止於元朝，兩者都僅選古體詩的部分，姚鼐認爲王士禛之詩選公正客觀，但爲其詩選僅止於古體詩而感到可惜，故擇取唐、宋二代詩人之今體詩以續補之，雖然姚鼐標舉此選本是「盡漁洋之遺志」，但亦言「漁洋有漁洋之意，吾有吾之意」，〔註6〕於選本中提出自己的詩學觀點。

〔註5〕（清）姚鼐：〈五七言今體詩鈔序目〉，《今體詩鈔》，收於《四部備要》（臺北：中華書局，1981年），集部，第五八四冊，頁1b。

〔註6〕（清）姚鼐：〈五七言今體詩鈔序目〉，《今體詩鈔》，頁1b。

至於第二個原因，是針對當時詩壇流派紛紜歧出，彼此各執一端的批判。姚鼐曾言：「今日詩家大爲榛塞，雖通人不能具正見。吾斷謂樊榭、簡齋，皆詩家之惡派。」〔註 7〕明確表達出對厲鶚（1692～1752）、袁枚（1716～1797）所代表的浙派與性靈派的不滿。劉世南認爲浙派喜用僻典，趨於尖新，性靈派主於性情，流於率易，都與桐城派所標舉的雅潔相異，故姚鼐詩論的形成有其針對性。〔註 8〕有鑑於詩壇「風雅之道日衰」，因此姚鼐編選《五七言今體詩鈔》一書，並在教育學子時曾表示：「近體只用吾選本，其間各家，門徑不同，隨其天資所近，先取一家之詩，熟讀精思，必有所見。」〔註 9〕表現出期望藉由唐、宋名家詩作來指導後學，以恢復風雅之道的理想。

（二）《五七言今體詩鈔》的體例內容

姚鼐所編選的《五七言今體詩鈔》，雖取名爲「今體」詩鈔，但其實僅收錄律詩而不包含絕句。全書共分爲五言律詩與七言律詩兩部分，在五言律詩方面，姚鼐專選唐代詩人作品，共 9 卷，起於初唐王績（？～？）而止於晚唐韋莊（約 836～910），共收錄 88 位詩家之詩歌作品。在七言律詩方面，則合選唐、宋兩代作品，唐代 6 卷，宋代 3 卷，起於初唐沈佺期（？～？）而止於南宋楊萬里（1127～1206），共收錄 69 位詩家之詩歌作品，其中與五言律詩所選的詩家有所重複，而姚鼐唐宋兼採的方式，呈現出其「鎔鑄唐宋」〔註 10〕的融通思想。

姚鼐在選本中選入眾多詩家之詩作，大抵兼顧了不同時期的流

〔註 7〕（清）姚鼐撰，盧坡點校：〈與鮑雙五〉，《惜抱軒尺牘》（合肥：安徽大學出版社，2014 年），頁 59。

〔註 8〕劉世南：《清詩流派史》（臺北：文津出版社，1995 年），頁 394。

〔註 9〕（清）姚鼐：〈與伯昂從姪孫〉，《惜抱軒尺牘》，卷 8，頁 128～129。

〔註 10〕姚鼐言：「見譽拙集太過，豈所敢承，然鎔鑄唐、宋，則固是僕平生論詩之宗旨耳。」見姚鼐：〈與鮑雙五〉，《惜抱軒尺牘》，卷 4，頁 59。

派與風格，並於五、七言體裁中樹立學習典範。在五言律詩中，首推王維、孟浩然，其言：「盛唐人詩故無體不妙，而尤以五言律爲最，此體中又當以王、孟爲最，以禪家妙悟論詩者，正在此鈔耳。」〔註 11〕又言：「杜公今體四十字中，包涵萬象，不可謂少數，十韻、百韻中運掉變化，如龍蛇穿貫，往復如一線，不覺其多，讀五言至此始無餘憾。」〔註 12〕認爲王、孟與杜甫的五言律詩是此詩體最重要的兩種典型。在七言律詩中，是以杜甫爲標準，其言：「杜公七律，含天地之元氣，包古今之正變，不可以律縛，亦不可以盛唐限者。」〔註 13〕由此看來，姚鼐於諸大家中尤其推崇杜甫，不僅視其爲五、七言律詩之典範，在《五七言今體詩鈔》18 卷中，就選了杜甫詩 3 卷，總計 220 首，選詩數量居各家之首，並且時常以杜甫爲標準來品論各詩家作品，如謂李商隱有「杜公遺響」，〔註 14〕又稱黃庭堅爲「刻意少陵」，〔註 15〕言陸游「上法子美」〔註 16〕等，均是以杜甫爲標準來品評。

於《五七言今體詩鈔》中，姚鼐雖選入多位詩家，但每位詩家的選詩數量卻是多寡不一，差距甚大，少者如元稹僅選入 1 首，多者如杜甫則選入了 220 首，關於這樣的選詩情況，姚鼐在與學生的信件往來中曾如此解釋：

> 《五七言今體詩鈔》新刻本頗佳，今以一部奉寄。吾意以俗體詩之陋，鈔此爲學者正路耳。使學者誦之，縱不能盡上口，然必能及其半，乃言可學。故惟恐其多，不嫌其少，以謂此外絕無佳詩可增，此必無之理。亦不必求如此，欲使人知吾意所向耳。〔註 17〕

〔註 11〕（清）姚鼐：〈五七言今體詩鈔序目〉，《今體詩鈔》，頁 2a。
〔註 12〕（清）姚鼐：〈五七言今體詩鈔序目〉，《今體詩鈔》，頁 2b。
〔註 13〕（清）姚鼐：〈五七言今體詩鈔序目〉，《今體詩鈔》，頁 3a。
〔註 14〕（清）姚鼐：〈五七言今體詩鈔序目〉，《今體詩鈔》，頁 2b～3a。
〔註 15〕（清）姚鼐：〈五七言今體詩鈔序目〉，《今體詩鈔》，頁 4a。
〔註 16〕（清）姚鼐：〈五七言今體詩鈔序目〉，《今體詩鈔》，頁 4a。
〔註 17〕（清）姚鼐：〈與陳碩士書〉，《惜抱軒尺牘》，卷 6，頁 111。

姚鼐對各詩家的選詩數量頗具心思，並依「惟恐其多，不嫌其少」的策略選取，選取精要之作，意在呈現今體詩的創作典範，因此除了少數重點選取的詩家作品數量較爲可觀外，大部份的詩家作品數量多爲個位數。

對於姚鼐「惟恐其多，不嫌其少」的選詩策略，後人有不同看法。如《清史稿》言姚鼐：「嘗仿王士禛五七言古體詩選爲今體詩選，論者以爲精當云。」〔註18〕稱讚姚鼐選本的選詩方式精粹扼要。但清人孫衣言（1815～1894）則持反對意見，其云：「阮亭能棄杜、韓五言，而惜翁不能芟去雜家，故阮亭眞漢廷老吏也。」〔註19〕將姚鼐與王士禛選本相比，認爲《五七言今體詩鈔》雖然入選的詩家增多，但多數詩家作品僅入選一、二首，過於瑣碎，不如王士禛在選詩時果斷。其實在選本有一定篇幅的限制下，入選詩作的數量本來就無法做到盡善盡美，若選本之編選意圖不爲輯存、博覽，而是供人精讀效法，詩作數量的控制是有必要的，在此角度下，姚鼐「惟恐其多，不嫌其少」的選詩策略仍值得肯定；至於孫衣言「芟去雜家」的建議，由於姚鼐僅選五、七言律詩，孰爲大家？孰爲雜家？可謂見仁見智，何況杜、韓的五律是否爲雜家？也還有待商榷，未必即爲定論的。

二、編選特色

（一）正雅祛邪

從姚鼐對《五七言今體詩鈔》詩家作品的汰擇與品評，可發現其對雅正詩觀的推重。觀姚鼐在〈序目〉中對其選本宗旨的論述：

> 吾觀漁洋所取舍，亦時有不盡當吾心者，要其大體雅正，

〔註18〕（清）趙爾巽：《清史稿・文苑二》，《續修四庫全書》，第三〇〇冊，卷490，頁269。

〔註19〕（清）孫衣言：〈書姬傳先生今體詩鈔序目後〉，《清代詩文集彙編》，第六六二冊，卷10，頁511。

> 足以維持詩學，導起後進，則亦足矣。其小小異同，嗜好之情，雖公者不能無偏也。今吾亦自奮室中之說，前未必盡合於漁洋，後未必盡當於學者，然而存古人之正軌，以正雅祛邪，則吾說有必不可易者，世之君子其亦以攬其大者求之。〔註20〕

前文提到姚鼐編選《五七言今體詩鈔》的緣由，是為補王士禎《古詩選》未收今體詩的遺憾，但另一項原因在於王士禎《古詩選》「大體雅正，足以維持詩學，導起後進」與姚鼐「存古人之正軌，以正雅祛邪」的論詩宗旨相契合，故二者在選詩上雖然存有相異的「嗜好之情」，但以雅正為主的態度卻是相同的。

對姚鼐而言，所謂的「邪」，一指當時詩壇流派的異說，一指不雅的俗詩。基於雅正的立場，姚鼐對於雅俗便有所分辨。反映在選本中，面對有「元輕白俗」之譏的元稹與白居易二人，姚鼐在詩作的選取上就格外謹慎：

> 元微之首推子美長律，然與香山皆以多為貴，精警缺焉，余盡不取。〔註21〕

> 至於長慶香山，以流易之體，極富贍之思，非獨俗士奪魄，亦使勝流傾心。然滑俗之病，遂至濫惡，後皆以太傅為藉口矣。非慎取之，何以維雅正哉？〔註22〕

對於元稹的五言律詩，姚鼐認為其雖然推崇杜甫排律，但觀其創作則以多為貴，缺乏精警，故一首都不取。至於白居易，姚鼐認為其七言律詩雖然有滑俗之病，但亦有高妙之處，因此須要謹慎選取詩作，以維持風雅之道。

李圜圜認為姚鼐在《五七言今體詩鈔》中所標舉「正雅祛邪」的詩學宗旨，即是「溫柔敦厚」詩教觀的回歸。〔註23〕因此，為了符

〔註20〕（清）姚鼐：〈五七言今體詩鈔序目〉，《今體詩鈔》，頁1b～2a。
〔註21〕（清）姚鼐：〈五七言今體詩鈔序目〉，《今體詩鈔》，頁2b。
〔註22〕（清）姚鼐：〈五七言今體詩鈔序目〉，《今體詩鈔》，頁3b。
〔註23〕李圜圜：《《五七言今體詩鈔》研究》，頁22。

合儒家陶冶性情，敦厚人心的教化目的，姚鼐在集中所選的詩歌作品多以應制、酬贈爲主。元人楊載（1271～1323）曾言「榮遇之詩，要富貴尊嚴，典雅溫厚，寫意宜閒雅、美麗、清細」，〔註24〕又言「贈別之詩，當寫不忍之情，方見襟懷之厚」，〔註25〕前者反映出君臣之道，後者呈現出朋友之情，姚鼐選取這些詩作，除了教育學子如何創作應酬之詩，亦是希望藉由大家名篇，讓學子仔細體會儒家敦厚的人倫精神。故清人李元度（1821～1887）論姚鼐《五七言今體詩鈔》言「選五七言詩以明振雅祛俗之恉」，〔註26〕說明其重視雅正的詩學主張。

（二）以文解詩，注重考據

提到桐城派，金華珍認爲一般「都把它作爲一個散文流派，但是全面地考察其內涵，應包含經學、理學、散文、詩歌等四個方面，桐城詩論只是桐城派文論的一部分而已」，〔註27〕因此在姚鼐筆下，偶爾可以看到其以「文章」來同稱詩、文的情況，〔註28〕表示在某些時候，有文論與詩論相通的情形，而體現在選本之中，則是姚鼐不時會運用文法來解釋詩歌作品。

如論李嘉祐（？～？）〈送王牧往吉州謁王使君叔〉一詩，云：「紀曉嵐尚書嘗譏此詩意緒承接不清，吾謂不然。詩言此細草初綠時，一

〔註24〕（元）楊載：《詩法家數》，《四庫全書存目叢刊》（臺南：莊嚴文化，1997年），第四一六冊，頁62。

〔註25〕（元）楊載：《詩法家數》，《四庫全書存目叢刊》，第四一六冊，頁62。

〔註26〕（清）李元度：〈姚姬傳先生事略〉，《國朝先正事略》，第五三九冊，卷43，頁124。

〔註27〕金華珍：《桐城派詩論研究》（臺北：國立臺灣師範大學博士論文，2006年），頁12。

〔註28〕姚鼐於〈謝蘊山詩集序〉、〈海愚詩鈔序〉等文中，以「文章」作爲詩的代稱，又於〈停雲堂遺文序〉、〈述菴文鈔序〉等文中，以「文章」作爲文的代稱。見《惜抱軒文集》，收於《清代詩文集彙編》，第三七七冊，第4卷，頁343、346、345、349。

少年遽堪遠遊乎？三四承接此意，五六言春盛，正少年在塗、其母在家思念之時，而下以倚門愁作結，其意緒頗分明，不至如紀所斥。」〔註29〕論李商隱〈有感〉二首，言：「〈有感〉二首世所共推，然惟『古有清君側』以下八句佳，其餘序事缺乏步驟。」〔註30〕又謂李頎〈寄綦毋三〉　詩：「往復頓挫，章法殊妙。」〔註31〕特別講求詩作的章法，並以文法中的意緒分明、起承轉合來解讀詩歌作品。

而選本中「以文解詩」最爲明顯的是姚鼐對於杜甫排律的重視，姚鼐於《五七言今體詩鈔》選錄杜甫排律 37 首獨爲一卷，於題下稱：「杜公長律有千門萬戶，開闔陰陽之意。……杜公長律旁見側出，無所不包，而首尾一線，尋其脈絡，轉得清明，他人指陳褊隘，而意緒或反不逮其整晰。」〔註32〕並對多數詩作進行細緻地分析。試觀姚鼐解讀杜甫之排律：

> 以上六韻了題，以下敘昔同遭禍亂及收京事。（〈秦州見敕幕薛三璩授司議郎畢四曜除監察與二子有故遠喜遷官兼述索居三十韻〉）〔註33〕
>
> 接頭過渡無痕。「鬬」以下十韻承「今我」句。（〈寄彭州高三十五使君適虢州岑二十七長史參三十韻〉）〔註34〕
>
> 「流轉」句承「索居」，邊徼者，公室家在鄜州時也。「逢迎」句承「相遇」，「時來」句承「逢迎」，「亂後」句承「流轉」。用一「頻」字收上，又起下半篇。（〈寄張十二山人彪三十韻〉）〔註35〕

從姚鼐的評語可以發現，其論詩注重詩作的章法轉折，並多用「承」、「上」、「下」等字眼來說明詩作的結構轉折與上下銜接。而姚鼐對於

〔註29〕（清）姚鼐：《今體詩鈔》，五言卷 7，頁 7b。
〔註30〕（清）姚鼐：《今體詩鈔》，五言卷 9，頁 5a。
〔註31〕（清）姚鼐：《今體詩鈔》，七言卷 2，頁 3b。
〔註32〕（清）姚鼐：《今體詩鈔》，五言卷 6，頁 1b。
〔註33〕（清）姚鼐：《今體詩鈔》，五言卷 6，頁 10b。
〔註34〕（清）姚鼐：《今體詩鈔》，五言卷 6，頁 5a。
〔註35〕（清）姚鼐：《今體詩鈔》，五言卷 6，頁 11b。

杜甫排律的解讀，正是其「以文解詩」最具代表的體現。

姚鼐對於五言排律的重視，或與乾隆二十二年（1757）於科考中恢復試帖詩一事有關。試帖詩的作法是採五言八韻的排律形式，於作答時講究詩歌之破題、承題，相當注重詩歌的結構安排。因此，以指導後學爲編選意圖的《五七言今體詩鈔》，對於前人的五言排律便有較多的評語參雜其中，目的是期望學子能從前賢佳作中學習五言排律的作詩方法。此外，姚鼐於《惜抱軒外集》中附有試帖詩 40 首，〔註 36〕亦是提供學子創作試帖詩的示範。

另外，《五七言今體詩鈔》也呈現出姚鼐重視考據的精神，除了在詩作中保留原詩的注解外，亦對詩句中的典故、事物進行考證。如姚鼐解釋王維〈送李判官赴江東〉詩中「辨璧吏」一詞，言：「用朱暉爲東平王蒼取少府璧事。」〔註 37〕說明典故由來。解釋王安石〈河中使君修撰陸公挽詞〉詩中之「三甲」一詞，引《管輅傳》言：「背無三甲，腹無三壬，此皆不壽之驗。」〔註 38〕說明相術用語。

姚鼐也會對詩中錯誤的用字進行校正，如論唐玄宗〈送賀知章〉一詩，引《莊子》言：「樞始得其環中以應無窮。刻本作「寰」，誤也。」〔註 39〕認爲寰字應改作環。又論岑參〈六月三十日水亭送華陰王少府還縣得潭字〉詩中「荷葉藏魚艇，藤花罥客簪」一句，言：「六月豈有籐花？必字誤。」〔註 40〕由季節來檢校詩句。姚鼐在選本中所作的考據功夫，是希望透過這些注釋幫助學子理解詩作的內容。清人蕭穆（1835～1904）曾批評姚鼐的《五七言今體詩鈔》，云：「雖有標錄，而批評半涉於考據」，〔註 41〕對於姚鼐的評語多半是考據感到有所不

〔註 36〕（清）姚鼐：《惜抱軒外集》，《清代詩文集彙編》，第三七七冊，頁 631～637。

〔註 37〕（清）姚鼐：《今體詩鈔》，五言卷 2，頁 5a。

〔註 38〕（清）姚鼐：《今體詩鈔》，七言卷 7，頁 5a。

〔註 39〕（清）姚鼐：《今體詩鈔》，五言卷 1，頁 8a。

〔註 40〕（清）姚鼐：《今體詩鈔》，五言卷 3，頁 8a。

〔註 41〕（清）蕭穆：〈劉海峰先生歷朝詩約選後序〉，《敬孚類稿》，沈雲龍

妥，但亦指陳出姚鼐選本注重考據的一大特色。

第二節　《五七言今體詩鈔》選陸游詩實況

姚鼐對陸游七言律詩的評價極高，其云：「放翁激發忠憤，橫極才力，上法子美，下攬子瞻，裁制既富，變境亦多，其七律故為南渡後一人。」〔註 42〕認為陸游七言律詩可謂南宋第一人。姚鼐選陸游詩作的內容，多以感時憂國為主，而選詩風格則偏向陽剛。姚鼐於詩學提出「陰陽剛柔並行」、「人品決定詩品」的概念，對應到其選本，可以發現其在理論與詩選行為上頗為一致。

一、選詩內容

姚鼐於《五七言今體詩鈔》中，僅七言律詩部分收錄宋代詩人之詩歌作品，共計 3 卷，選錄 23 位詩家。對於這些詩家的選入，姚鼐在〈序目〉中有所表示，如七言卷 7「今自宋初至荊公兄弟，共為一卷」，〔註 43〕但仔細考究宋初詩人的流派，卻發現選家僅收錄「晚唐體」與「西崑體」的詩人，至於宗尚白居易的「白體」詩人，如徐炫、王禹偁等詩作都未被收錄，由此可看出選家有意地汰擇。又七言卷 8「鈔蘇黃詩一卷，蘇門諸賢附焉」，〔註 44〕是以蘇軾與黃庭堅為主，附以蘇門諸家。至於七言卷 9「其餘如簡齋、茶山、誠齋諸賢，雖有盛名，實無造詣，今為略採一二，逮於宋末，併附放翁之後」，〔註 45〕則是以陸游為主，附南宋四家於後。

從以下《五七言今體詩鈔》選宋代詩人與詩作數量的簡表中，可以更清楚地看出姚鼐的詩選傾向：

主編：《近代中國史料叢編》（臺北：文海出版社，1969 年），第四二六冊，卷 2，頁 108。

〔註 42〕（清）姚鼐：〈五七言今體詩鈔序目〉，《今體詩鈔》，頁 4a。

〔註 43〕（清）姚鼐：〈五七言今體詩鈔序目〉，《今體詩鈔》，頁 4a。

〔註 44〕（清）姚鼐：〈五七言今體詩鈔序目〉，《今體詩鈔》，頁 4a。

〔註 45〕（清）姚鼐：〈五七言今體詩鈔序目〉，《今體詩鈔》，頁 4a。

【表六】《五七言今體詩鈔》選宋代詩人與詩作數量

七言卷 7		七言卷 8		七言卷 9	
詩　家	詩作數量	詩　家	詩作數量	詩　家	詩作數量
楊徽之	2	蘇　軾	31	陸　游	87
楊　億	5	黃庭堅	25	陳與義	1
劉　筠	3	陳師道	4	曾　幾	2
胡　宿	4	秦　觀	1	楊萬里	1
林　逋	2	晁補之	1		
宋　庠	1	晁說之	2		
宋　祁	2	米　芾	1		
文彥博	1	劉季孫	1		
王安石	5	楊　蟠	1		
王安國	1				

從表格中可以發現：一、選本中南、北宋詩家的入選數量呈現出明顯的差距，在宋代 3 卷詩作中，北宋收錄 2 卷，南宋 1 卷，且北宋詩人數量遠大於南宋詩人。二、姚鼐在宋代眾詩人中，又重點選錄蘇軾、黃庭堅與陸游三家，3 卷中僅有他們詩作數量超過個位數，且以陸游 87 首居冠，由此可見其對陸游詩作的肯定。

《五七言今體詩鈔》中所選的陸游詩作內容，雖不乏描寫山水田園之詩，如〈月下自三橋泛湖歸三山〉、〈游山西村〉、〈新籬〉等，或言乘舟泛湖所見的風光，或描寫農村的淳樸風俗、自然景致，但大體上還是以感時憂國爲主。其中藉景言情者，如〈渡浮橋至南臺〉一詩，〔註 46〕「九軌徐行怒濤上，千艘橫繫大江心」，描寫從浮橋遠眺壯觀的大江，結句「白髮未除豪氣在，醉吹橫笛坐榕陰」，表現出自

〔註 46〕（清）姚鼐：《今體詩鈔》，七言卷 9，頁 1a。

己豪宕的情致。又如〈早自烏龍廟歸〉一詩，〔註 47〕「鐵馬蹴冰悲昨夢，朱顏辭鏡感頹齡」、「歸來獨對空齋冷，鳥跡蒼苔自滿庭」，由寺廟鐘聲引發出壯志未酬，老大傷悲的感嘆。或如〈登賞心亭〉一詩，〔註 48〕「黯黯江雲瓜步雨，蕭蕭木葉石城秋」，描寫賞心亭外秋雨蕭瑟的風景，結尾「孤臣老抱憂時意，欲請遷都淚已流」，呈現出擔憂國事的心情。

直接抒懷者，如〈臥病書懷〉一詩，〔註 49〕「病中對酒猶思醉，夢裏逢人亦說愁」、「丈夫有志終難料，憔悴漁村死即休」，因生病而引發對人生際遇的感慨。又如〈書憤〉一詩，〔註 50〕「鏡裡流年兩鬢殘，寸心自許尚如丹」、「關河自古無窮事，誰料如今袖手看」，表達自己壯志依舊，卻無法實現的悲涼。陸游雖然滿腔熱血，志在報效國家，卻屢受挫折，惟有中年在四川南鄭的兵戎生活，有機會接觸前線，所以成爲陸游一生難忘的經歷，因此常在詩中緬懷那段過往，如〈冬夜泛舟有懷山南戎幕〉、〈夢至成都悵然有作〉、〈秋夜思南鄭軍中〉、〈懷南鄭舊遊〉、〈得季長書追懷南鄭幕府悵然有作〉等，姚鼐也將這些展現人生懷抱的詩作收入選本中。姚鼐所選的陸游詩作內容，大部分都表現出對於國事的關心，即便是其登臺遊亭，臥病醉酒，都未能忘卻國情，由此可見，姚鼐所選的陸游詩作並不偏向單純寫景而是能展現其懷抱的內容。

在《五七言今體詩鈔》中，姚鼐對於詩作的評語並不多，多半涉及考據，但有幾條論及陸游詩法的評語：

最似東坡。(〈六月十四日宿東林寺〉)〔註 51〕

〔註 47〕（清）姚鼐：《今體詩鈔》，七言卷 9，頁 4b。

〔註 48〕（清）姚鼐：《今體詩鈔》，七言卷 9，頁 2b~3a。

〔註 49〕（清）姚鼐：《今體詩鈔》，七言卷 9，頁 7b。

〔註 50〕（清）姚鼐：《今體詩鈔》，七言卷 9，頁 14a。

〔註 51〕（宋）陸游〈六月十四日宿東林寺〉：「看盡江湖千萬峰，不嫌雲夢芥吾胸。戲招西塞山前月，來聽東林寺裡鍾。遠客豈知今再到，老僧猶記昔相逢。虛窗熟睡誰驚覺，野碓無人夜自舂。」（清）姚鼐：《今體詩鈔》，七言卷 9，頁 3b。

> 通首皆取用杜集。(〈安流亭俟客不至獨坐成詠〉)〔註52〕

姚鼐認爲陸游的七言律詩是學習杜甫與蘇軾而來，如〈六月十四日宿東林寺〉一詩語氣神似蘇軾，使其詩於豪健之中帶有清曠之味。或於〈安流亭俟客不至獨坐成詠〉取用杜甫詩句「蜀江」、「禹廟」、「劍閣」、「瞿塘」等意象，抒發內心憂愁。姚鼐對陸游的品評，頗符合其於序言所言「上法子美，下覽子瞻」的評價。

此外，姚鼐認爲陸游的七言律詩雖然多爲佳作但亦有其弊病，此病在於陸游作詩時有過於用力的情形：

> 東坡〈祭常山回〉作，不費力氣而自豪健，放翁固猶遜之。(〈成都大閱〉)〔註53〕

> 梅詩如此句可謂工絕，當在林處士高士美人聯上，然猶在雪後林邊一聯下，以不免注著用氣力耳。(〈十二月初一日得梅一枝絕奇戲作長句〉)〔註54〕

第一首將陸游〈成都大閱〉與蘇軾〈祭常山回小獵〉〔註55〕相較，認爲兩首雖然都描寫出豪情昂揚的場景，但陸游卻略遜一籌，原因正在於蘇軾寫來不費力氣。第二首是將陸游〈十二月初一日得梅一枝絕奇戲作長句〉與林逋的詠梅詩相較，認爲此詩在「雪滿山中高士臥，月

〔註52〕(宋)陸游〈安流亭俟客不至獨坐成詠〉:「憶昔西征鬢未霜，拾遺陳跡弔微茫。蜀江春水千帆落，禹廟空山百草香。馬影斜陽經劍閣，艣聲清曉下瞿唐。酒徒雲散無消息，水榭憑欄淚數行。」(清)姚鼐:《今體詩鈔》，七言卷9，頁8a。

〔註53〕(宋)陸游〈成都大閱〉:「千步毬場爽氣清，西山遙見碧嶙峋。令傳雪嶺蓬婆外，聲震秦川渭水濱。旗腳倚風時弄影，馬蹄經雨不霑塵。屬櫜縛袴毋多恨，久矣儒冠誤此身。」(清)姚鼐:《今體詩鈔》，七言卷9，頁3a。

〔註54〕(宋)陸游〈十二月初一日得梅一枝絕奇戲作長句〉:「高標已壓萬花群，尚恐嬌春習氣存。月兔擣霜供換骨，湘娥鼓瑟爲招魂。孤城小驛初飛雪，斷角殘鐘半掩門。盡意端相終有恨，夜寒皴玉倩誰溫?」(清)姚鼐:《今體詩鈔》，七言卷9，頁15a。

〔註55〕(宋)蘇軾〈祭常山回小獵〉:「青蓋前頭點皂旗，黃茅岡下出長圍。弄風驕馬跑空立，趁兔蒼鷹掠地飛。回望白雲生翠巘，歸來紅葉滿征衣。聖明若用西涼簿，白羽猶能效一揮。」

明林下美人來」〔註 56〕一聯之上，卻在「雪後園林才半樹，水邊籬落忽橫枝」一聯之下，而居下的原因亦在於過於用氣力。姚鼐指出陸游詩作有此弊病，「費力氣」、「不免注著用氣力耳」即是指陸游於詩句著墨太多，而有鑿斧之跡，反而不夠自然。

二、審美取向

（一）陰陽剛柔說

繼分析完姚鼐《五七言今體詩鈔》對陸游詩作內容、技法的選取後，此節將進一步探究姚鼐的審美取向。對於詩、文創作，姚鼐曾提出「陰陽剛柔並行」的主張，因爲姚鼐認爲天地萬物皆由陰陽剛柔之氣雜揉而生：

> 鼐聞天地之道，陰陽剛柔而已。文者，天地之精英，而陰陽剛柔之發也。……其得於陽與剛之美者，則其文如霆、如電、如長風之出谷、如崇山峻崖、如決大川、如奔騏驥；其光也，如杲日、如火、如金鏐鐵；其於人也，如憑高視遠、如君而朝萬眾、如鼓萬勇士而戰之。其得於陰與柔之美者，則其文如升初日、如清風、如雲、如霞、如煙、如幽林曲澗、如淪、如漾、如珠玉之輝、如鴻鵠之鳴而入寥廓；其於人也，漻乎其如歎、邈乎其如有思、暖乎其如喜、愀乎其如悲。觀其文，諷其音，則爲文者之性情形狀，舉以殊焉。且夫陰陽剛柔，其本二端，造物者糅，而氣有多寡進絀，則品次億萬，以至於不可窮，萬物生焉。故曰，一陰一陽之爲道，夫文之多變，亦若是已。糅而偏勝可也，偏勝之極，一有一絕無，與夫剛不足爲剛，柔不足爲柔者，

〔註 56〕清人文廷式曾言：「又評陸放翁「高標已壓萬花羣」一律，云：梅詩如此句可謂工絕，當在林處士高士美人聯上，然猶在雪後水邊一聯之下。按：「雪滿山中高士臥，月明林下美人來」，乃明高槎軒詠梅詩也，姬傳亦以爲和靖作耶？姬傳以詞章與考據並重，然畢竟於考據之功未嘗致力耳。」可見此聯並非林逋之詩，而是明代高啓〈梅花九首〉之第一首。見文廷式：《純常子枝語》，《續修四庫全書》，卷 40，頁 593。

皆不可以言文。〔註 57〕

在這段文字中，姚鼐利用數個「如」字，具體呈現爲文、爲人所具備的陽剛之美與陰柔之美的抽象特質。姚鼐認爲天地萬物是由陰陽剛柔雜揉、統合而成，二者並濟而生，不存在純粹的陽剛和陰柔，而詩文之理也是一樣，陽剛和陰柔的輕重差異，造就了詩文美學的千變萬化，也許作品風格會有所偏向，但仍然是二者並存的，對姚鼐而言，若詩文風格偏持一方，這樣的詩文不足以成爲好的作品。

然而，姚鼐也意識到要讓陽剛、陰柔二者在詩文中並行，是不容易實現的，「惟聖人之言，統二氣之會而弗偏。然而《易》、《詩》、《書》、《論語》所載，亦間有可以剛柔分矣」，〔註 58〕即使是儒家經典都有剛柔之分，只有聖人能眞正做到陽剛與陰柔之美的自然中和，所以針對這樣的情形，姚鼐又指出：

> 然古君子稱爲文章之至，雖兼具二者之用，亦不能無所偏優於其間，其故何哉？天地之道，協合以爲體，而時發奇出以爲用者，理固然也。其在天地之用也，尚陽而下陰，伸剛而絀柔，故人得之亦然。文之雄偉而勁直者，必貴於溫深而徐婉。溫深徐婉之才，不易得也，然其尤難得者，必在乎天下之雄才也。夫古今爲詩人者多矣，爲詩而善者亦多矣，而卓然足稱爲雄才者，千餘年中數人焉耳，甚矣其得之難也。〔註 59〕

姚鼐理想的詩文風格是「陰陽剛柔並行，而不容偏廢」，〔註 60〕在達不到這樣的標準下，姚鼐提出「協合以爲體，而時發奇出以爲用」的

〔註 57〕（清）姚鼐：〈復魯絜非書〉，《惜抱軒文集》，《清代詩文集彙編》，第三七七冊，卷 6，頁 365。

〔註 58〕（清）姚鼐：〈復魯絜非書〉，《惜抱軒文集》，《清代詩文集彙編》，第三七七冊，卷 6，頁 365～366。

〔註 59〕（清）姚鼐：〈海愚詩鈔序〉，《惜抱軒文集》，《清代詩文集彙編》，第三七七冊，卷 4，頁 342～343。

〔註 60〕（清）姚鼐：〈海愚詩鈔序〉，《惜抱軒文集》，《清代詩文集彙編》，第三七七冊，卷 4，頁 342。

天地之道，說明天地尚陽剛輕陰柔之理，並認爲古今雖有眾多詩人，但「雄才」比起「溫深徐婉之才」更加難得，而得出「文之雄偉而勁直者，必貴於溫深而徐婉」的審美觀點。

在理論上，姚鼐認爲詩文應該要陽剛與陰柔之美兼備，但在審美趣味上，則更偏向陽剛之美。以七言律詩而言，姚鼐在〈序目〉中說明其標準：「夫文以氣爲主，七言今體，句引字賒，尤貴氣健。」〔註 61〕將氣「健」視爲七言律詩之正格。關於姚鼐選陸游詩作的風格傾向，亦可從清人方東樹對《今體詩鈔》的評語窺之一二：

> 倚樓而自傷老大也，亦是直抒胸臆而有情無景，語乏含蓄，使杜公爲之，必不似此，然豪健自不可及。(〈倚樓〉)〔註 62〕
>
> 「憶昔」二字貫下六句，結句挽回，「馬影」一聯，沈雄有切響。(〈安流亭俟客不至獨坐成詠〉)〔註 63〕
>
> 造語豪傑。(〈江樓醉中作〉)〔註 64〕
>
> 一氣轉折，遒勁雄渾。(〈風順舟行甚疾戲作〉)〔註 65〕

方東樹評姚鼐所選的陸游詩作，或言「豪健」、「沈雄」、「豪傑」、「遒勁雄渾」等，都是較爲陽剛的評價，其他尚有論〈夜登千峰榭〉：「沈雄蒼莽，俯仰悲歌」，〔註 66〕評〈萬里橋江上習射〉：「收語亦豪」，〔註 67〕論〈泊公安縣〉：「以兀傲之氣行之，便覺超脫凡境」〔註 68〕云云，由此可見姚鼐所選的陸游詩作，多偏向陸游沈雄豪健的一面，較少選取其摹寫日常生活瑣事的閒適之作，符合姚鼐偏向陽剛豪健的

〔註 61〕（清）姚鼐：〈五七言今體詩鈔序目〉，《今體詩鈔》，頁 3a。
〔註 62〕（清）方東樹：《方東樹評今體詩鈔》（臺北：聯經出版社，1975 年），七言卷 9，頁 317。
〔註 63〕（清）方東樹：《方東樹評今體詩鈔》，七言卷 9，頁 328。
〔註 64〕（清）方東樹：《方東樹評今體詩鈔》，七言卷 9，頁 335。
〔註 65〕（清）方東樹：《方東樹評今體詩鈔》，七言卷 9，頁 340。
〔註 66〕（清）方東樹：《方東樹評今體詩鈔》，七言卷 9，頁 333。
〔註 67〕（清）方東樹：《方東樹評今體詩鈔》，七言卷 9，頁 337。
〔註 68〕（清）方東樹：《方東樹評今體詩鈔》，七言卷 9，頁 340。

審美風格，從此角度來看姚鼐對於陸游詩作的選取，可以發現姚鼐的理論與選詩頗爲一致。

（二）人品即詩品

姚鼐重視詩作的典雅，但他認爲一個好的作品，不只是用字淺詞的精緻修飾，或是章法的鋪陳排列，更重要的是詩作背後詩人的道德修養，因此姚鼐論詩格外重視詩人氣節的培養。觀姚鼐在〈荷塘詩集序〉中所言：

> 古之善爲詩者，不自命爲詩人者也。其胸中所蓄，高矣，廣矣，遠矣，而偶發之於詩，則詩與之爲高、廣且遠焉，故曰善爲詩也。曹子建、陶淵明、李太白、杜子美、韓退之、蘇子瞻、黄魯直之倫，忠義之氣，高亮之節，道德之養、經濟天下之才，捨而僅謂之一詩人耳，此數君子，豈所甘哉。志在於爲詩人而已，爲之雖工，其詩則卑且小矣。……惟能知爲人之重於爲詩者，其詩重矣。〔註 69〕

姚鼐將「不自命爲詩人」與「志在於爲詩人」二者相較，認爲詩人要有「忠義之氣，高亮之節，道德之養、經濟天下之才」等深厚的志節情操、道德涵養，如此詩的意蘊才會豐富、深厚，反之，若詩人只著眼於完成詩作，雖然技法嫻熟，但格局、成就則無法廣大而高遠。

由上述可知，對姚鼐而言詩作的好壞，決定的關鍵在於詩人道德氣節的高低，也就是說人品決定了詩品，因爲姚鼐認爲作品內容是詩人道德涵養的體現，如其在〈朱二庭詩集序〉中所言：

> 夫詩之於道固末矣，然必由其人胸臆所蓄，行履所至，率然達之。翰墨揚其菁華，不可僞飾，故讀其詩者，如見其人。〔註 70〕

〔註 69〕（清）姚鼐：〈荷塘詩集序〉，《惜抱軒文集》，《清代詩文集彙編》，第三七七冊，卷 4，頁 344。

〔註 70〕（清）姚鼐：〈朱二庭詩集序〉，《惜抱軒文後集》，《清代詩文集彙編》，第三七七冊，卷 1，頁 451。

姚鼐認爲人心中所想的，會流露在其詩作當中，這是無法掩飾的，因此說「讀其詩者，如見其人」。此外，姚鼐在〈答翁學士書〉中又言：

> 夫道有是非，而技有美惡，詩文皆技也。技之精者，必近道，故詩文美者，命意必善。文字者，猶人之言語也，有氣以充之，則觀其文也，雖百世而後如立其人而與言，於此無氣則積字焉而已。〔註 71〕

姚鼐重視詩文作品所傳遞的思想內涵，所以將「技」與「道」聯繫起來論述，並指出詩文技藝的追求，是以背後的道做爲基本條件，因此好的詩文作品，其命意必然良善。姚鼐反覆在文中指出「文如其人」的論點，而這也是姚鼐強調詩人須培養道德志節的所在。姚鼐於《五七言今體詩鈔》中，重點選錄李白、杜甫、蘇軾、黃庭堅、陸游等詩家，便是因爲這些詩人同樣都具有遠大的胸襟抱負，以及高尚的道德修養。以陸游七言律詩而言，姚鼐稱他「激發忠憤，橫極才力」，即是稱揚陸游胸懷憂國忠憤之氣，發而爲詩則讀來充滿沈雄豪健之感，而這些陽剛傾向的風格，也是姚鼐審美趣味所在。

此外，姚鼐《五七言今體詩鈔》可能受到乾隆《御選唐宋詩醇》的影響，尤其是對陸游詩作的選取。姚鼐選本以「雅正」爲依歸，且相當重視詩人的道德品格，其選陸游七言律詩共 87 首，其中便有 50 首與《御選唐宋詩醇》重疊，其比例爲 57.4%，超過一半。其中交集的詩有：〈曳策〉、〈書事〉（北征談笑取關河）、〈秋晚登城北門〉、〈獵罷夜飲示獨孤生〉（白袍如雪寶刀橫）、〈萬里橋江上習射〉等，均以似杜忠悃、雄渾豪俊爲主，而無交集者如：〈小園〉、〈小園雜詠〉、〈秋社〉、〈石帆夏日〉、〈訪山家〉、〈湖上尋梅〉等，皆以鄰里生活、閒適恬淡爲主，由此可以看出姚鼐《五七言今體詩鈔》的選詩傾向。

〔註 71〕（清）姚鼐：〈答翁學士書〉，《惜抱軒文集》，《清代詩文集彙編》，第三七七冊，卷 6，頁 361。

第三節　陸游七言律詩之詩學定位

姚鼐於《五七言今體詩鈔》七言律詩的部分，陸游的詩選數量是南北宋人中最高的，足見其對陸游七言律詩之肯定，而歷來詩論家對陸游詩作體裁的討論，也確實多集中在其七言律詩與七言古詩二者，故此節將承接姚鼐《五七言今體詩鈔》對陸游七言律詩的選取，進而回顧陸游七言律詩在歷史中的評價，並探討古代學者都從哪些面向來呈現陸游七言律詩的特色，最後，藉由詩話、選本中對陸游七言律詩的討論，以了解陸游七言律詩名篇的確立與流傳。

一、歷代對陸游七言律詩之評價

陸游在南宋時已嶄露出卓越詩才，而獲得不少佳評，然而當時較少探究陸游詩作在體裁、風格上的差異，而是採整體性的觀照，討論陸游在詩學上的傳承與內容（參看本論文第三章第三節），因此單論七言律詩的評語較零星可數。關於陸游的七言律詩，南宋文人多將焦點放在陸游對字句的使用上，如宋人劉克莊（1187～1269）在《後村詩話》中言：

> 古人好對偶，被放翁用盡：鉗紙尾，摸床棱；烈士壯心，狂奴故態；生希李廣名飛將，死慕劉伶贈醉侯；下澤乘車，上方請劍；酒寧剩欠尋常債，劍不虛施細碎仇；空虛腹，壘傀胸；愛山入骨髓，嗜酒在膏肓；手版，肩輿；鬼仔，天公；貴人自作宣明畫，老子曾聞正始音；床頭《周易》，架上《漢書》……其似此者不可殫舉，姑記一二於此。〔註72〕

劉克莊認為陸游在其詩作當中，使用了大量對偶，雖然並非所有例句都摘自七言律詩，但就前三首而言，〈自詠示客〉：「吏進飽諳鉗紙尾，客來苦勸摸牀稜」，〔註73〕〈睡起書事〉：「烈士壯心雖未滅，狂奴故

〔註72〕（宋）劉克莊：《後村詩話》，《景印文淵閣四庫全書》，前集卷2，第七七二冊，頁320～321。

〔註73〕（宋）陸游：〈自詠示客〉，收於錢仲聯：《劍南詩稿校注》（上海：

態有誰容」，〔註 74〕〈江樓醉中作〉：「生希李廣名飛將，死慕劉伶贈醉侯」〔註 75〕等，均是七言律詩之詩句，由於律詩要求頷聯及頸聯要對仗，故在對偶的使用上比起其他體裁要來得更多。此外，宋人周密（1232～1298）在談論陸游詩作時，亦關注其字詞的運用：

> 放翁詩多用新語，如「厚味無人設倰湯，微芬時自炷廉香。」自注：「以松子、胡桃、蜜作湯，謂之倰湯。以炭末、乳香、蜜作濕香，謂之廉香。」〔註 76〕

此段文字是周密記載陸游詩作中所使用的「倰湯」、「廉香」二詞，而有放翁詩作「多用新語」的心得。由此看來，南宋人對於陸游七言律詩的討論，多集中在於其詩句的對偶工穩，字詞新巧方面。

到了元代，隨著方回（1227～1307）《瀛奎律髓》的問世，更多詩人將注意力集中於對律詩的探討。《瀛奎律髓》是一部唐宋二代五、七言律詩的詩歌選本，選本中選陸游五言律詩共 56 首，七言律詩共 132 首，其七言律詩之詩選內容，大體來說是以四季（春日類、夏日類、秋日類、冬日類）、閒適類、消遣類等爲大宗，至於忠憤類只選入〈書憤〉（白髮蕭蕭臥澤中、鏡裡流年兩鬢殘）二首。而集中方回對於陸游的詩評，亦多著墨於詩句的巧緻：

> 四句四事，皆巧對。（〈耕罷偶書〉）〔註 77〕
>
> 「擘紙」二字，本俗語，放翁既用之，即詩家例也。（〈春夏之交風日清美欣然有感〉）〔註 78〕

上海古籍出版社，1985 年），卷 1，頁 91。

〔註 74〕（宋）陸游：〈睡起書事〉，收於錢仲聯：《劍南詩稿校注》，卷 3，頁 291。

〔註 75〕（宋）陸游：〈江樓醉中作〉，收於錢仲聯：《劍南詩稿校注》，卷 9，頁 707。

〔註 76〕（宋）周密：《浩然齋雅談》，《文津閣四庫全書》，第四九五冊，卷中，頁 808。

〔註 77〕（元）方回選評，李慶甲校點：《瀛奎律髓彙評》，卷 23，閒適類，頁 1010。

〔註 78〕（元）方回選評，李慶甲校點：《瀛奎律髓彙評》，卷 10，春日類，頁 382。

> 「猩猩酒」、「燕燕巢」，公兩用之，誠爲佳句。（〈小築〉）〔註 79〕

方回對於陸游詩作的評語，多著重於詩句的對偶、字詞使用是否妥貼精當，也因此後來清人紀昀（1724～1805）對於方回所選評的詩作多所批評，如回應方回偏好的閒適消遣類，言：「總搜索此種以爲新，而詩之本眞隱矣。夫發乎情，止乎禮義，豈新字、新句之謂也。」（〈書直舍壁〉）〔註 80〕回應方回不喜的忠憤憂國類，言：「此種詩是放翁不可磨處。集中有此，如屋有柱，如人有骨。如全集皆『石研不容留宿墨，瓦瓶隨意插新花』句，則放翁不足爲重矣。何選放翁詩者，所取乃在彼也？」〔註 81〕對於方回多選錄陸游閒適類的詩作，且專在字詞上發揮的不滿。

到了明清，詩人對於陸游七言律詩特色的討論面向更加豐富多元，除了延續以往所探討的陸游詩作對偶工整、使事熨貼之外，亦有不少詩人針對陸游詩作中的弊病提出看法：

> 詩家比喻，六義之一，偶然爲之可爾，陸務觀《劍南集》，句法稠疊，讀之終卷，令人生憎，若：身似老僧猶有髮，門如村舍強名官。跡似春萍本無柢，心如秋燕不安巢。身似在家狂道士，心如退院病禪師。……餘詩腰膝用「如」、「似」字作對，難以悉數。〔註 82〕

> 放翁萬首詩，遣詞用事，少有重複者。惟晚年家居，寫鄉村景物，或有見於此，又見於彼者。……〈羸疾〉云：「羸疾止還作，已過秋暮時。但當名百藥，那更謁三醫。」〈題藥囊〉又云：「殘暑才屬爾，新秋還及茲。眞當名百藥，何

〔註 79〕（元）方回選評，李慶甲校點：《瀛奎律髓彙評》，卷 23，閒適類，頁 1009。

〔註 80〕（元）方回選評，李慶甲校點：《瀛奎律髓彙評》，卷 6，宦情類，頁 253。

〔註 81〕（元）方回選評，李慶甲校點：《瀛奎律髓彙評》，卷 32，忠憤類，頁 1372。

〔註 82〕（清）朱彝尊：〈書劍南集後〉，《曝書亭集》，《景印文淵閣四庫全書》，第一三一八冊，卷 52，頁 236。

止謁三醫。」此則未免太複！蓋一時湊用完篇，不及改換耳。〔註 83〕

前者認為陸游詩作句法稠疊，集中使用「如」、「似」二字來進行對仗，不勝枚舉。後者則認為陸游在晚年創作時，對字詞的使用過於重複，時常在此篇見到，又在別篇見到。另外，清人還認為陸游有先得佳句，再續首尾的習慣：

放翁七言律，隊仗工整，使事熨貼，當時無與比埒。……八句中上下時不承接，應是先得佳句，續成首尾，故神完氣厚之作，十不得其二三。〔註 84〕

律詩中二聯，不宜一味寫景。……劍南、石湖平調詩，尤多誤犯此病。不止一律中只鍊一聯佳句，而首尾多未完善，令後人疑先得句而後足以成篇，故多率筆，群為口實也。〔註 85〕

詩人認為陸游詩作中常有一至二聯極佳詩句，但時常與首尾詩意不相聯貫，因此懷疑其創作方式是先得佳句，再續成首尾，而有不夠完善之處。此類詩作如〈臨安春雨初霽〉一詩，《御選唐宋詩醇》評：「頷聯團轉，脫口而出，一涉湊泊，失此語妙。」〔註 86〕又如〈十二月初一日得梅一枝絕奇戲作長句今年於是四賦此花矣〉一詩，查慎行評：「五六妙不可言，惜前後不稱。」〔註 87〕均是認為詩中雖有佳句，卻與前後聯詩意無法連貫。

此外，對於以往詩人偏愛陸游善寫風景、生活情事的閒適之作，清人提出不同的審美趣尚：

「地連秦雍川原壯，水下荊揚日夜流」……此十數章七律，著句既遒，全體亦警拔相稱。蓋忠憤所結，志至氣從，非

〔註 83〕（清）趙翼：《甌北詩話》，《清詩話續編》，卷 5，頁 1235～1236。

〔註 84〕（清）沈德潛：《說詩晬語》，《清詩話》，卷下，頁 544。

〔註 85〕（清）朱庭珍：《筱園詩話》，《清詩話續編》，頁 2401。

〔註 86〕（清）乾隆：《御選唐宋詩醇》，卷 45，頁 890。

〔註 87〕（元）方回選評，李慶甲校點：《瀛奎律髓彙評》，卷 20，梅花類，頁 807。

> 復尋常意興。較之全集七律，數十之一耳。然論放翁七律者，必以此爲根本，而以「數點殘燈沽酒市」等詩附之，乃知詩之大主腦，翁之眞力量，否則贊翁而翁不願也。〔註 88〕

> 後人選其詩者，又略其感激豪宕，沈鬱深婉之作，惟取其流連光景，可以剽竊移掇者，轉相販鬻，放翁詩派遂爲論者口實。〔註 89〕

二者都認爲陸游七言律詩之佳者，並非以往詩人所偏愛的閒適之作，精雕之詞，而是能夠展現出陸游氣節所在的詩作，才是陸游集中佳者。紀昀對於陸游詩歌的看法可說受到乾隆《御選唐宋詩醇》的影響（參看本論文第四章第二節），而姚鼐也受到《御選唐宋詩醇》的影響，故在選詩上亦多取陸游感激豪宕的詩作，因此整體上也較偏向陽剛的風格。

從上述的詩論中，可以看出歷代論者對於陸游七言律詩的探討面向，主要有：一、對偶工切、用詞新巧。二、遣辭用字多有重複。三、先得佳句，再續首尾。至於內容風格，多數詩人喜歡摘鈔陸游工緻、纖巧的詩句，認爲那是新穎巧思的展現，而有些詩人則認爲沈雄豪健之詩，才是陸游集中精華所在，由此可以發現，陸游七言律詩在風格上的多變。

二、陸游七言律詩名篇的流傳與接受

在陸游近萬首詩歌作品當中，有許多優美詩句被詩人摘鈔、複誦，而廣爲流傳，其中，〈臨安春雨初霽〉〔註 90〕便是陸游七言律詩

〔註 88〕（清）潘德輿：《養一齋詩話》，《清詩話續編》，卷 5，頁 2074～2075。

〔註 89〕（清）紀昀：《四庫全書總目提要・劍南詩稿》，見陸游：《劍南詩稿》，收於《文淵閣四庫全書》（臺北：臺灣商務印書館，1981 年），第一八四冊，頁 2。

〔註 90〕（宋）陸游〈臨安春雨初霽〉：「世味年來薄似紗，誰令騎馬客京華。小樓一夜聽春雨，深巷明朝賣杏花。矮紙斜行閒作草，晴窗細乳戲分茶。素衣莫起風塵嘆，猶及清明可到家。」錢仲聯：《劍南詩稿校注》，卷 17，頁 1347～1348。

名篇之一，在南宋時即有極高知名度。但隨著時間的遞嬗，後世不少詩論家指陳出此詩作中的弊處，並試圖提出陸游其他詩作以樹立新的七言律詩典範，此時〈感憤〉（今皇神武是周宣）〔註 91〕一詩，便逐漸走入詩論家的眼中。〈臨安春雨初霽〉與〈感憤〉二詩，其實可視爲陸游清新雋永與豪俊雄渾兩種不同詩作風格的代表，以下將探討二詩的流傳與接受情形。

宋人劉克莊可謂最早討論〈臨安春雨初霽〉一詩的詩家，其於《後村詩話》中記載此詩的成名過程：

> 陸放翁少時調官臨安，得句云：「小樓一夜聽春雨，深巷明朝賣杏花。」傳入禁中，思陵稱賞，由是知名。〔註 92〕

劉克莊記載陸游少年之時來到臨安，寫下〈臨安春雨初霽〉一詩，此詩內容表達了對於世態炎涼的感慨和客籍京華的無奈，其中「小樓一夜聽春雨，深巷明朝賣杏花」一聯，從聽覺刻畫出春光柔和的深致形象，此二句後來傳入宮中，受到皇帝的稱賞，因而傳唱一時。

然而，元人方回在考察此詩之時間後，於《瀛奎律髓》中反駁此條記載：

> 據《劍南集》編在嚴州朝辭時所作，翁年六十二歲，劉後村《詩話》乃謂妙年行都所賦，思陵賞音，恐誤，當考。〔註 93〕

方回認爲劉克莊所記載的時間有誤，應非陸游少年之作，而是在淳熙十三年（1166），時陸游已六十二歲，陸游奉詔入京，接受嚴州知州的職務，在赴任前先至臨安覲見皇帝，而此詩便作於聽候皇帝召見之期間。後人多接受方回的說法，認爲〈臨安春雨初霽〉爲陸游中晚年

〔註 91〕（宋）陸游〈感憤〉：「今皇神武是周宣，誰賦南征北伐篇。四海一家天曆數，兩河百郡宋山川。諸公尚守和親策，志士虛捐少壯年。京洛雪消春又動，永昌陵上草芊芊。」錢仲聯：《劍南詩稿校注》，卷 16，頁 1238。

〔註 92〕（宋）劉克莊：《後村詩話》，前集卷 2，頁 320。

〔註 93〕（元）方回選評，李慶甲校點：《瀛奎律髓彙評》，卷 17，晴雨類，頁 705。

所作，故能較深婉地表現半生宦海浮沈的落寞與無奈。

但到了明、清二代，文人對於〈臨安春雨初霽〉一詩看法，一反前人全然抱持著欣賞的態度，而對此詩的不足之處提出批評：

> 陳簡齋詩云：「客子光陰詩卷裡，杏花消息雨聲中。」陸放翁詩云：「小樓一夜聽春雨，深巷明朝賣杏花。」皆佳句也。惜全篇不稱。〔註 94〕
>
> 查慎行：五、六湊泊，與前後不稱。〔註 95〕

明、清詩人依然認爲「小樓一夜聽春雨，深巷明朝賣杏花」一聯刻畫極爲出色，但放在整首詩的結構來看，則有詩意不甚相稱的情形，原因在於此聯描寫春光，節奏輕快，相形之下，頷聯（矮紙斜行閒作草，晴窗細乳戲分茶）像是爲承接上聯拼湊而出，而二者都與全詩厭倦京華的主題不相符，因而懷疑陸游有先得佳句，再續成首尾之嫌。而本章姚鼐《五七言今體詩鈔》不選〈臨安春雨初霽〉一詩，或與此有關，因其以雅正爲依歸，且是以指導學子爲目的的選本，故在選詩上會更加謹愼。

基於〈臨安春雨初霽〉一詩存在著前後不稱的弊病，清代詩人便有另尋陸游七言律詩典範的企圖：

> 陸放翁詩，以「小樓一夜聽春雨，深巷明朝賣杏花」得名，其餘七律名句輻輳大類此，而起迄多不相稱。人以先生先得好句，後足成之，情理或然。然余少年頗喜之，今則棄去矣。余獨愛其〈感憤〉一律，頗近唐人，常舉以示客。詩云：「今皇神武是周宣……。」可謂《渭南》、《劍南》二集壓卷。〔註 96〕

李調元認爲陸游以〈臨安春雨初霽〉一詩得名，但此詩卻有「起迄多不相稱」的情形，無法稱爲陸游七言律詩之代表，對於此類的詩作其

〔註 94〕（明）瞿佑：〈杏花二聯〉，《歸田詩話》，《續修四庫全書》，第一六九四冊，頁 616。

〔註 95〕（元）方回選評，李慶甲校點：《瀛奎律髓彙評》，卷 17，晴雨類，頁 705。

〔註 96〕（清）李調元：《雨村詩話》，《清詩話續編》，卷下，頁 1534。

年少頗喜愛而後棄之，並認爲感時憂國的〈感憤〉一詩，才是陸游集中佳處，更以「壓卷」譽之。

清人施補華亦認爲陸游七前律詩之佳者，是〈感憤〉之類的作品：

> 放翁七律極有佳者。如〈新夏感事〉之「百花過後綠陰成」，〈感憤〉之「今皇神武是周宣」，皆逼近盛唐。今人必取其雕琢小巧之句以爲工，失放翁之眞矣。〔註 97〕

施補華認爲陸游七前律詩極佳者，並非那些在字句上雕琢小巧的詩作，而是能展現陸游精神性情的詩作，如〈新夏感事〉「近傳下詔通言路，已卜餘年見太平」、「聖主不忘初政美，小儒唯有涕縱橫」，或〈感憤〉「四海一家天曆數，兩河百郡宋山川」、「京洛雪消春又動，永昌陵上草芊芊」，此種較爲溫柔敦厚的作品。

清人許印芳（1832～1901）亦認爲陸游七言律詩當以〈感憤〉一詩爲佳，觀其對方回《瀛奎律髓》於忠憤類只選〈書憤〉二首的回應：

> 放翁生常南渡偏安之際，有志北伐，至死不變，其復讎雪恥之心，時時發露於詩。七律寫意，無過〈感憤〉一篇。其詞云：「今皇神武是周宣……。」生平大志，和盤托出。結語追念藝祖，含蓄不盡。得此收筆，通身皆活。此篇外，書憤之作，不一而足。〔註 98〕

許印芳指出陸游生於南宋，其詩歌最感激人心之處，便在於他立志報效國家、感時憂國的詩作，而七言律詩中又以〈感憤〉一詩爲最，其佳處在於寫出自身的遠大懷抱，雖然有對於朝臣偏向和議的不滿，但又對朝廷充滿收復舊土的期待，詩末追憶宋太祖，表達對於統一的渴望，語意委婉，含蓄無窮。

上述爲詩話中對於陸游〈臨安春雨初霽〉與〈感憤〉二詩的品

〔註 97〕（清）施補華：《峴傭詩話》，《清詩話》，頁 994。

〔註 98〕（元）方回選評，李慶甲校點：《瀛奎律髓彙評》，卷 32，忠憤類，頁 1372。

評，以下將從清代宋詩選本對於陸游此兩首詩的選取，來觀察清人對於此兩首詩的接受，並比較選本與詩話中的品論差異：

【表七】清代宋詩選本之〈臨安春雨初霽〉與〈感憤〉二詩選錄情形

選　　本	臨安春雨初霽	感　　憤
宋詩鈔	○	
御選宋詩	○	
宋元詩會	○	
御選唐宋詩醇	○	○
宋四名家詩鈔	○	
五七言今體詩鈔		○
宋詩別裁集		
宋詩精華錄	○	○（摘句）
十八家詩鈔	○	○
評註宋元明詩	○	
唐宋詩舉要		

從選本來看，詩選對於〈臨安春雨初霽〉的接受遠大於〈感憤〉，此種現象說明二點：其一，〈臨安春雨初霽〉一詩的品論歷史比較悠久，雖然歷來對其討論多集中在「小樓一夜聽春雨，深巷明朝賣杏花」一聯上，但它確實形成了一般人對陸游詩作的印象，相形之下，〈感憤〉一詩被提爲七言律詩典範的歷程較短，還不足以凝聚眾人對它的認同。

其二，〈臨安春雨初霽〉與〈感憤〉二詩，其實可視爲陸游清新雋永與豪俊雄渾兩種不同詩作風格的代表。筆者在〈《御選唐宋詩醇》選陸游詩〉一章中也指出，陸游詩歌主要有兩種風格，一種是激昂豪宕、恢復故土的愛國情感，一種爲恬淡細膩、日常雋永的生活情致。

從選本對於此兩首詩的選評落差，可以發現大部分的選本對於陸游詩作風格的接受，仍多偏向那些狀物寫景，刻畫精細熨貼，以描繪生活情致爲主的閒適之作。另外，可能也是受限於詩作體裁的關係，比起七言律詩，陸游的愛國精神在七言古詩上能發揮得更加淋漓盡致。通過〈臨安春雨初霽〉與〈感憤〉二詩的比較，可以了解陸游不同風格的七言律詩在歷史上的傳播與接受。

第四節　小　結

《五七言今體詩鈔》爲清代姚鼐所編選的一部五、七言律詩選本，本章旨在探討《五七言今體詩鈔》中選錄陸游詩歌的情況。在第一節的部分，首先概介《五七言今體詩鈔》的編選目的，除了續補王士禛《古詩選》未選今體詩之遺憾外，亦是爲扭轉當時詩壇流派的紛紜雜擾，故期望藉由唐、宋名家詩作來指導後學，以維持風雅之道，選本整體呈現出對於雅正詩觀的看重，而姚鼐也不時會以桐城派文論與考據來解釋詩歌內容。

第二節探討《五七言今體詩鈔》對陸游詩歌的實際選錄情形，在選本七言律詩的部分，陸游之詩作數量居唐宋人之冠。姚鼐所選的陸游詩作內容，雖有寫景和感懷二者，但多偏向能展現陸游懷抱的內容，因此即使描寫的是登臺遊亭，也多抒發其壯志未酬的感慨。由於姚鼐重視詩人的道德志節，於是所選錄的詩作風格較偏向陽剛。姚鼐於詩學提出「陰陽剛柔並行」、「人品決定詩品」的概念，對應到其選本，可以發現其在理論與詩選行爲上之一致。

第三節承接姚鼐《五七言今體詩鈔》對陸游七言律詩的選取，進而回顧陸游七言律詩在歷史中的評價，而得出「對偶工整，用詞新巧」、「遣詞用字多重複」、「先得佳句，再續首尾」等特徵。最後，藉由詩話與選本中對於陸游七言律詩名篇〈臨安春雨初霽〉與〈感憤〉二詩的討論，二者可分別視爲陸游清新雋永和豪俊雄渾不同詩風的代表，可以了解陸游不同風格的七言律詩在歷代的評價與傳播。

第六章　陳衍《宋詩精華錄》選陸游詩

《宋詩精華錄》是近人陳衍（1856～1937）晚年所編選的一部宋代詩歌選本。陳衍，字叔伊，號石遺，福州侯官（今福州）人，光緒八年（1882）舉人，後入臺灣巡撫劉銘傳（1836～1896）、湖廣總督張之洞（1837～1909）幕僚，辛亥革命之際，先後於京師大學堂、暨南大學、無錫國學專修學校等校講學。特長於詩，爲晚清同光體詩派之提倡者，著有《石遺室詩集》、《石遺室詩話》、《金詩紀事》、《元詩紀事》等，另編有《宋詩精華錄》、《近代詩鈔》。

陳衍所編選的《宋詩精華錄》略如唐詩依時代分爲初、盛、中、晚 4 卷，前 2 卷爲北宋，後 2 卷爲南宋，共收錄 129 位詩家之詩歌作品，包含帝王、文士、女性、僧侶之作品。每位詩家均有詩人小傳，簡略介紹其字號、籍貫、官職等，收錄的作品不時有選家的圈點和評語，體現選家對於詩作技巧、風格的看法，詩選以近體詩爲主，尤重七言絕句，少數詩家附有句或摘句圖，截取該詩家作品之佳句置於後，表示對其詩句的欣賞。

《宋詩精華錄》中選陸游詩共 53 首，位居第三，僅次於蘇軾 88 首、楊萬里 55 首之後，由於陳衍詩學白居易、楊萬里，偏好流暢自然的風格，在一定程度上也影響了對陸游詩作的選取。陳衍曾言：「近人為詩，競喜北宋，學劍南者少。余舊嘗論詩送葉觀俞，提倡香山、劍南，故久之而無有應之者。」〔註1〕指出時人創作多取徑北宋的黃庭堅、陳師道，〔註2〕而南宋的陸游、楊萬里之詩反而不受青睞。故末章以陳衍《宋詩精華錄》來研究陸游，其一是期望理解陳衍在時人多崇尚艱深險奧的詩風下，提倡陸游、楊萬里平易自然詩風的意義，其二是希望以《宋詩精華錄》為基礎，結合其他晚清宋詩選本的選取方式，側面了解晚清詩壇對於陸游詩歌的看法。

目前學界研究多探討陳衍個人的詩學成就與詩論觀點，而專以《宋詩精華錄》為對象的討論較少，現有研究成果有：吳彩娥《清代宋詩學研究》之第五章「清代宋詩學的內容分析（三）：編選宋詩」，〔註3〕對於詩序、詩選內容、重點詩家、審美偏好有一概略介紹。吳姍姍《陳衍詩學研究——兼論晚清同光體》之第五章「陳衍詩學之鑑賞論」，〔註4〕主要從陳衍對《宋詩精華錄》的選評內容，分析陳衍所接受的宋詩概念，而得出其「精華」在於融合宋詩詩法與唐詩興寄。王友勝〈論《宋詩精華錄》的編選宗旨與詩學思想〉，〔註5〕認為選本展現出生新求變、感情真摯、音律協暢等特點，卻忽略了宋詩重視理、禪、以文為詩的特色。

上述研究多著重於選家的編選意圖、選評特色，較少針對單一詩

〔註1〕陳衍：〈放翁詩選敘〉，收於錢仲聯編校：《陳衍詩論合集》（福州：福建人民出版社，1999年），下冊，頁1067。

〔註2〕陳衍指出時人創作多取徑黃庭堅、陳師道，如於〈重刻晚翠軒詩敘〉中言：「復念瞰古學山谷、後山，寧艱辛，勿流易，寧可憎，勿可鄙。」（頁1047）於〈海內樓詩集第二敘〉中言：「寐叟論詩，與散原皆薄平易，尚奧衍。」（頁1049）於《石遺室詩話》言：「沈乙盦言詩，夙喜山谷。」（卷10，頁133）。

〔註3〕吳彩娥：《清代宋詩學研究》（臺北：國立政治大學中國文學研究所博士論文，1993年）。

〔註4〕吳姍姍：《陳衍詩學研究——兼論晚清同光體》（臺南：國立成功大學中國文學研究所博士論文，2006年）。

〔註5〕王友勝：〈論《宋詩精華錄》的編選宗旨與詩學思想〉，《中南大學學報》（社會科學版），第16卷第2期（2010年4月），頁109～115。

家進行探討，故本章第一節首先概述《宋詩精華錄》一書的內容架構，對選本的詩選內容、體例、詩學觀點有較通盤的掌握後，第二節深入探討《宋詩精華錄》選評陸游詩的情況，以了解陳衍對於陸游詩作的選錄與審美意涵。由於陳衍主盟晚清詩壇，於《石遺室詩話》中對時人詩學風氣、詩法取向富有精彩論述，故第三節期望以此爲基礎來了解晚清詩壇的面貌，並結合其他晚清宋詩選本，延伸探討晚清詩壇對於陸游詩歌的態度。

第一節　《宋詩精華錄》之概介

《宋詩精華錄》爲陳衍晚年編選的一部宋代詩歌選本，從其收錄詩作與選評內容，大抵可以看出陳衍雖然有自己的審美偏好，但仍試圖在選本中呈現宋詩的整體面貌。陳衍於〈詩學概要〉中曾言：「蓋宋人詩學，各本唐法，而擴充變化之。卓然成大家者，不甚亞於唐也。」〔註 6〕陳衍論詩相當強調「變化」的重要，而這樣的觀點也在選本評語中不斷出現，對陳衍而言，宋詩雖是承繼唐詩而來，但在宋人的發展、變革下，詩歌亦展現出自我特色，形成有別於唐的面貌，故陳衍所提出的「三元說」，或者其詩論、詩評中常將宋代詩人與唐代詩人並舉的方式，均是有意識地將宋詩提高到與唐詩相同的地位。

一、內容架構

《宋詩精華錄》是陳衍所編選的一部宋代詩歌選本，入選詩歌體現了陳衍對於宋詩的態度。全書依時代分爲 4 卷，劃分標準採宋人嚴羽《滄浪詩話》對唐代詩歌的分期方式，試觀陳衍於卷 1 開頭所言：

> 此錄亦略如唐詩，分初、盛、中、晚。吾鄉嚴滄浪高典籍之說，無可非議者也。……今略區元豐、元祐以前爲初宋，由二元盡北宋爲盛宋，王、蘇、黃、陳、秦、晁、張具在

〔註 6〕陳衍：《詩學概要》，錢仲聯校編：《陳衍詩論合集》，下冊，頁 1037。

> 焉，唐之李、杜、岑、高、龍標、右丞也；南渡，茶山、簡齋、尤、蕭、范、陸、楊爲中宋，唐之韓、柳、白也；四靈以後爲晚宋，謝皋羽、鄭所南輩，則如唐之有韓偓、司空圖焉。此卷係初宋，西崑諸人，可比王、楊、盧、駱；蘇、梅、歐陽，可方沈、杜、沈、宋。宋何以甚異於唐哉。〔註 7〕

陳衍依唐詩將宋代分爲初宋、盛宋、中宋與晚宋 4 卷，前 2 卷爲北宋，後 2 卷爲南宋，以元豐、元祐以前爲初宋，錄 39 家共 117 首，由元豐、元祐盡北宋爲盛宋，錄 18 家共 234 首，南渡後陳、曾、尤、蕭、范、陸、楊等爲中宋，錄 32 家共 212 首，四靈以後爲晚宋，錄 40 家共 122 首。陳衍共選 129 位詩家，除了文士之外，尚包含帝王、女性、僧侶之詩作，試圖反映出宋詩的整體概貌。

陳衍曾提出「三元說」來論唐、宋詩歌，其云「蓋余謂詩莫盛於三元，上元開元，中元元和，下元元祐也」，〔註 8〕陳衍將宋代元祐（1086～1094）和唐代開元（713～742）、元和（806～821）並舉，強調元祐時期在宋詩發展中的重要。以此詩論來看陳衍在《宋詩精華錄》中的詩選情形，大抵相合，選本整體收錄的宋詩數量，以卷 2 盛宋選入的 234 首最多，且觀上述選本卷 1 所引的文字，陳衍將宋代詩人與唐代詩人相提並論，而得出「宋何以甚異於唐哉」的結果，來說明宋詩對唐詩的繼承與發展，均是有意將宋詩提高到與唐詩相同的地位。

《宋詩精華錄》對每位選錄的詩家均附有詩人小傳，以陸游爲例：「字務觀，越州山陰人。蔭補登仕郎，賜進士出身，同修三朝國史實錄，陞寶章閣待制致仕，封謂南伯。」〔註 9〕僅有簡短的字號、

〔註 7〕陳衍：《宋詩精華錄》，錢仲聯校編：《陳衍詩論合集》，上冊，卷 1，頁 716。

〔註 8〕陳衍：《石遺室詩話》，錢仲聯校編《陳衍詩論合集》，上冊，卷 1，頁 9。

〔註 9〕陳衍：《宋詩精華錄》，錢仲聯校編：《陳衍詩論合集》，上冊，卷 3，頁 830。

籍貫與官職介紹，未如《宋詩鈔》與《御選唐宋詩醇》的詩人小傳，有編選者對其生平與詩學的綜合論述，甚爲可惜。在詩歌作品方面，有陳衍的圈點和評語，可以看出陳衍對於詩歌作品的看法，而有些詩家如司馬光、蘇軾、陸游等，在詩作最後附有「句」或「摘句圖」，是摘取該詩家作品之佳句置於後。

關於《宋詩精華錄》的選詩體裁，雖然採各體兼收的方式，但陳衍有其偏好，朱自清在〈什麼是宋詩的精華——評石遺老人《宋詩精華錄》〉一文中曾有所統計，「全書共選詩一百二十九家，六百九十首，其中近體五百四十八首，占百分之七十九強，可見本書重心所在」，〔註10〕又言「本書所錄，七絕最多，七律次之」，〔註11〕由此可見，陳衍之詩選大抵以近體詩爲主，且又以七言絕句爲最多。

相較於近體詩，陳衍對於古體詩的看法，常有「辭費」之評語，表達出對於長篇古體詩辭繁語複的不喜，如：

> 此詩未免辭費，使少陵、昌黎爲之，必多層折而無長語。（評歐陽修〈滄浪亭〉）〔註12〕
>
> 起二語探驪得珠，全題在握。入後不但辭費，太覺外重內輕矣。（評王安石〈哭梅聖俞〉）〔註13〕
>
> 此詩絕佳者，實只首四句，餘皆辭費。（評梅堯臣〈范饒州坐中客語食河豚魚〉）〔註14〕
>
> 以上二詩有健句，但尚覺辭費。（評樓鑰〈大龍湫〉）〔註15〕

〔註10〕朱自清：〈什麼是宋詩的精華——評石遺老人《宋詩精華錄》〉，收於曹中孚校注：《宋詩精華錄》（成都：巴蜀書社，1992年）之附錄，頁697。

〔註11〕曹中孚校注：《宋詩精華錄》，頁698。

〔註12〕陳衍：《宋詩精華錄》，錢仲聯校編：《陳衍詩論合集》，上冊，卷1，頁728。

〔註13〕陳衍：《宋詩精華錄》，錢仲聯校編：《陳衍詩論合集》，上冊，卷2，頁751。

〔註14〕陳衍：《宋詩精華錄》，錢仲聯校編：《陳衍詩論合集》，上冊，卷1，頁732。

〔註15〕陳衍：《宋詩精華錄》，錢仲聯校編：《陳衍詩論合集》，上冊，卷3，

對陳衍而言，長篇古體詩字多句繁，容易出現空疏、搪塞之弊，不如近體詩來得凝煉，而近體詩中又以絕句的篇幅最小，但又要把握住整首詩的情韻與意境，因此詩之好壞便體現出詩家功力，而這也是陳衍於選本中大量選入近體詩之原因。

關於《宋詩精華錄》之詩選內容風格，陳衍在序言中以樂器「八音」聲音之細大來形容其所選的詩作：

> 蓋聲音之道，由細而大，……，土木與石皆聲音之細者。若琴瑟、下管、鼗鼓、笙鏞，則絲竹金革，悠揚鏗鏘鞺鞳，皆聲音之由細而漸大也。……，故長篇詩歌，悠揚鏗鏘鞺鞳者固多，而不無沈鬱頓挫處，則土木之音也。然如近賢之祧唐宗宋，祈向徐仲車、薛浪語諸家，在八音率多土木，甚且有土木而無絲竹金革，焉得命爲「律和聲，八音克諧」哉。故本鄙見以錄宋詩，竊謂宋詩精華，乃在此而不在彼也。〔註 16〕

陳衍認爲土木之音爲聲音之細者，絲竹金革之音爲聲音之大者，並以土木之音來形容徐積（1028～1103）與薛季宣（1134～1173）之詩作。關於徐積的詩作，蘇軾言其「詩文則怪而放，如玉川子（盧仝）」，〔註 17〕而薛季宣的詩作，翁方綱亦稱其「以南渡俚弱之質，而效盧玉川縱橫排突之體，豈復更有風雅」，〔註 18〕盧仝詩風奇詭險怪，陳衍在詩論中將他與薛季宣等都歸於「生澀奧衍」派，〔註 19〕並指出時人

頁 806。

〔註 16〕陳衍：《宋詩精華錄・敘》，錢仲聯校編：《陳衍詩論合集》，上冊，頁 709～710。

〔註 17〕（宋）蘇軾：《仇池筆記》，收於《景印文淵閣四庫全書》，第八六三冊，卷下，頁 13。

〔註 18〕（清）翁方綱：《石州詩話》，《清詩話續編》，卷 4，頁 1440。

〔註 19〕陳衍言：「前清詩學，道光以來，一大關捩。略分兩派：一派爲清蒼幽峭，……。其一派生澀奧衍，〈自急就章〉、〈鼓吹詞〉、〈鐃歌十八曲〉，以下逮韓愈、孟郊、樊宗師、盧仝、李賀、黃庭堅、薛季宣、謝翱、楊維楨、倪元璐、黃道周之倫，皆所取法。語必驚人，字忌習見。……近日沈乙菴、陳散原，實其流派。」見陳衍：《石遺室詩話》，錢仲聯校編：《陳衍詩論合集》，上冊，卷 3，頁 38。

多效法此種。由此可見，陳衍所謂的土木之音係指較爲奧衍盤硬的詩作，宋詩當中以黃庭堅等江西詩派詩人的詩作比較傾向此種風格，對陳衍而言，雖然肯定他們有化腐朽爲神奇的本領，卻反對他們好使用生詞僻典、拗句險韻，而導致詩作讀來過於艱澀拗峭，因此陳衍編選宋詩，意在矯正時弊，言宋詩的精華乃在於其選本中所選的詩作，而不是時人所追求的那些宋詩。

二、編選特色

（一）生新求變

朱自清稱《宋詩精華錄》所選，「側重在立意新妙」，〔註 20〕而在陳衍的詩論中，確實相當強調「變化」的重要，觀其於〈說詩社詩錄序〉一文中，對於詩學發展的態度：

> 天下之事物，未有歷久而不敝者也。善變化之，則百出而不窮，億兆其人，億兆其面目，變化故也。詩何不然。《三百篇》後，歷漢、魏、晉、宋、齊、梁，至陳、隋而極敝。初盛唐起而變之，歷中晚，至五代而極敝。北宋起而變之，歷南宋、金、元，至明而極敝。不能變也，無自己之面目也。〔註 21〕

陳衍認爲世間萬物都有盛衰的變化，詩歌也不例外，當詩歌發展到一定程度時，便容易產生流弊，而唯有改變能突破詩歌困境。因此，面對陳、隋之敝，初盛唐起而「變」之，面對五代之敝，北宋起而「變」之，有變化才會有發展，至於明代詩歌，陳衍認爲其專事模仿唐詩，沒有改變，故失去自家面貌。

對於宋詩的看法，陳衍亦是以「變化」的角度視之，陳衍曾言：「宋人皆推本唐人詩法，力破餘地耳。」〔註 22〕陳衍認爲宋詩是從唐

〔註 20〕朱自清：〈什麼是宋詩的精華——評石遺老人《宋詩精華錄》〉，曹中孚校注：《宋詩精華錄》之附錄，頁 699。

〔註 21〕陳衍：〈說詩社詩錄序〉，錢仲聯校編：《陳衍詩論合集》，下冊，頁 1070。

〔註 22〕陳衍：《石遺室詩話》，錢仲聯校編：《陳衍詩論合集》，上冊，卷 1，

詩發展而來，所謂「力破餘地」是指在唐詩的基礎上求新求變。因此，陳衍對於《宋詩精華錄》中所收錄的詩作，亦是由此品論，如評徐鉉〈宋王四十五歸東都〉:「三四對語生動，末韻能於舊處生新。」〔註 23〕評鄭文寶〈闕題〉:「此詩首句一頓，下三句連作一氣說，體格獨別。唐人中惟太白『越王句踐破吳歸』一首，前三句一氣連說，末句一掃而空之。此詩異曲同工，善於變化。」〔註 24〕論蘇軾〈過江夜行武昌山聞黃州鼓角〉:「鼓角送行，未經人道過。」〔註 25〕評楊萬里〈池口移舟入江再泊十里頭潘家灣阻風不止〉:「寫逆風全就江水西流著想，驚人語乃未經人道。」〔註 26〕評陸游〈上巳臨川道中〉:「此首格局頗新。」〔註 27〕時常從詩句、詩意變化翻新的面向來評論。

此外，陳衍也注重詩家在詩作中使用翻案或翻用的技法，如評張詠〈晚泊長臺驛〉:「翻用《北山移文》，婉摯。」〔註 28〕評梅堯臣〈月下懷裴如晦宋中道〉:「戳惟兩己相背，化腐爲奇。末由太白對月意，翻進兩層。」〔註 29〕論蘇軾〈泗州僧伽塔〉:「中數句從樵風涇翻出，遂成名言。」〔註 30〕論陸游〈黃州〉:「翻案不吃力。」〔註 31〕論危稹

頁 9。

〔註 23〕陳衍:《宋詩精華錄》，錢仲聯校編:《陳衍詩論合集》，上冊，卷 1，頁 717。

〔註 24〕陳衍:《宋詩精華錄》，錢仲聯校編:《陳衍詩論合集》，上冊，卷 1，頁 718。

〔註 25〕陳衍:《宋詩精華錄》，錢仲聯校編:《陳衍詩論合集》，上冊，卷 2，頁 756。

〔註 26〕陳衍:《宋詩精華錄》，錢仲聯校編:《陳衍詩論合集》，上冊，卷 3，頁 827。

〔註 27〕陳衍:《宋詩精華錄》，錢仲聯校編:《陳衍詩論合集》，上冊，卷 3，頁 831。

〔註 28〕陳衍:《宋詩精華錄》，錢仲聯校編:《陳衍詩論合集》，上冊，卷 1，頁 724。

〔註 29〕陳衍:《宋詩精華錄》，錢仲聯校編:《陳衍詩論合集》，上冊，卷 1，頁 735。

〔註 30〕陳衍:《宋詩精華錄》，錢仲聯校編:《陳衍詩論合集》，上冊，卷 2，頁 760。

〔註 31〕陳衍:《宋詩精華錄》，錢仲聯校編:《陳衍詩論合集》，上冊，卷 3，

〈送劉帥歸蜀〉:「用東坡『那有千尋竹』之意，翻『絕頂望鄉國』之案。」〔註 32〕評謝翶〈重過〉(複道垂陽草欲交):「翻用杜老詩意。」〔註 33〕翻案或翻用的技法，亦是對原有詩意、詩句的改造與翻新。由上述可見，陳衍的評語著重於宋人在詩作技法上的變化。

(二)少說理詩、禪詩

相較於唐詩，宋詩的特點除了在唐詩的基礎上生新、求變之外，更有以文為詩、議論化、哲理化的傾向，但王友勝認為《宋詩精華錄》「相對忽略諸如說理、論禪及次韻、用典這些原本屬於宋詩特色的內容」〔註 34〕。以說理詩而言，陳衍曾評黃庭堅〈題竹石牧牛〉一詩:「用太白〈獨漉篇〉調甚妙。但須少加以理耳。」〔註 35〕陳衍在《石遺室詩話》中又有更詳細的說明:

> 此用太白「獨漉水中泥，水濁不見水。不見月尚可，水深行人沒」調也。然不見月雖以譬在上者被人蒙蔽，而就字面說，月之不見，於事故無大礙，以較行人之沒於水，自覺其尚可也。若其石既為吾所甚愛，惟恐牛之礪角，損壞吾石矣，及以較牛鬪之傷竹，而曰礪角尚可，何其厚於竹而薄於石耶?於理似說不去。〔註 36〕

黃庭堅〈題竹石牧牛〉為一首題畫詩，詩之前半描寫圖畫內容，詩之後半抒發對石與竹的喜愛之情。後人多認為黃庭堅此詩後半模仿李白〈獨漉篇〉之形式，而能推陳出新，讚賞有加。陳衍在此處亦肯定黃庭堅對於李白詩意之改造，但認為黃庭堅在理趣的鋪排上，有不合理

頁 832。

〔註 32〕陳衍:《宋詩精華錄》，錢仲聯校編:《陳衍詩論合集》，上冊，卷 4，頁 860。

〔註 33〕陳衍:《宋詩精華錄》，錢仲聯校編:《陳衍詩論合集》，上冊，卷 4，頁 864。

〔註 34〕王友勝:〈論《宋詩精華錄》的編選宗旨與詩學思想〉，頁 113。

〔註 35〕陳衍:《宋詩精華錄》，錢仲聯校編:《陳衍詩論合集》，上冊，卷 2，頁 780。

〔註 36〕陳衍:《石遺室詩話》，錢仲聯校編:《陳衍詩論合集》，上冊，卷 17，頁 233。

之處，因此妨礙詩人在情感上的揮灑。

類似的情形也出現在陳衍品論其他詩人的詩作評語上，如論王安石〈明妃曲〉(明妃出嫁與胡兒)：「『漢恩』二句，即與我善者爲善人意，本普通公理，說得太露耳。」〔註 37〕評李清照〈上樞密韓工部尚書胡公〉：「易安尚有〈浯溪碑〉七古二首，詩筆雄俊，而議論不免宋人意見。未錄。」評朱熹〈淳熙甲辰仲春精舍閒居戲作武夷棹歌十首呈諸同遊相與一笑〉(九曲將窮眼豁然)：「晦翁登山臨水，處處有詩，蓋道學中之最活潑者。然詩語終平平無奇，不如選其寓物說理而不腐之作。」〔註 38〕從上述引文可見，陳衍不喜詩中帶有過多議論說理的成份，原因在於議論說理容易使詩在表現上過於直露，不夠含蓄，故陳衍認爲即使要選取朱熹寓物說理的詩作，仍要有個「不腐」的前提。

除了說理詩之外，陳衍對禪詩亦頗有微詞，如其評論嚴羽〈和上官偉長蕪城晚眺〉一詩：

> 滄浪有《詩話》，論詩甚高，以禪爲喻，而所造不過如此。專宗王、孟，囿於思想短於才力也。即如此首三四，「鵶外」「雁邊」，意分一近一遠，終嫌兩鳥無大界限。〔註 39〕

宋代詩人有援引禪意入詩的情形，而嚴羽便是以禪喻詩的顯著代表，其受到禪宗的影響，倡導妙悟以禪意表現詩言有盡而意無窮的意境之美。陳衍在品論此詩時，認爲嚴羽於詩論中提倡「以禪爲喻」頗爲高妙，然而在具體創作上卻有所落差，因此得出「所造不過如此」的論斷。陳衍指出「囿於思想短於才力」是原因所在，即認爲嚴羽過於聚焦在對妙悟的闡述，卻忽視了才學的重要。〔註 40〕

〔註 37〕陳衍：《宋詩精華錄》，錢仲聯校編：《陳衍詩論合集》，上冊，卷 4，頁 868。

〔註 38〕陳衍：《宋詩精華錄》，錢仲聯校編：《陳衍詩論合集》，上冊，卷 3，頁 817。

〔註 39〕陳衍：《宋詩精華錄》，錢仲聯校編：《陳衍詩論合集》，上冊，卷 4，頁 848～849。

〔註 40〕陳衍曾針對對嚴羽「詩有別才，非關學也」一句有所闡發，其在〈瘿陳衍又論蘇軾〈百步洪〉（長洪斗落生跳坡）一詩：「坡公喜以禪語作達，數見無味。」〔註 41〕對於蘇軾在詩作中數次以禪意作豁達語的方式，感到索然無味。甚至在饒節（1065～1129）的詩人小傳後下案語：「詩多禪語，非淺嘗者比，然茲所不錄。」〔註 42〕明確表態不選錄其詩多禪語者。大體而言，詩中說理、禪意的成份太多，便容易使詩淪於議論文或偈語，而減少詩的蘊味，但陳衍並非有禪意的詩作都不錄取，其在選本中亦收錄僧侶如道潛、惠洪的詩作，從此角度來說，陳衍對於宋詩雖有自己的興趣偏好，但仍盡量保持公允的立場，在選本中呈現出宋詩的整體樣貌。

第二節　《宋詩精華錄》選陸游詩實況

此節欲深入探討陳衍在《宋詩精華錄》中對陸游詩歌的選取情形，將以選詩內容與審美取向分別論述。陳衍所選錄的陸游詩作，多以寫景詩爲主，又可略分爲行旅所見和登樓遊園兩種，且於摘句圖中摘錄其七言工整對句，故有學者認爲《宋詩精華錄》在選錄題材上略顯狹隘。至於審美取向，陳衍論詩重視在詩中展現自我性情，並且反對過於雕琢、生澀奧衍的詩句，整體而言傾向自然流暢的風格。

一、選詩內容

陳衍《宋詩精華錄》中選陸游詩作總計共 53 首，〔註 43〕位居第

菴詩敍〉言：「嚴儀卿有言：『詩有別才，非關學也。』余甚疑之，……素未嘗學問，猥曰吾有別才也，能之乎？……所謂有別才者，吐屬穩，興味足耳。……故余曰：詩也者，有別才而又關學者也。少陵、昌黎，其庶幾乎？然今之爲詩者，與之述儀卿之言則首肯，反是則有難色。人情樂與易，安於簡，別才之名，又雋絕醜夷也。」見錢仲聯校編：《陳衍詩論合集》，下冊，頁 1057～1058。

〔註 41〕陳衍：《宋詩精華錄》，錢仲聯校編：《陳衍詩論合集》，上冊，卷 4，頁 868。

〔註 42〕陳衍：《宋詩精華錄》，錢仲聯校編：《陳衍詩論合集》，上冊，卷 3，頁 810。

〔註 43〕〈西郊步武地春將老矣不能一往朝吉姪今日爲遨頭澀雨大作非惟人

三名，僅次於蘇軾（88 首）、楊萬里（55 首）之後。其中，七言律詩共選 25 首，七言絕句 22 首，七言古詩 3 首，五言古詩 2 首，五言絕句 1 首，陳衍對於陸游詩作體裁的選錄，頗符合他於「劍南摘句圖」後所寫的案語：

> 劍南最工七言律、七言絕句，略分三種：雄健者不空，雋異者不澀，新穎者不纖。古體詩次之，五言律又次之。〔註 44〕

《宋詩精華錄》中所收錄的陸游詩作體裁，以七言律詩最多，其次是七言絕句，古體詩又次之，至於五言律詩則完全不選。

對於五言律詩的看法，陳衍在《石遺室詩話》中曾言：

> 五律自大歷以後，高調者漸少，宋人七律可追唐人，五律罕可誦者，其高者僅至晚唐而止。蓋一句只五字，又束於聲律對偶，難在結響有餘音，易同於排律句調。〔註 45〕

陳衍認爲五言律詩「須四十字字字清高」，〔註 46〕而此種高調自唐代大歷以後漸趨減少，並止於晚唐。陳衍指出宋代詩人的七言律詩可追唐代詩人，但五言律詩則不然，原因在於五言律詩一句僅五字，容易受到聲律對偶的束縛，而流於文字堆砌，少有佳作，這樣的觀點亦反映在陳衍的宋詩選本中，故其於《宋詩精華錄》選五言律詩者少，七言律詩、七言絕句者多。

陳衍特別推崇陸游的七言絕句，曾一再於〈詩學概要〉、《詩話》

心難并止或尼之枕上得小詩資宋永兄一噱因呈昔游兄弟逮尋舊盟勿爲天公所玩〉一詩，曹中孚校注云：「此詩原錯編在陸游詩中，經遍查《劍南詩稿》並無此首。後在黃公度《知稼翁集》卷上中發現，今移歸於此。」故陳衍《宋詩精華錄》選陸游詩實爲 53 首。見曹中孚校注：《宋詩精華錄》，頁 573。

〔註 44〕陳衍：《宋詩精華錄》，錢仲聯校編：《陳衍詩論合集》，上冊，卷 3，頁 839。

〔註 45〕陳衍：《石遺室詩話》，錢仲聯校編：《陳衍詩論合集》，上冊，卷 23，頁 316。

〔註 46〕陳衍：《宋詩精華錄》，錢仲聯校編：《陳衍詩論合集》，上冊，卷 3，頁 810。

中提及：

> 楊、陸絕句最多，合之劉後村，可謂盡絕句之能事矣。〔註 47〕

> 宋詩人工於七言絕句，而能不襲用唐人舊調者，以放翁、誠齋、後村爲最。大略淺意深一層說，直意曲一層說，正意反一層側一層說。〔註 48〕

陳衍認爲宋代詩人中七言絕句寫得最好的三位詩人，分別是：陸游、楊萬里以及劉克莊。而他們的佳處在於能不落俗套，且在短短二十八字中，將詩意層層堆疊，曲折遞進，使詩作的意蘊豐厚飽滿。例如〈劍門道中遇微雨〉〔註 49〕一詩，陸游運用錯置詩意順序的手法，於詩中展現黯然、傷感、自嘲等多種情緒，成功刻畫出懷才不遇的詩人於細雨中騎驢隻身遠游的畫面，耐人尋味，清人羅惇曧（1872～1924）對此詩讚譽有加：「劍南七絕，宋人中最占上峰，此首又其最上峰者，直摩唐賢之壘。」〔註 50〕認爲此詩可與唐人七絕相比。

選本中對於陸游詩作內容的選取，多以寫景爲主，又可略分爲兩種，其一是行旅所見，如〈東陽道中〉、〈望江道中〉、〈上巳臨川道中〉、〈晚泊〉、〈黃州〉、〈寓驛舍〉、〈劍門道中遇微雨〉等詩作，內容多爲因赴職而踏上遠途的經過，或描寫車行、舟行風光，或抒發旅居在外之感。對於陸游的這些行旅詩，陳衍在〈晚泊〉一詩後寫道：

> 翁與石湖、誠齋，皆倦遊者，而石湖但說退居之樂，陸、楊則甚言老於道途之苦，似與官職大小，亦有關繫。〔註 51〕

陳衍指出陸游、范成大與楊萬里三人，常因爲職位變動而在外跋涉奔

〔註 47〕陳衍：〈詩學概要〉，錢仲聯校編：《陳衍詩論合集》，下冊，頁 1038。

〔註 48〕陳衍：《石遺室詩話》，錢仲聯校編：《陳衍詩論合集》，上冊，卷 16，頁 227。

〔註 49〕（宋）陸游〈劍門道中遇微雨〉：「衣上征塵雜酒痕，遠遊無處不銷魂。此身合是詩人未？細雨騎驢入劍門。」

〔註 50〕陳衍：《石遺室詩話》，錢仲聯校編：《陳衍詩論合集》，上冊，卷 27，頁 373。

〔註 51〕陳衍：《宋詩精華錄》，錢仲聯校編：《陳衍詩論合集》，上冊，卷 3，頁 831。

波，於詩中屢次抒發身心俱疲之感慨，但相較之下，范成大較能以平靜的心情轉化，而陸游與楊萬里則多呈現苦悶、輾轉漂泊之感，陳衍認爲三人官職的大小，或者說境遇的不同，可能是造成他們詩作風格差異的原因。

其二是登樓遊園所見，如〈宴西樓〉、〈江樓醉中作〉、〈南定樓遇急雨〉、〈登擬峴臺〉、〈聞傅氏莊紫笑花開急棹小舟觀之〉、〈花時遍遊諸家園〉、〈飲張功父園戲題扇上〉、〈山園〉、〈書室明暖終日婆娑其間倦則扶杖至小園戲作長句〉、〈睡起至園中〉、〈禹跡寺南有沈氏小園四十年前嘗題小闋壁間偶復一到而園已易主刻小闋于石讀之悵然〉、〈沈園〉等詩作，內容多書寫陸游於樓閣與友人宴飲的過程，或遊賞莊園時所見的優美景致。如〈登擬峴臺〉一詩：

> 層臺縹緲壓城闉，倚杖來觀浩蕩春。放盡樽前千里目，洗空衣上十年塵。縈迴水抱中和氣，平遠山如醞藉人。更喜機心無復在，沙邊鷗鷺亦相親。〔註52〕

陳衍在詩後品論云：

> 五六二語，可括盡蘇松常太山水。〔註53〕

是時陸游於撫州任官，擬峴臺爲此地名勝，《劍南詩稿》卷 12 中便有 8 首以此地爲題的詩作，〔註54〕足見陸游對此處風光的欣賞。陸游此詩五六句「縈迴水抱中和氣，平遠山如蘊藉人」，書寫登臺遠望之景色，並融入自我情感，呈現出雍容平和的氣象，陳衍認爲此兩句可括盡江南山水的風貌。

〔註52〕陳衍：《宋詩精華錄》，錢仲聯校編：《陳衍詩論合集》，上冊，卷 3，頁 834。

〔註53〕陳衍：《宋詩精華錄》，錢仲聯校編：《陳衍詩論合集》，上冊，卷 3，頁 834。

〔註54〕8 首分別是：〈擬峴臺觀雪〉、〈登擬峴臺〉（層臺縹緲壓城闉）、〈雨後獨登擬峴臺〉、〈冒雨登擬峴臺觀江漲〉、〈登擬峴臺〉（顛頓思吳客）、〈秋晚登擬峴望祥符觀〉、〈登擬峴〉、〈別張教授歸獨登擬峴〉。見錢仲聯：《劍南詩稿校注》，第二冊，卷 12，頁 938、943、968、973、984、998、1002、1003。

關於《宋詩精華錄》的詩選內容，曹旭曾言：「由於歷史的原因，同光體及陳衍本人詩歌成就並不很高，選詩時，有時就不免用自己的格局限制宋人的格局，所選詩偏重閒適嘆世、山水田園一路，尤以選陸游、文天祥及宋末愛國詩人詩爲明顯。」〔註 55〕暫且不論曹旭對同光體及陳衍的詩學評價是否恰當，但他確實點出《宋詩精華錄》在選錄題材上的狹隘。陳衍多選陸游山水、閒適之作，且在詩作後附有摘句圖，摘取其裁對工整、造句精緻的七言對句，較少觸及陸游沈鬱渾雄的一面，如〈九月十六日夜夢駐軍河外遣使招降諸城覺而有感〉、〈長安行〉（人生不作安期生）、〈大雪歌〉、〈感憤〉（今皇神武是周宣）、〈書憤〉（鏡裡流年兩鬢殘）等詩作，整體而言，陳衍所選的陸游詩作比較偏向閒雅一路。

二、審美取向

陳衍除了於《宋詩精華錄》中選錄陸游的詩作之外，於《石遺室詩話》中也多次論及陸游的詩作，此處將詩話內的作品一同納入討論，以更完整呈現陳衍對於陸游詩作的態度。從前文大抵可了解陳衍選本中所選的陸游詩作，多爲山水、閒適之類的作品，而其在詩話中摘鈔的陸游詩作佳句，亦多以寫景爲主，如：

> 閱放翁詩竟，摘句如下：「名酒過於求趙璧，異書渾似借荊州。」「溪山勝處身難到，風月佳時事不休。」……「繞庭數竹饒新笋，解帶量松長舊圍。」「縈迴水抱中和氣，平遠山如蘊藉人。」「江山重複爭供眼，風雨縱橫亂入樓。」以上數十聯隨意摘後，乃翻《甌北詩話》所摘放翁詩句數百聯對之，重見者不過數聯。〔註 56〕

陳衍摘取陸游七言律詩之佳句，共摘五六十聯，有些詩句與《宋詩精華錄》中所選取的詩作重複。陳衍將摘鈔後的詩句與清人趙翼《甌北

〔註 55〕曹旭點校：《宋詩精華錄》（南昌：江西人民出版社，1984 年），頁 7。

〔註 56〕陳衍：《石遺室詩話》，錢仲聯校編：《陳衍詩論合集》，上冊，卷 17，頁 238～239。

詩話》中所摘鈔的詩句相較，而得出「重見者不過數聯」的結果。趙翼於詩話中以使事、寫懷、寫景三部分，分別摘取陸游五、七言律詩之詩句，將二者進行比較，發現交集者有 8 條，但寫景部分僅有 1 條，〔註 57〕可見他們二者雖然都摘鈔陸游佳句，但因審美的角度不同，對於詩作佳句的摘取亦有所差異。

此外，陳衍在詩話中曾收錄羅惇曧《劍南詩選》「圈點評騭確當者」數則，並針對其選評再略作回應，表示自己的看法。〔註 58〕此處期望藉由比對羅惇曧《劍南詩選》和陳衍《宋詩精華錄》選陸游詩在評語和詩選情形上的差異，以更具體理解陳衍對陸游詩作的審美態度。

陳衍於詩話選錄羅惇曧《劍南詩選》52 首，與《宋詩精華錄》選錄陸游詩作 53 首，數量相當，但二者的詩選交集卻僅有 11 首，分別爲：〈寄酬曾學士學宛陵體比得書云所寓廣教僧舍有陸子泉每對之輒奉懷〉、〈蟠龍瀑布〉、〈岳池農家〉、〈劍門道中遇微雨〉、〈花時遍游諸花園〉6 首、〈寄題朱元晦武夷精舍〉，另有摘句 3 首，分別是：〈九月三日泛舟湖中作〉、〈幽居書事〉、〈感憤〉等。

細觀羅惇曧對這 14 首的選評，多言「其精深處，乃自宛陵得來」、「極似宛陵」、「雋錬」、「清麗高響」、「高宕自然」、「清雋絕倫」云云，與陳衍在《宋詩精華錄》敘言中說明其詩選宗旨大抵相合，均表現出對高響、清雋自然風格的喜愛。此外，觀察其他未交集的評語，可以發現陳衍似乎對陸游「似杜」者多有不選的情形，如羅惇

〔註 57〕趙翼《甌北詩話》與陳衍《石遺室詩話》摘取陸游詩句交集者有 8 條，分別爲：〔使事〕「名酒過於求趙璧，異書渾似借荊州」、「只知秋菊有佳色，那問荒雞非惡聲」、「國家科第與風漢，天下英雄惟使君」；〔寫懷〕「胸中那可有一事，天下故應無兩人」、「志士淒涼閒處老，名花零落雨中看」、「髮無可白方爲老，酒不能賒始覺貧」、「造物與閒兼與健，鄉人知老不知年」；〔寫景〕「津吏報增三尺水，山僧歸入萬重雲」。

〔註 58〕陳衍：《石遺室詩話》，錢仲聯校編：《陳衍詩論合集》，上冊，卷 1，頁 370～379。

矗論〈聞武均州報已復西京〉：「神似少陵〈聞官軍收河南河北〉之作。」〔註59〕論〈游漢州西湖〉：「矯健挺拔，字字生鐵鑄成，直入浣花之室。」〔註60〕論〈婺州州宅極目亭〉：「沈著又極慷慨，爲老杜有之。」〔註61〕論〈老去〉：「學杜而得其神似。」〔註62〕論〈大雨適旬既止復作江遂大漲〉：「沈著似杜，放翁集中最用力者。」〔註63〕論〈夏日〉：「著意學少陵。」〔註64〕而上述所舉之詩皆未出現在陳衍選本中。

羅惇矗對陸游似杜的評語多偏向深沈矯健的一面，陳衍在這些選評時曾表示是選其確當者，代表陳衍亦認同陸游詩作中有較爲沈鬱的面向，只是並非其所欣賞的風格，〔註65〕因此在《宋詩精華錄》中選錄較少。觀陳衍所作的〈劍南詩選敘〉，可以更清楚地看出其對陸游詩的態度：

> 余謂宛陵古體，用意用筆，多本香山。香山多用偶，宛陵變化用奇。香山以五言，宛陵變化以七言。放翁、誠齋，皆學香山，與宛陵同源。世於香山第賞其諷諭諸作，未知

〔註59〕陳衍：《石遺室詩話》，錢仲聯校編：《陳衍詩論合集》，上冊，卷1，頁371。

〔註60〕陳衍：《石遺室詩話》，錢仲聯校編：《陳衍詩論合集》，上冊，卷1，頁373。

〔註61〕陳衍：《石遺室詩話》，錢仲聯校編：《陳衍詩論合集》，上冊，卷1，頁375。

〔註62〕陳衍：《石遺室詩話》，錢仲聯校編：《陳衍詩論合集》，上冊，卷1，頁375。

〔註63〕陳衍：《石遺室詩話》，錢仲聯校編：《陳衍詩論合集》，上冊，卷1，頁376。

〔註64〕陳衍：《石遺室詩話》，錢仲聯校編：《陳衍詩論合集》，上冊，卷1，頁376。

〔註65〕陳衍在陳師道〈春興〉一詩後云：「後山傳作，如〈妾薄命〉、〈放歌行〉等，音節多近黃。茲特選其音調高騫，近王近蘇者，似謂後山開一生面，實則老杜本有雄俊、沈鬱兩種。」陳衍對陳師道的評語更明白地指出其審美趣尚，其對悶重沈鬱的詩風是較不欣賞的。見陳衍：《石遺室詩話》，錢仲聯校編：《陳衍詩論合集》，上冊，卷2，頁789。

其閒適者之尤工。於放翁、誠齋，第賞其七言近體之工似香山，未知其古體常合香山、宛陵以爲工，而放翁才思較足耳。時賢之喜後山者，極工用意，余嘗病其不發舒，諷其有以自廣。今掞東嗜好有不同者，故爲縱論之，亦以表詩之爲道，故貴精微深透，而出筆不欲顯其單，遣辭不欲顯其艱，則詩與人之相關，有不可以僞爲者矣。〔註 66〕

羅惇曧認爲陸游詩自壯至老，服膺梅堯臣，但世人論詩時卻極少討論到此面向，陳衍則指出梅堯臣、陸游與楊萬里實本同源，將陸游詩學上推至白居易，並表示對其閒適詩的欣賞，由此可知，陳衍喜歡的平淡自然的風格，因此對於時人欣賞的黃庭堅，陳衍認爲其詩雖然命意新巧，但往往生澀冷僻，不夠舒朗開闊。

值得注意的是，陳衍並非主張追求淺俗的詩風，他於詩話、選本中也一再強調字詞、句意的新變，他肯定爲詩之道貴於精深，但認爲不能以艱澀之詞表達，即使詩人思深慮重、精心雕琢，呈現在詩上則應保持自然流暢。故錢仲聯稱陳衍爲詩「錘鍊功深，反近自然。」〔註 67〕指出陳衍爲詩精思錘鍊卻又趨於平易的特點，形容極爲貼切。

對於寫景詩的看法，陳衍一方面希望詩人能描繪出山水景物的眞實面貌，如稱揚杜甫「體物瀏亮」，〔註 68〕故「任是如何景象，俱寫得字字逼眞」，〔註 69〕雖然陳衍不喜歡杜甫沈鬱的詩作風格，卻極讚賞其觀察入微，可以清楚明朗地描繪出物體眞實形象的功力。另一方面，又希望詩人能在詩中展現性情，呈現自我面貌：

宋人寫景句膾炙人口者，如晏元獻之「梨花院落溶溶月，

〔註 66〕陳衍：〈劍南詩選敍〉，錢仲聯校編：《陳衍詩論合集》，下冊，頁 1067～1068。

〔註 67〕錢仲聯校編：〈前言〉，《陳衍詩論合集》，上冊，頁 2。

〔註 68〕陳衍：《石遺室詩話》，錢仲聯校編：《陳衍詩論合集》，上冊，卷 1，頁 23。

〔註 69〕陳衍：《石遺室詩話》，錢仲聯校編：《陳衍詩論合集》，上冊，卷 1，頁 22。

柳絮池塘淡淡風」……，亦不過代數人，人數語，視唐人傳作之多，不及遠甚。此外惟放翁之「小樓一夜聽春雨，深巷明朝賣杏花」、「山重水複疑無路，柳暗花明又一村」、「雲歸時帶雨數點，木落又添山一峰」、「白菡萏香初過雨，紅蜻蜓弱不禁風」，較多數聯耳。其東坡之「簾前柳絮驚春晚，頭上花枝奈老何」、「酒闌倦客惟思睡，蜜熟黃蜂亦懶飛」，陳簡齋之「客子光陰詩卷裏，杏花消息雨聲中」，詩中皆有人在，則景而帶情者矣。〔註 70〕

陳衍認爲名句之流傳，一代之中不過數人，一人之中又不過數語，甚爲難得，並列舉宋人詩作膾炙人口者數聯，最後點出「詩中皆有人在」之語，說明詩人應於詩中展現自我性情。

陳衍相當注重詩家性情在詩中的表現，他在詩話中曾引鄭孝胥（1860～1938）對詩之神、貌、性情的一段論述，說明性情的重要：

漁洋最工摹擬，見古人名句，必唐臨晉帖，曲肖之而後已。持斯術也，以之寫景，時復逼眞，以之言情，則往往非由衷出矣。蘇戡少日，嘗書韋詩後云：爲己爲人之歧趣，其微蓋本於性情矣。性情之不似，雖貌其貌，神猶離也。夫性情受之於天，胡可強爲似者？苟能自得其性情，則吾貌吾神，未嘗不可以不似似之，則爲己之學也。世之學者慕之，斯貌之；貌似矣，曰異在神；神似矣，曰異在性情。嗟乎，雖性情畢似，其失已不益大歟？吾終惡其爲佞而已矣。〔註 71〕

陳衍贊同鄭孝胥的看法，指出人與人之間的差異，最重要的關鍵在於性情，因爲性情是與生俱來的，有其個別性。故陳衍認爲在創作時摹擬他人的詩句、語氣，只能得到相似的形貌和神態，因爲性情是無法摹擬的，若連性情都要摹擬，只會失去自我的眞實面貌，因此陳衍認

〔註 70〕陳衍：《石遺室詩話》，錢仲聯校編：《陳衍詩論合集》，上冊，卷 14，頁 195～196。

〔註 71〕陳衍：《石遺室詩話》，錢仲聯校編：《陳衍詩論合集》，上冊，卷 1，頁 23。

爲詩人應該在詩作中突顯出自己的性情。

陳衍在《宋詩精華錄》選評陸游詩作時，亦注重此種面向，如其論〈陳阜卿先生爲兩浙轉運司考試官時秦丞相孫以右文殿脩撰來就試直欲首送阜卿得予文卷擢置第一秦氏大怒予明年既顯黜先生亦幾陷危機偶秦公薨遂已予晚歲料理故書得先生手帖追感平昔作長句以識其事不知衰涕之集也〉一詩，云：「讀末句，眞感慨由衷之言矣。」〔註72〕認爲此詩展現了陸游感激知遇之情。又推舉陸游〈禹跡寺南有沈氏小園四十年前嘗題小闋壁間偶復一到而園已易主刻小闋于石讀之悵然〉、〈沈園〉二首，言前者「古今腸斷之作，無如此前後三首者」，〔註73〕言後者「無此絕等傷心之事，亦無此絕等傷心之詩。就百年而論，誰願有此事，就千秋而論，不可無此詩」，〔註74〕認爲在此三首詩中表現出陸游哀婉深情的一面。總結陳衍在《宋詩精華錄》中對於陸游詩作的審美取向，是以自然曉暢的寫景詩作爲主，並重視詩人在詩作中自我性情的展現。

第三節　晚清對陸游詩歌的接受

陳衍曾言：「詩至晚清，同、光以來，承道、咸諸老蘄嚮杜、韓爲變《風》變《疋》（古同「雅」）之後，亦復變本加厲，言情感事，往往以突兀凌厲之筆，抒哀痛逼切之辭。……矯之者則爲鉤章棘句，僻澀聱牙，以至於至微噍殺，使讀者悄然而不怡。」〔註75〕從論述可以感受到陳衍對於時人「鉤章棘句，僻澀聱牙」的不喜，故陳衍在選

〔註72〕陳衍：《宋詩精華錄》，錢仲聯校編：《陳衍詩論合集》，上冊，卷3，頁838。

〔註73〕陳衍：《宋詩精華錄》，錢仲聯校編：《陳衍詩論合集》，上冊，卷3，頁838。

〔註74〕陳衍：《宋詩精華錄》，錢仲聯校編：《陳衍詩論合集》，上冊，卷3，頁838。

〔註75〕陳衍：〈小草堂詩集敘〉，錢仲聯校編：《陳衍詩論合集》，下冊，頁1074。

本中提高楊萬里、陸游的地位，倡導自然流暢的詩風取向，以矯治此弊病。此節期望以此為基礎，延伸探討晚清其他宋詩選本對於陸游詩作的選取，以了解陳衍對於陸游詩歌的選取在當時是特例抑或是常態。

一、晚清詩壇概況

在道光、咸豐年間，由於國事日非，內憂外患不斷，詩家筆觸多轉向現實，馬亞中認為當時詩人「都程度不同地強調了文學的社會功用，並用他們的詩歌表現了對這個社會矛盾空前尖銳複雜的時世的感悟」，〔註 76〕因此近人汪辟疆（1887～1966）曾言：「有清一代詩學，至道咸始極其變，至同光乃極其盛。」〔註 77〕說明清代詩學自道光、咸豐時期始有所轉變。如龔自珍（1792～1841）、魏源（1794～1857）面對政治、經濟日漸腐敗的情形，主張經世致用之學，倡導變革，後來張際亮（1799～1843）、姚燮（1805～1864）等詩家多所響應，在詩歌中以犀利的筆觸反映社會問題、歷史事變等，一改康熙、乾隆以來雍容典雅的詩風。

道光、咸豐詩壇呈現一股宗宋風氣，宗尚宋詩的詩人大多期望能藉由宋詩來矯治以往因倡導神韻、性靈所帶來的空疏弊病。當時於詩壇提倡宋詩者，多為桐城派後期、宋詩派之詩人。陳衍於詩話中曾言：

> 道咸以來，何子貞紹基、祁春圃寯藻、魏默深源、曾滌生國藩、歐陽磵東輅、鄭子尹珍、莫子偲友芝諸老，始喜言宋詩。何、鄭、莫皆出於程春海侍郎恩澤門下。湘鄉詩文字皆私淑江西。〔註 78〕

陳衍所舉之詩家多為宋詩派詩人，一般認為此派開創之功始於程恩澤

〔註 76〕馬亞中：《中國近代詩歌史》（臺北：臺灣學生書局，1992 年），頁 172～173。

〔註 77〕汪辟疆：《汪辟疆文集》（上海：上海古籍出版社，1988 年），頁 275。

〔註 78〕陳衍：《石遺室詩話》，錢仲聯校編：《陳衍詩論合集》，上冊，卷 1，頁 6。

（1785～1837），何紹基（1799～1873）、鄭珍（1806～1864）、莫友芝（1811～1871）皆出其門下。經過他們的推波助瀾，使得宋詩成爲當時的主流。

道光、咸豐時期的詩歌開啓了清代詩學的不同風貌，並且在同治、光緒年間更加活躍。錢仲聯曾概括同治、光緒詩壇約有五種詩派並存於世：

> 詩學之盛，極於晚清。跨元越明，厥途有四：瓣香北宋，私淑西江，法梅、王以煉思，本蘇、黃以植幹，經巢、伏敔、蝯叟，振之於先，散原、海藏、蒼虬，大之於後，此一派也。遠規兩漢，旁紹六朝，振采蜚英，《騷》心《選》理，白香、湘綺，鳳鳴於湖衡，百足、裴村，鷹揚於楚蜀，此一派也。無分唐宋，並咀英華，要以數卷爲宗，不以苦僻爲尚。抱冰一老，領袖群賢，樊、易承之，拓爲宏麗，此一派也。驅役新意，供我篇章，越世高談，自闢户牖，公度、南海，蔚爲大國，復生、觀雲，並足附庸，此一派也。」實則近代詩派，此四者外，尚有西崑一派。此派極盛於光緒季年。〔註 79〕

其中「瓣香北宋，私淑西江」一派，是爲「同光體」，以陳衍、鄭孝胥（1860～1938）等詩家爲主。「遠規兩漢，旁紹六朝」一派，是爲「漢魏六朝派」，又稱爲「湖湘派」，以王闓運（1833～1916）、鄧輔綸（1829～1893）、高心夔（1835～1883）等爲首。「無分唐宋，並咀英華」一派，是爲唐宋調和派，以張之洞（1837～1909）、樊增祥（1846～1931）、易順鼎（1858～1920）等爲主。而「驅役新意，供我篇章」一派，是爲「詩界革命派」，以黃遵憲（1848～1905）、康有爲（1858～1927）、譚嗣同（1865～898）等詩家爲主。此外，尚有以李希聖（1864～1905）、曾廣鈞（1866～1929）等詩家爲主，專學李商隱的「西崑派」。

〔註 79〕錢仲聯，張寅彭校點：《夢苕盦詩話》，收入張寅彭主編：《民國詩話叢編》（上海：上海書店，2002 年），第六冊，頁 217。

雖然晚清時期的詩壇呈現熱鬧紛呈的景象，但從反向思考即表示當時詩壇有浮華、空疏的危機，因此這些詩家流派才須要奮起，從唐、宋、漢魏六朝詩歌，甚至是西學來汲取養分，以拯救詩學現況。以宋詩風氣而言，清人金天羽（1874～1947）曾言：

> 詩至嘉、道間，漁洋、歸愚、倉山三大支，皆至極弊，文弊而返於質，曾文正以回天之手，未試諸功業，而先以詩歌振一朝之墜續，毅然宗宋昌黎、山谷，天下響風。〔註 80〕

指出曾國藩標舉師法韓愈、黃庭堅，以挽救「極弊」的詩壇風氣，期望以凝練險怪的方法矯治流於虛空的思想，後來晚清詩人多所響應，於詩中展現黃庭堅險奧艱深的作詩技巧，一變乾嘉以來的詩學風氣。

對於時人崇尚艱深盤硬的詩學傾向，陳衍在《近代詩鈔數評》亦有所指陳，如評陳三立（1853～1937）：「蓋其惡俗惡熟者至矣。少時學昌黎，學山谷，後則直逼薛浪語，並與其鄉高伯足極相似。」〔註 81〕評葉在琦（1866～1906）：「肖韓詩力避流易，所祈嚮在山谷、後山。」〔註 82〕范當世（1854～1904）：「詩境幾於荊天棘地，不啻東野之囚也。」〔註 83〕林旭（1875～1898）：「暾谷力學山谷、後山，寧艱辛，勿流易，寧可憎，勿可鄙。」〔註 84〕評范罕（1874～1938）：「必生苦吟，無以擬之，擬之東野、後山，實不足以盡之也。」〔註 85〕可

〔註 80〕（清）金天羽：〈答蘇戡先生書〉，《天放樓文言》（臺北：文海出版社，1969 年），卷 10，頁 354。

〔註 81〕陳衍：《近代詩鈔述評》，錢仲聯校編：《陳衍詩論合集》，上冊，頁 907。

〔註 82〕陳衍：《近代詩鈔述評》，錢仲聯校編：《陳衍詩論合集》，上冊，頁 908。

〔註 83〕陳衍：《近代詩鈔述評》，錢仲聯校編：《陳衍詩論合集》，上冊，頁 911。

〔註 84〕陳衍：《近代詩鈔述評》，錢仲聯校編：《陳衍詩論合集》，上冊，頁 915。

〔註 85〕陳衍：《近代詩鈔述評》，錢仲聯校編：《陳衍詩論合集》，上冊，頁 922。

知晚清詩壇大抵呈現推崇凝鍊艱深，而薄鄙平俗流易的詩學傾向。

二、陸游詩在晚清詩壇的接受與選錄

前面概述了晚清詩壇的基本樣貌，大抵晚清詩人為了扭轉清中葉以來詩學的空疏流弊，遂轉以推崇凝鍊艱深的詩風，然而時間一久，又產生新的弊病，過於追求黃庭堅、陳師道的詩法技巧，便容易造成詩作深僻晦澀，難以理解的情形，有鑑於此，故陳衍於詩話、選本中，一再反對過於雕琢、生澀奧衍的詩句，而極力倡導白居易、陸游、楊萬里等自然曉暢的詩作風格，以矯治時弊。

陳衍在《宋詩精華錄》中對於陸游詩作的選取，聚焦在其七言近體詩，選錄內容多以寫景詩為主，並重視其在詩中自我性情的展現。於多數詩人宗尚黃庭堅、陳師道的清況下，陳衍所選的陸游詩作在當時詩壇是屬於特例或是常態，以下茲就幾本晚清宋詩選本對陸游詩作的選取情形進行探討，並將其與陳衍的《宋詩精華錄》相較，除了了解陸游詩作在晚清詩壇的接受程度，也能更加明白陳衍選陸游詩作的特色。

清人楊鍾羲（1865～1940）編選《歷代五言詩評選》一書，是書選錄時間由漢代開始，歷經魏晉六朝、隋唐、宋元，而止於明代，共選 109 位詩家，922 首詩作，每位詩人均附有簡短的生平、詩作風格介紹。關於此選本的詩選宗旨，據李宣龔（1876～1953）於序中所言：「朱子謂古禮須理會本原，遠暴慢、近信、遠鄙倍是大本大原。先生論詩寔宗斯旨，而五言之源流正變庶乎其大備矣。」〔註 86〕故其詩選宗旨是期望藉由溯本清源，以存雅正之音。

選本中所選的宋人五言詩數量，陸游入選 37 首，排名第四，位於蘇軾（51 首）、黃庭堅（48 首）及王安石（38 首）之後。楊鍾羲選陸游詩 37 首中，有 31 首為古體詩，6 首為近體詩，可知選家對陸

〔註 86〕（清）楊鍾義：《歷代五言詩評選》（臺北：世界書局，1978 年），頁 1。

游五言詩的接受，認爲其古體詩作得比近體詩要好。其選詩內容以抒懷爲主，如〈寒夜遣懷〉、〈臥病〉、〈病中作〉、〈秋懷十首〉（錄二）、〈雜感十首〉等。陳衍《宋詩精華錄》選五言詩共計 3 首（五古 2，五絕 1），與楊鍾羲《歷代五言詩評選》之間的交集僅有〈蟠龍瀑布〉1 首，由於整部選本集中討論五言詩，與陳衍偏好陸游七言近體詩差異頗大。

清人王文濡（1867～1935）《評註宋元明詩》一書，於〈序〉中言：「大易之爲道也，窮則變，變則通，通則久，夫變而能通，且久其亟待於變也，明甚，吾乃因易而悟及於詩矣。」〔註 87〕從「通變」的角度選錄宋、元、明三代詩歌，以續唐詩精神。由於一次採錄三代詩作，故於入選詩作的詩家詩作去取間頗爲謹慎，其云：「擊壤、四靈一流，詞多率易，公安、竟陵兩派，旨近纖佻，不善讀之流弊滋甚，本編概不入選。」〔註 88〕對於過於率易與纖佻者皆不選。

選本中於宋人部分選陸游詩共計 22 首，僅次於蘇軾 30 首，其中以七言律詩最多，與陳衍所選有 4 首交集，全在七言詩的部分〔註 89〕。選錄內容主要以寫景詩爲主，王文濡於〈序〉中言：「南渡而後，放翁首屈一指，流連風景，雅宗元白，而清新刻露則又過之。」〔註 90〕在選詩內容方面與陳衍相似，均以寫景詩爲主，且宗尚白居易清新自然的風格，如評〈枕上作〉與〈病後暑雨書懷〉二詩：

水流花放，妙造自然。（〈枕上作〉）〔註 91〕

〔註 87〕（清）王文濡：《評註宋元明詩・序》（臺北：廣文書局，1981 年），頁 1。

〔註 88〕（清）王文濡：《評註宋元明詩・編輯大意》，頁 3。

〔註 89〕王文濡《評註宋元明詩》與陳衍《宋詩精華錄》選陸游詩交集者有 4 首，分別爲：七言絕句 1 首（花時遍遊諸家園（爲愛名花抵死狂））、七言律詩 3 首（新夏感事、臨安春雨初霽、六月二十四日夜分夢范至能李知幾尤延之同集江亭諸公請予賦詩記江湖之樂詩成而覺忘數字而已）。

〔註 90〕（清）王文濡：《評註宋元明詩・序》，頁 1。

〔註 91〕（清）王文濡：《評註宋元明詩》，頁 142。

> 眼前景物，隨意道出，妙在字字熨貼，一種幽靜之氣，撲人眉宇。（〈病後暑雨書懷〉）〔註92〕

無論是妙造自然，或是隨意道出而字字熨貼，均是追求不刻意雕琢而文字自然舒張的詩句。但與陳衍較為不同的是，王文濡特別突顯陸游愛君憂國的一面，如評〈晨起〉、〈長歌行〉及〈書憤〉三詩：

> 盛賢襟抱，豪傑心胸，一一道出，正不得以詩人目之。（〈晨起〉）〔註93〕

> 烈士暮年，壯心未已，老驥伏櫪，志在千里，南渡君臣之選愞，惟知稱臣納幣耳，詩蓋慨乎言之。（〈長歌行〉）〔註94〕

> 忠義奮發，直以武侯自命，不知南宋斯時，君臣耽於宴安，弱勢已臻極點，雖有武侯，其將如之何哉。（〈書憤〉）〔註95〕

選家重視陸游忠義奮發、壯心未已的豪傑胸襟，認為其抱負遠大，不得純以詩人視之，而這些詩作在風格上則較偏向沈鬱豪宕的風格，可見比起專選閒雅一路的陳衍，王文濡多選了一些陸游豪放雄渾的詩作。

近人高步瀛（1873～1940）編選的《唐宋詩舉要》，為一部唐、宋詩合選的選本，其於南宋僅選陳與義與陸游二家，足見其對陸游詩作的肯定。選本中選陸游詩作共計 25 首，其中五言古詩不選，數量以七言律詩最多，七言絕句次多，高步瀛對陸游詩體的接受與陳衍大體一致，均偏向七言詩而略其五言詩。選詩內容以寫景為主，然與陳衍《宋詩精華錄》相較，交集者僅有 4 首（〈黃州〉、〈南定樓遇急雨〉、〈秋晚秋晚思梁益舊遊〉2 首）而已。

究其原因在於二者對於詩作風格的偏好不同，高步瀛所選錄的詩作，多偏向沈鬱一類，如以下詩評：

> 引吳闓生言：後半頓開，發絕大感慨，神似杜公。（〈綿州

〔註92〕（清）王文濡：《評註宋元明詩》，頁 182。
〔註93〕（清）王文濡：《評註宋元明詩》，頁 27。
〔註94〕（清）王文濡：《評註宋元明詩》，頁 66。
〔註95〕（清）王文濡：《評註宋元明詩》，頁 185。

錄事參軍觀姜楚公畫鷹少陵爲作詩者〉）〔註 96〕

意極沈著，詞亦健拔，放翁佳構。（〈登賞心亭〉）〔註 97〕

沈鬱激宕。（〈書憤〉）〔註 98〕

詩論中所言「神似杜甫」的深沈感慨，或是「意極沈著」、「沈鬱激宕」等，高步瀛集中所選多如此類，然而此種似杜的沈鬱風格，恰巧是陳衍於《宋詩精華錄》中所欲避開的，因此二者在選錄陸游詩作上較少交集。與以上三個晚清宋詩選本相較後，可以發現陳衍《宋詩精華錄》在晚清詩壇的特殊性。

第四節　小　結

本章主要探討陳衍《宋詩精華錄》中對於陸游詩歌的選錄情形。在第一節的部分，首先概述《宋詩精華錄》一書的內容架構，全書依時代分成初宋、盛宋、中宋與晚宋，共選 129 位詩家，包含帝王、文士、女性、僧侶等，試圖反應宋詩的樣貌。選詩重視詩歌的變化，強調生新求變，著重宋人在詩作技法的創變應用，雖然宋詩有議論、說理的特質，但陳衍對此頗有微詞，故在選本中相對少見。

對選本的詩選內容、體例、詩學觀點有較通盤的掌握後，第二節深入探討《宋詩精華錄》選評陸游詩的情況，以了解陳衍對於陸游詩作的選錄與審美意涵。陳衍所選錄的陸游詩作，多以寫景詩爲主，且喜摘錄其七言工整對句，在選錄題材上有較爲狹隘的傾向。至於審美取向，陳衍論詩重視性情，認爲這是詩人展現其個別性之所在，論詩反對過於雕琢、生澀奧衍的詩句，故提倡自然流暢的風格。

第三節首先概述晚清詩壇的詩學發展情形，並藉由晚清其他宋詩選本延伸探討晚清詩壇對於陸游詩歌的態度。晚清詩壇上雖仍展現出多采多姿的面貌，但宋詩選本的編選數量卻與詩壇熱鬧的情形

〔註 96〕高步瀛：《唐宋詩舉要》（臺北：學海出版社，1988 年），卷 3，頁 393。
〔註 97〕高步瀛：《唐宋詩舉要》，卷 6，頁 693。
〔註 98〕高步瀛：《唐宋詩舉要》，卷 6，頁 695。

極不相襯，從晚清宋詩選本選陸游詩的情況，除了了解陸游詩作在晚清詩壇的接受程度，也能更加明白陳衍《宋詩精華錄》選陸游詩作的特色爲何。

第七章　結　論

本論文題目爲《清代「宋詩選本」之陸游選詩研究》，第二章至第六章的內容分別透過吳之振《宋詩鈔》、王士禛《古詩選》、乾隆《御選唐宋詩醇》、姚鼐《五七言今體詩鈔》、陳衍《宋詩精華錄》等清代不同時期、不同風格的宋詩選本，觀察其選錄陸游詩歌作品的實際情形，並從讀者接受的角度進行探討，由此了解清代宋詩選本品論陸游詩歌所側重的面向及其意義，以體現陸游詩歌在清代詩學中的定位。

綜觀清代宋詩選本對於陸游詩歌的選取，可以了解清人對於陸游詩歌的品論，大抵展現在以下幾個面向，且彼此相互關聯：

一、選本選陸游詩之詩學地位

清代宋詩選本對於陸游詩學地位的確立，可以從以下三點說明：其一，在選錄宋代詩家中，王士禛《古詩選》與乾隆《御選唐宋詩醇》，於南宋都僅選錄陸游一人。其二，在宋人詩歌的選詩數量排行中，陸游的詩歌數量於吳之振《宋詩鈔》、王士禛《古詩選》中位居第二，於乾隆《御選唐宋詩醇》、姚鼐《五七言今體詩鈔》中位居第一，於陳衍《宋詩精華錄》中位居第三，陸游在選本中多排行前三名。其三，選家在序中對於陸游詩歌的品評，吳之振《宋詩鈔》言「吾謂豈惟南渡，雖全宋不多得也」，王士禛《古詩選》言「南渡氣格，下東都甚遠，為陸務觀為大宗」，乾隆《御選唐宋詩醇》言「宋字南渡以後，必以陸游為冠」，姚鼐《五七言今體詩鈔》言「其七律故為南渡後一人」等，都是陸游為南宋之首。由以上三點可見清人對於陸游詩作的推舉，而陸游在南宋的詩學地位也近乎確立。而在選本中對於陸游地位的抬舉，當推乾隆的《御選唐宋詩醇》，其在宋代中捨棄黃庭堅、楊萬里、范成大等詩家，將陸游與杜甫相提，在宋代以配蘇軾，且由於《御選唐宋詩醇》的官方性質，乾隆對於陸游地位的提舉可謂成為定論，影響深遠。因此，陸游雖屬於南宋四大家之一，但其在清代宋詩選本中受到青睞的程度，是其他三家所遠遠不及的。

二、選本選陸游詩之風格

吳之振《宋詩鈔》所強調的陸游詩作風格是以「浩瀚崒嵂」為主，但由於其詩選原則趨向博採的性質，因此大量選入陸游晚年的詩作，整體上較趨近閒適嘆世一類。而王士禛《古詩選》所選的陸游詩作風格，強調是「以杜為宗」、「善學杜者則取之」，觀其對陸游的評價「七言遜杜、韓、蘇、黃諸大家，正作沈鬱頓挫少耳」，故其所認定的學杜面向在於「沈鬱頓挫」的詩作風格。乾隆《御選唐宋詩醇》所選的詩作風格，亦是以杜甫為宗，因此其所強調的詩作風格亦在「感激豪宕、沈鬱深婉」之作。姚鼐《五七言今體詩鈔》中所選的陸游詩作風格，由於選家的審美理想在於陽剛之美，故其所選的詩風亦偏向此類。而陳衍《宋詩精華錄》與上述選本較為不同的是，他並不欣賞沈鬱雄渾的詩作風格，因此集中所選陸游詩作多為平易近人、自然曉暢的類型。綜觀上述對於陸游詩風的偏向，與選家所欲樹立的詩作典範密切相關，《宋詩鈔》、《古詩選》、《御選唐宋詩醇》、《五七言今體詩鈔》等選本，在品論陸游詩作時，都以杜甫作為詩選標準，故所選的詩作風格亦趨向沈鬱渾厚一派。唯一例外的，是晚清陳衍《宋詩精華錄》在品論陸游詩作時，則見到陸游與白居易同樣化俗為雅、言語明白的一面，故所選詩歌較偏向平易近人的風格。這是吾人在研究晚清同光體詩，甚至是晚清詩學風尚時，可進一步延伸探的議題。

三、選本選陸游詩之題材內容

吳之振《宋詩鈔》中所選的陸游詩歌內容以愛君憂國、感時傷懷、言己教子三者為主，並於序中稱揚陸游是「所謂愛君憂國之誠見乎辭者，每飯不忘，故其詩浩瀚崒嵂，自有神合」，突顯陸游愛君愛國的一面。而王士禛《古詩選》中所選的陸游詩歌內容分為寫景、抒情、題詠書畫三類，並以寫景詩為大宗，主要描寫陸游行旅的經歷見聞。乾隆《御選唐宋詩醇》於序中將陸游詩作內容分為「感激悲憤，忠君愛國之誠」與「漁舟樵徑，茶碗爐熏，或雨或晴，一草一木」二類，前者所指為忠君愛國的詩作，後者所指為描寫日常瑣事、湖光山色的詩作，選本中二者都有選錄，但選家更欲強調陸游忠君愛國的內容。而姚鼐《五七言今體詩鈔》中對於陸游詩歌內容的選取，也是寫景與抒懷二者皆選，但更著重的是陸游詩中抒發感時憂國與自身懷抱的詩作。之後陳衍《宋詩精華錄》中所選的陸游詩作內容以寫景詩為主，主要分為行旅所見與登樓遊園所見。從上述選本中對於陸游詩作內容的選取，可以發現其選取重點大致可分為忠君愛國與描寫山水田園、日常生活為主，但細究之下各選本所關注的又有所不同，以忠君愛國而言，《宋詩鈔》由於選家的遺民身分著重在「愛國」，而《御選唐宋詩醇》因其官方性質更強調「忠君」。而以山水田園、日常生活而言，《古詩選》與《宋詩精華錄》較單純就陸游的寫景詩去探討其創作技巧、風格，而《五七言近體詩鈔》則較重視如何從景物中表現出詩人的道德涵養。在本書的第五章中，筆者藉由〈臨安春雨初霽〉與〈感憤〉二詩在各部宋詩選本的選錄比較，可見大部分的選本對於陸游詩作風格的接受，仍多偏向那些狀物寫景，刻畫精細熨貼，以描繪生活情致為主的閒適之作。這是探討清人對陸游詩作接受時，值得注意的特點之一。

四、選本選陸游詩之體類

吳之振《宋詩鈔》、乾隆《御選唐宋詩醇》與陳衍《宋詩精華錄》等選本在選詩體裁上，是採取各體兼備的方式收錄，雖然這些選本並非以體裁分類，但檢閱後可以發現其所接受的陸游詩作體裁，仍以七言詩爲主，這也與歷代詩話中對於陸游詩作體裁的接受大體相同。而王士禛《古詩選》與姚鼐《五七言今體詩鈔》則是專挑某一體裁進行選錄，王士禛《古詩選》對陸游七言古詩的評價，是以杜甫爲標準，並將陸游置於杜甫、韓愈、蘇軾、黃庭堅的脈絡下來討論，由於陸游七言古詩造語明白，且體制短小，故王士禛評其「七言遜杜、韓、蘇、黃諸大家，正作沈鬱頓挫少耳」，認爲陸游氣韻不夠渾厚，且氣力不足無法趨使長篇。而姚鼐《五七言今體詩鈔》對陸游七言律詩的評價，亦是以杜甫爲標準，認爲其「上法子美，下攬子瞻」，在創作技巧上多取法杜甫與蘇軾二人，姚鼐論詩注重正雅袪邪，且重視詩句章法，因此對於詩話中對陸游七言律詩的批評，如遣辭用句多重複、先得佳句，再續首尾的詩作，多所不錄。由於後世詩話、選本中對於陸游詩作體裁的接受，多以七言詩爲主，且以七言古詩與七言律詩的討論最多，據此亦可概見清人對陸游五、七言詩的接受差異。

五、選本選陸游詩之演變

吳之振《宋詩鈔》在清初率先以「宋人之詩，變化於唐而出其所自得，皮毛落盡，精神獨存」的角度，爲宋詩爭取詩學地位，重申宋詩的價值，由於選家的遺民身分和理學背景，對於陸游詩作的選取著重於氣節與道德的展現。後來王士禛《古詩選》從詩歌體裁的面向樹立詩學典範，並對於當時詩壇偏重師法宋詩的流弊進行調整，其於宋人僅選七言古詩，陸游是唯一南宋詩家，選詩著重在於陸游七言古詩的創作技法。到了清中葉，乾隆《御選唐宋詩醇》於唐、宋兩代中去取選評出六位詩家，陸游是南代詩家代表，由於選本遵從雅正的詩教傳統來指導社會學術風氣，因此選詩特別注重陸游的人倫道德，尤其是在忠孝方面，強化陸游忠君愛國的形象。後來姚鼐《五七言今體詩鈔》亦是從詩歌體裁的角度編選，宋人僅選七言律詩，而陸游是集中詩選數量最多的一位，由於選家重視詩歌章法，且推崇雅正詩觀，故對於陸游詩作的選取著重在創作技法與人品道德上。清末陳衍《宋詩精華錄》意在矯治時人偏好艱澀拗峭的詩作風格，於是所選陸游詩作以自然曉暢爲主。上述從歷時性的角度說明清代宋詩選本選陸游的整體情形，可見由於選家編選意圖的差異，對於陸游詩歌的側重亦有所不同，有些選本重視陸游的道德氣節，有些選本則重視陸游的創作技巧，經由選家不同角度的選取，豐富了清人對於陸游詩歌的接受。

以上分別由清代宋詩選本對陸游詩之地位、風格、題材、體類及選錄的演變，探討清人對於陸游詩歌的品論面向。清人陳衍於《石遺室詩話》中曾言：「明人皆爲唐詩，清人多爲宋詩」，此說法雖然過於直斷，但師法宋詩確實是清代詩學的重要議題之一，宋詩選本作爲文學批評的一種方法，且同時包含詩序、評點、評注等綜合性的批評面向，是一個絕佳切入觀察清人如何師法宋詩的角度。一部宋詩選本的編纂，不僅會受到時代風氣的影響，也有選家個人的詩學主張在其中，其所呈現的詩學意蘊是相當豐富的，因此仍有許多空間可以進行探究，未來也值得就此方向進一步地蒐羅與研究。

參考文獻

一、傳統文獻

1. （漢）鄭玄注，（唐）孔穎達疏，李學勤編：《禮記正義》（臺北：臺灣古籍出版社，2001 年），第八冊。
2. （宋）朱熹：〈答鞏仲至〉，《朱子大全集》，《四部備要》，子部第八冊。
3. （宋）杜思恭：《廣西通志》，《續修四庫全書》，史部第六八〇冊。
4. （宋）周必大：《周益公文集》，《宋集珍本叢刊》（北京：線裝書局，2004 年），第四十九冊。
5. （宋）林景熙：《霽山集》（北京：中華書局，1985 年）。
6. （宋）林景熙著，陳增杰校注：《林景熙集校注》（杭州：浙江古籍出版社，1995 年）。
7. （宋）周密：《浩然齋雅談》，《文津閣四庫全書》，第四九五冊。
8. （宋）姜特立：《梅山續稿》，《文津閣四庫全書》，集部第三九一冊。
9. （宋）陸游：《渭南文集》，《文淵閣四庫全書》，第一一六三冊。
10. （宋）陸游：《劍南詩稿》，《文淵閣四庫全書》，第一八四冊。
11. （宋）楊萬里：《誠齋集》，《文淵閣四庫全書》，第一八二冊。
12. （宋）劉克莊：《後村詩話》，《景印文淵閣四庫全書》，第七七二冊。
13. （宋）蘇軾：《仇池筆記》，《景印文淵閣四庫全書》，第八六三冊。
14. （宋）蘇軾：《經進東坡文集事略》（臺北：世界書局，1974 年）。
15. （宋）劉應時：《頤菴居士集》，《文津閣四庫全書》，第三八九冊。

16. （宋）羅大經：《鶴林玉露》（北京：中華書局，1985 年）。
17. （元）方回：《桐江集》，《文淵閣四庫全書》，第一〇五冊。
18. （元）方回選評，李慶甲校點：《瀛奎律髓彙評》（上海：上海古籍出版發行，2005 年）。
19. （元）楊載：《詩法家數》，《四庫全書存目叢刊》，第四一六冊。
20. （明）李東陽：《懷麓堂詩話》，《文津閣四庫全書》，集部第四九六冊。
21. （明）俞弁：《山樵暇語》，《四庫全書存目叢書》，子部第一五二冊。
22. （明）袁宗道：《白蘇齋類集》，《續修四庫全書》，第一三六一冊。
23. （明）胡應麟：《詩藪》（臺北：文馨出版社，1973 年）。
24. （明）瞿佑：《歸田詩話》，《續修四庫全書》，第一六九四冊。
25. （清）丁宿章：《湖北詩徵傳略》，《續修四庫全書》，集部第一七〇七冊。
26. （清）王士禛選、聞人倓箋：《古詩箋》（上海：上海古籍出版社，2010 年）。
27. （清）王士禛：《帶經堂詩話》，《續修四庫全書》，第一六九八冊。
28. （清）王太岳等：《四庫全書考證》（臺北：臺灣商務印書館，1986 年），第四冊。
29. （清）王文濡：《評註宋元明詩》（臺北：廣文書局，1981 年）。
30. （清）王琦注：《李太白全集》（北京：中華書局，1993 年）。
31. （清）王禮培：《小招隱館談藝錄初編》，收於蔡鎭楚編：《中國詩話珍本叢書》（北京：北京圖書館出版社，2004 年），第二十二冊。
32. （清）文廷式：《純常子枝語》，《續修四庫全書》，子部第一一六五冊。
33. （清）方東樹：《昭昧詹言》，《續修四庫全書》，第一七〇五冊。
34. （清）方東樹：《方東樹評今體詩鈔》（臺北：聯經出版社，1975 年）。
35. （清）毛奇齡：《西河文集》，《清代詩文集彙編》（上海：上海古籍出版社，2010 年），第八十七冊。
36. （清）全祖望：《鮚埼亭集外編》，《清代詩文集彙編》，第三〇三冊。
37. （清）田雯：《古歡堂集》，《景印文淵閣四庫全書》，第一三二四冊。

38. （清）朱彝尊：《曝書亭集》，《景印文淵閣四庫全書》，第一三一八冊。

39. （清）呂留良：《呂晚村先生續集》，收於《清代詩文集彙編》，第一三三冊。

40. （清）永瑢等：《欽定四庫全書總目》（臺北：臺北商務印書館，1983 年）。

41. （清）李元度：《國朝先正事略》（上海：上海古籍出版社，2002 年），第五三八冊。（清）吳之振等編：《宋詩鈔》，《景印文淵閣四庫全書》，第一四六一冊。

42. （清）吳之振等編：《宋詩鈔初集》，《宋代傳記資料叢刊》（北京：北京圖書館出版社，2006 年），第三十三冊至第四十冊。

43. （清）吳偉業：《吳梅村全集》（上海：上海古籍出版社，1999 年）。

44. （清）吳嘉紀：《陋軒詩》，《清代詩文集彙編》，第六十三冊。

45. （清）吳瞻泰：《杜詩提要》（臺北：臺灣大通書局，1974 年）。

46. （清）邢昉：《石臼集》，《清代詩文集彙編》第五冊。

47. （清）周中孚：《鄭堂讀書記》，《古書題跋叢刊》（北京市：學苑出版社，2009 年），第十冊。

48. （清）金天羽：〈答蘇戡先生書〉，《天放樓文言》（臺北：文海出版社，1969 年）。

49. （清）凌揚藻：《蠡勺編》，《清代學術筆記叢刊》，第三十五冊。

50. （清）姚範：《援鶉堂筆記》，《清代學術筆記叢刊》（北京：學苑出版社，2005 年），第十四冊。

51. （清）姚鼐：《今體詩鈔》，《四部備要》，集部第五八四冊。

52. （清）姚鼐撰，盧坡點校：《惜抱軒尺牘》（合肥：安徽大學出版社，2014 年）。

53. （清）姚鼐：《惜抱軒外集》，《清代詩文集彙編》，第三七七冊。

54. （清）翁方綱：《復初齋詩集》，《清代詩文集彙編》，第三八一冊。

55. （清）孫衣言：《遜學齋文鈔》，《清代詩文集彙編》，第六六二冊。

56. （清）袁枚：《小倉山房詩集》，收於《清代詩文集彙編》第三三九。

57. （清）袁枚：《隨園詩話》，《續修四庫全書》，第一七〇一冊。

58. （清）陳鼎：《留溪外傳》，《四庫全書存目叢書》（臺南：莊園文化出版社，1997 年），第一二二冊。

59. （清）陳訏：《宋十五家詩選》，《續修四庫全書》，第一六二一冊。

60. （清）陸時化：《吳越所見書畫錄》，《歷代書畫錄輯列》（北京：北京圖書館出版社，2007年），第七冊。

61. （清）梅曾亮：《柏梘山房文集》，王有立主編：《中華文史叢書》（臺北：京華出版社，1969年），第九十一冊。

62. （清）張景星等：《宋詩別裁集》（上海：上海古籍出版社，1992年）。

63. （清）康熙：《御選宋金元明四朝詩》，《景印文淵閣四庫全書》，第一四三七冊。

64. （清）康熙：《御選宋金元明四朝詩》，《景印文淵閣四庫全書》，第一四三七冊。

65. （清）乾隆：《御選唐宋詩醇》，《景印文淵閣四庫全書》，第一四四八冊。

66. （清）乾隆：《御選唐宋詩醇》，《景印摛藻堂四庫全書薈要》（臺北：世界書局，1986年）。

67. （清）康熙：《御選唐詩》，《景印文淵閣四庫全書》，第一四四六冊。

68. （清）康熙：《御定全唐詩》（臺北：商務印書館，1983年），第一四二三冊。

69. （清）乾隆：《御製文初集》，《清代詩文集彙編》，第三三〇冊。

70. （清）舒位：《瓶水齋詩話》，收於《清代詩文集彙編》，第四七九冊。

71. （清）黃培芳：《香石詩話》，《續修四庫全書》，第一七〇六冊。

72. （清）喬億：《劍溪說詩》，《續修四庫全書》，第一七〇一冊。

73. （清）費經虞：《雅倫》，《續修四庫全書》，第一六九七冊。

74. （清）楊鍾義：《歷代五言詩評選》（臺北：世界書局，1978年）。

75. （清）趙文哲：《媕雅堂別集》，《四庫未收書輯刊》，第二十六冊。

76. （清）趙璽巽：《清史稿・文苑二》，《續修四庫全書》，第三〇〇冊。

77. （清）鮑倚雲：《退餘叢話》，《叢書集成續編》（臺北：新文豐，1989年），第二一五冊。

78. （清）慶桂等編纂：《國朝宮史續編》（北京：北京古籍出版社，1994年）。

79. （清）蔡顯：《閒漁閒閒錄》，《中國基本古籍庫》（合肥市：黃山書社，2009年）。

80. （清）盧世㴶：《尊水園集略》，《清代詩文集彙編》，第五冊。

81. （清）錢謙益：《牧齋初學集》，《清代詩文集彙編》，第一冊。
82. （清）錢謙益：《牧齋有學集》，《清代詩文集彙編》，第三冊。
83. （清）蕭穆：《敬孚類稿》，沈雲龍主編：《近代中國史料叢編》（臺北：文海出版社，1969年），第四二六冊。
84. （清）顧景星：《邵子湘全集》，《四庫全書存目叢書》，集部第二四七冊。

二、近人著作

（一）專書

1. 丁保福編：《清詩話》（臺北：木鐸出版社，1988年）。
2. 王英志：《清代唐宋詩之爭流變史》（北京：人民文學出版社，2012年）。
3. 王曉雯：《陸游蜀中詩歌研究》（臺北：花木蘭文化出版社，2008年）。
4. 孔凡禮編：《陸游資料彙編》（北京：中華書局，2004年）。
5. 朱東潤：《陸游研究》（北京：中華書局，1961年）。
6. 朱東潤：《陸游傳》（上海：上海古籍出版，1979年）。
7. 朱東潤：《陸游選集》（上海：上海古籍出版社，1979年）。
8. 李致洙：《陸游詩研究》（臺北：文史哲出版社，1991年）。
9. 宋邦珍：《陸游詩歌研究》（新北：花木蘭文化出版社，2012年）。
10. 汪辟疆：《汪辟疆文集》（上海：上海古籍出版社，1988年）。
11. 邱鳴皋：《陸游評傳》（南京：南京大學出版，2002年）。
12. 馬亞中：《中國近代詩歌史》（臺北：臺灣學生書局，1992年）。
13. 高步瀛：《唐宋詩舉要》（臺北：學海出版社，1988年）。
14. 孫琴安：《唐詩選本六百種提要》（西安：陝西人民教育出版社，1987年）。
15. 曹中孚校注：《宋詩精華錄》（成都：巴蜀書社，1992年）。
16. 曹旭點校：《宋詩精華錄》（南昌：江西人民出版社，1984年）。
17. 張仲謀：《清代文化與浙派詩》（北京：東方出版發行，1997年）。
18. 郭紹虞編：《清詩話續編》（臺北：藝文印書館，1985年）。
19. 許總：《杜詩學發微》（臺北：盛環圖書股份有限公司，1997年）。
20. 賀嚴：《清代唐詩選本研究》（北京：人民出版社，2007年）。

21. 歐小牧：《陸游傳》（成都：成都出版社，1994 年）。
22. 歐小牧：《陸游年譜》（臺北：木鐸出版社，1982 年）。
23. 錢仲聯編校：《陳衍詩論合集》（福州：福建人民出版社，1999 年）。
24. 錢仲聯，張寅彭校點：《夢苕盦詩話》，收入張寅彭主編：《民國詩話叢編》（上海：上海書店，2002 年），第六冊。
25. 錢鍾書：《宋詩選註》（北京：人民出版社，1993 年）。
26. 謝海林：《清代宋詩選本研究》（上海：上海古籍出版社，2011 年）。
27. 劉世南：《清詩流派史》（臺北：文津出版社，1995 年），頁 394。
28. 劉運好：《文學鑒賞與批評論》（合肥：安徽大學出版，2002 年）。

（二）學位論文

1. 王苗苗：《《唐宋詩醇》詩學思想研究》（湖南師範大學文藝學碩士論文，2012 年）。
2. 王瑄琪：《父子更兼師友分——陸游教子詩研究》（國立彰化師範大學國文研究所碩士論文，2004 年）。
3. 吳姍姍：《陳衍詩學研究——兼論晚清同光體》（國立成功大學中國文學研究所博士論文，2006 年）。
4. 吳彩娥：《清代宋詩學研究》（國立政治大學中國文學研究所博士論文，1993 年）。
5. 李圍圍：《姚鼐《五七言今體詩鈔》研究》（南京師範大學中國古代文學碩士論文，2011 年）。
6. 呂輝：《陸游七言律詩研究》（陝西師範大學中國古代文學博士論文，2008 年）。
7. 金華珍：《桐城派詩論研究》（國立臺灣師範大學國文研究所博士論文，2006 年）。
8. 高磊：《清代宋詩選本研究》（蘇州大學中國古代文學博士論文，2010 年）。
9. 張仲謀：《清代宋詩師承論》（蘇州大學中國古代文學博士論文，1997 年）。
10. 張毅：《陸游詩傳播、閱讀專題研究》（復旦大學中國古代文學博士論文，2008 年）。
11. 蔡書文：《陸游詩中的老年世界探析》（國立東華大學中國語文學研究所碩士論文，2012 年）。

（三）期刊論文

1. 丁功誼：〈論晚明宋詩風的興起〉，《江西社會科學》，2005 年第 2 期，頁 73～77。
2. 王友勝：〈論《宋詩精華錄》的編選宗旨與詩學思想〉，《中南大學學報》（社會科學版），第 16 卷第 2 期（2010 年 4 月），頁 109～115。
3. 王運熙：〈總集與選本〉，《古典文學知識》，2004 年第 5 期，頁 75～81。
4. 王輝斌：〈《宋詩鈔》的詩選學特徵〉，《華夏文化論壇》（2010 年 9 月），頁 54～61。
5. 中屠青松：〈《宋詩鈔》與清代詩學〉，《暨南學報》，第 32 卷第 5 期（2010 年 9 月），頁 82～86。
6. 申屠青松：〈清初宋詩選本與遺民思潮〉，《南京師範大學文學院學報》，第 4 期（2009 年 12 月），頁 153～157。
7. 吳中勝、鐘峰華：〈「放翁前身少陵老」嗎——論陸游學杜〉，《杜甫研究學刊》，1999 年第 3 期，頁 42～50。
8. 吳戩：〈試論《宋詩鈔》的編選宗旨與詩學祈向〉，《中國韻文學刊》，第 25 卷第 1 期（2011 年 1 月），頁 14～21。
9. 汴孝萱：〈兩本《唐宋詩醇》之比較研究〉，《中國典籍與文化》，第 4 期（1999 年 11 月），頁 60～64。
10. 胡光波：〈從《唐宋詩醇》看乾隆的唐詩觀〉，《湖北師範學院學報》，第 19 卷第 4 期（1999 年 12 月），頁 49～53。
11. 莫礪鋒：〈論《唐宋詩醇》的編選宗旨與詩學思想〉，《南京大學學報》，第 39 卷第 3 期（2002 年 6 月），頁 132～141。
12. 陳美朱：〈《唐宋詩醇》與《唐詩別裁集》之「李杜並稱」比較〉，《成大中文學報》第 45 期（2014 年 06 月），頁 251～286。
13. 陳美朱：〈清代《御選唐詩》與《唐宋詩醇》的選詩傾向及李杜詩形象比較〉，《國文學報》，第 56 期（2014 年 12 月），頁 67～93。
14. 張艷清：〈陸游詩歌對李杜詩風的繼承與發展〉，《太原城市職業技術學院學報》，2012 年第 3 期，頁 190～192。
15. 賀嚴：〈姚鼐的《五七言今體詩鈔》與桐城派詩論〉，《清代唐詩選本研究》（北京：人民出版社，2007 年），第三章第四節，頁 197～209。
16. 賀嚴、左敏行：〈《唐宋詩醇》對唐宋詩之爭的態度〉，《河北大學學報》，第38卷第6期（2013年11月），頁25～28。

17. 黃威、謝海林：〈姚鼐《今體詩鈔》的編撰緣起及其經典化考察〉，《新世紀圖書館》，2011年第3期，頁64～68。

18. 楊淑華：〈中國傳統詩選集的「典律」交替——以《古詩選》爲探討核心〉，《臺中師院學報》（2003年12月），頁147～165。

19. 趙娜：〈《宋詩鈔》與清初宋詩風的興起〉，《內蒙古大學學報》，第41卷第3期（2009年5月），頁3～7。

20. 蔣寅：〈陸游詩歌在明末清初的流行〉，《中國韻文學刊》，第20卷第1期（2006年3月），頁10～19。

21. 潘務正：〈王士禛進入翰林院的詩史意義〉，《文學遺產》，2008年第2期，頁105～114。

22. 謝海林：〈潘問奇《宋詩啜醨集》考論〉，《中國韻文學刊》，2009年第2期，頁27～34。

23. 謝海林：〈從清人所編宋詩選本看清代宋詩學之辨體〉，《武漢大學學報》，第64卷第3期（2011年5月），頁97～103。

24. 謝海林：〈王士禛《阮亭古詩選》編撰緣由、背景及旨向芻議〉，《文藝評論》（2013年6月），頁122～127。

25. 謝海林：〈王漁洋《古詩選》的刊佈及其影響史〉，《海南師範大學學報》，2014年第1期，頁81～86、92。

26. 韓勝：〈從《今體詩鈔》看姚鼐的詩歌批評〉，《安徽大學學報》，第32卷第3期（2008年5月），頁84～87。

27. 蘇穎添：〈陸游的評價問題與清代唐宋詩之爭〉，《雲漢學刊》，第25期（2012年8月），頁285～306。